诗
想
者

HI POEM

生 活 ， 还 有 诗

沿着河流
还乡

周蓬桦　　　　著

GUANGXI NORMAL UNIVERSITY PRESS
广西师范大学出版社
· 桂林 ·

图书在版编目（CIP）数据

沿着河流还乡 / 周蓬桦著. --桂林：广西师范大学
出版社，2020.8
　　ISBN 978-7-5598-3005-0

　　Ⅰ．①沿… Ⅱ．①周… Ⅲ．①散文集－中国－当代
Ⅳ．①I267

中国版本图书馆 CIP 数据核字（2020）第 122820 号

广西师范大学出版社出版发行

（广西桂林市五里店路 9 号　　邮政编码：541004）
网址：http://www.bbtpress.com
出版人：黄轩庄
全国新华书店经销
广西广大印务有限责任公司印刷
（桂林市临桂区秧塘工业园西城大道北侧广西师范大学出版社
集团有限公司创意产业园内　　邮政编码：541199）
开本：890 mm × 1 240 mm　　1/32
印张：10.5　　字数：240 千
2020 年 8 月第 1 版　　2020 年 8 月第 1 次印刷
定价：56.00 元

如发现印装质量问题，影响阅读，请与出版社发行部门联系调换。

我一生下来就与贫穷的乡村有着不解之缘,这似乎是命定的事情。20世纪60年代中期,母亲将我生在了一幢草屋子的灶膛旁边,这让我对世界的第一印象不是镇医院明亮的玻璃窗和身着白衣的女护士口罩上方那一双黑亮亲切的眼睛,而是乡村院落内几株落光叶子的树木和一阵阵来自泥土和麦草的气息。当时冬寒未消,到处是白茫茫的积雪,初升的太阳照耀着这个平原上的小村庄,一切都沉浸在一片寂静之中。

第二天,作为一名乡村教师的母亲却迷信地让外婆请来一位瞎子为我算命,那瞎子在掐算了我的生辰八字后竟对一名刚刚出生的婴儿肆意贬损,其中一条让母亲吓坏了,那就是她刚刚生下的这个孩子克父母,是条很不吉利的小性命。母亲瞪大眼睛问瞎子,可有破解之法?瞎子摇摇头说有,把这个孩子送人吧。母亲看了看我,我正傻傻地朝她笑着,她就有些于心不忍。后来，瞎子说那就只好让我在五岁之后八岁之前与父母分开一段时间。母亲选择了后者。

就这样，我从五岁那年离开了他们——他们带着姐姐和哥哥去了遥远的县城，而我依然和爷爷生活在那个我出生的村庄，一直长到八岁为止。这个伤心的真实故事至少让我在很长时期对父母的做法耿耿于怀。当然，我现在已经在心里由衷地感谢他们了。但在当时，我和被抛弃的孩子没什么两样，生命一开始就尝到了人间寒凉，而造成这一切的原因竟然来自迷信和愚昧。

在我和爷爷生活在一起的那段时光里，我被各种疾病缠身，与阴间的阎王频频交手，我清晰地记得有一次在深夜时分病情发作，爷爷拉着木板车送我去镇上的医院治疗。我躺在木板车上呼吸艰难，强烈的窒息感觉覆盖了我。当时是夏天，路边的高粱禾沙沙地发出声音，青草的气息渐渐浓郁，这时，我使劲把眼睛睁大，看到了夜空闪烁着美丽的星星。我不能死，我想，死了就再也看不到这些了。这个深刻的印象让我一想到"故乡"这个词，就把它与那个夏夜紧密地联系在一起——路边的高粱在一寸寸拔节，一个孩子在黑夜里睁大了一双渴望的眼睛。

关于我的出生地，我早已经以平静的口吻把它写进了一部小说之中，那个故事中与我有类似经历的孩子已不再是某一个具体的个人。故事开头的一句话却是来自我本人的切实感受：一个人连出生地都无法选择，这注定生命从一开始就不属于自己了。

如今，那个平原上的小村庄已离我十分遥远了，我甚至时常怀疑自己是否曾经是那儿的一员。多年前飘落在它怀中的那

土坡上的树　周亚欧／绘

个孩子只不过像一片黑色的树叶，正被岁月的季风吹来吹去，在苍茫的天空久久盘旋。偶尔，他会翻出一本往事的书，第一页当然就是他生命的起点，他出生的地方。

于是，就有了眼前这本《沿着河流还乡》，你会看到一个人如何在苍凉的时间里歪歪扭扭地成长。

是为序。

周蓬桦

2020 年 6 月 19 日

目 录

第一辑　柴草之火

第二辑 麦垛上的星空

第三辑　路上的积水

第四辑　林中烟囱

第五辑　一幢忧伤的屋舍

第一辑：柴草之火

在散发着残酷丁香气息的春天四月，大片的麦子随风翻滚，一团绿焰铺向大地，多像人们饥饿的眼睛！到了六月，天气炎热而干燥，人们开始一年中最繁忙的收割，在那些日子里，整个乡野爆炸了：黄金的草帽沿小路疾速流动，镰刀闪闪。月光下的打麦场，马灯忽闪，人声鼎沸，笑声像星星一样撒播……

木头车轮

在乡村的土路上，它是简陋而美丽的摇篮，载满了被伐倒的谷穗、麦草，或玉米秸、粮食和牛粪。在我的印象里，只要坐上爷爷的木头车，不管回家的路有多漫长，也不会感到寂寞。

孱弱的身躯下，木头车轮在朝前滚动，大地在缓缓后退，路边的景物一一掠过眼帘。清秋的风从高地上远远地吹来，吹到我的脸上，吹乱我的头发和忧伤，年幼的心灵便会有水一样的东西轻轻荡漾。

那时候，一辆木头车是爷爷的至爱之物，他喜爱它，甚至要胜过一头牛。当然，牛也是他的至爱之物。他常常抚摸着我的头，这样唠叨："除了你，咱们家就剩下一辆木头车了。嗯，还有一头牛……"说到这儿，他会不由自主地看一眼那头年迈的老牛，泪眼潸潸。牛正在一根木栏旁边吃草，悠然甩尾。

我在认真地啃一根老玉米，听了爷爷的话，漫不经心地咕哝："那你呢？你算什么？"

爷爷笑了笑："呵呵，爷爷是苦力，这是爷爷的命哪。"

知天认命始终是爷爷一生的精神底色，是他保持快乐的缘由之一。他常拿自己唯一的弟弟打了一辈子光棍这件事说明，命运的力量，他们抗拒不了。当年，我的家族曾在东北的黑土地上流浪，我的二爷正值妙年，是大兴安岭一带的伐木工人。一位貌美如花的东北姑娘相中了他，托媒人找上门来，他竟躲到一个山洞里待了整整三天，像躲避一场瘟疫。后来爷爷带着小脚的媒婆找到了山上，大声呼唤，结果招来一阵狼的悲鸣。他们只好仓皇下山。

爷爷说："天晓得他是怎么想的。"说到这里，他总是把头转向在灶边烧火的弟弟："哎，长林，当时你是怎么想的？"

我的二爷在拉风箱，动作夸张地往灶膛里添了一把柴草，用一阵快速的拉动表明了他的倔强。原始的风箱顿时发出一阵美妙的回响，像河塘里野鸭子的叫声：呱呱、呱呱、呱呱……

这件事作为一个话题，他们反复提及，一直到他们兄弟二人都进入了暮年也没有消停。公元 1974 年，我的爷爷前脚刚走，我的二爷尾随而去，他们把这个永恒的话题带进了村子东头的两座坟茔。

哦，还是说说爷爷的木头车吧。

关于它的来历我知道的不多，只知道它的前身是一棵槐树。可以说，它在我出生之前就已存在，和院子里的鸡、羊等畜禽一道，平静而朴素地靠在土墙根下，冬天的阳光懒懒地照着它，像照耀一捆麦草，闪闪发亮。农闲时节，硕大的车轮被爷爷摘下来，放到谷仓里，而木头车身靠在墙根上，充当着梯子的角色。我时常踩着它爬到屋顶上去，仅仅是想看看一缕缕的炊烟是从哪里冒出来的。我看到瓦罐形状的烟囱在屋角上向外喷射炊烟，风把它们送向田野，带着麦香的气味，在引诱割草的孩子回家。

有件事我至今记忆犹新：

爷爷带着我去沙河镇拉猪饲料，牛在半路上失去了理智，撒开蹄子朝一片高粱地狂奔而去，当时我正躺在木头车上遐想，被突如其来的颠簸打断，我听到爷爷的惊叫，他手里的鞭子被疾风夺走，在空中画了一道黑色的弧线。牛在高粱地里横冲直撞，车轮与车身脱离，滚向沟壑，我不知所措，像一片风中战栗的叶子，在时间里历险。而爷爷瘦小的身躯被重重地甩远，吃了一嘴雨后潮湿的泥土……

那是我童年的记忆中一次重大的交通事故，它改变了后来的生活：爷爷住进了医院，从此成了一个佝偻的老头，整夜咳嗽不止。牛在二爷的重重责罚后羞愧地在半个月内死去。曾经带给我无数绝妙遐想的木头车，已被拖得松散，难再修复。气哼哼的二爷连夜搓了一根粗大的麻绳，将它悬置于苹果园门口那棵高大的白杨树上，让路人观瞻。不久，它成了鸟儿们栖息的乐园。

第二年冬天，麻绳在一个风雪之夜断裂了，爷爷的木头车从空中跌落下来，在地上砸出一个浅坑。大雪很快将车身掩埋，露出半个木头车轮。

灶　火

　　我喜欢火柴擦燃瞬间发出的声音，紧接着是一股刺鼻的硫黄气味。它微弱地上升时，一粒火种打通了往日闭塞的道路，那里藏着我们被用完的好时光。

　　有一次，我从一个旧抽匣里翻出一盒有点潮湿的火柴，它身上的磷片已经明显破损。起初，我以为这盒火柴像一页旧日历，它被一个时代的巨手永远掀过去了。但当我尝试着擦燃它时，不料，只听"砰——"的一声，一把被废弃的旧手枪打响了，说出了压抑已久的语言。

　　于是我又闻到了一股亲切的硫黄气味，我瞬间陷入失神的迷醉状态，眼前掠过远逝的故乡、河流、树林、雪地、亲人的脸……我把那盒火柴一根根地擦燃，一下、一下，"哧啦哧啦"的声音响在耳边，又似乎响在遥远处。像安徒生笔下卖火柴的小女孩，蜷缩在世界寒冷的一角，眼前堆起一具具白骨似的小木棍儿，每一朵颤抖的火焰里，都是凄美的天堂。

此时，我的内心已经塌方。决口。崩溃。我用最后一根火柴点燃了那只纸糊的火柴盒，默默地看着它化为灰烬。做完这一切，感觉像是完成了一件大事似的，欲哭无泪，有什么东西始终涌动在我的喉咙。

是的，人若想活回过去，只需一根火柴长度的契机，就会引发一场熊熊的燃烧。

一场罕见的北方大雪让我想起了一个久违的名字：灶火——除了雪，点亮这一意象的应该是一位手部红肿的老妪，她包着一方粗布头巾在野地里拾柴，然后背回家点燃厨房里的灶火。不一会儿，会看到低矮的茅屋顶上，烟囱冒出袅袅的炊烟，米饭的香气在空中消散，又丝丝缕缕地吸进人们的鼻孔。这气味勾引着在雪中走动的旅者，荒野上的牧羊人，一大早就跑到芦塘里割苇子的老汉……当夜幕四合，整个世界陷入了黑暗，冰凉的气息在大地上弥漫，唯有灶火的意象给人带来安静、力量、勇气以及持久的镇定和温暖。

我想，那个点燃灶火的老妪，或许就是我的外婆，或许是许多人的外婆，她是人间美好的化身，是神的另一张脸孔，慈祥的眼睛温柔地注视……灶火，让我有了一个奇妙的感性认知：一个童年身居乡间的写作者，那最初的人生，不过是通过一个善良的女性形象来塑造的，与之密切相连的，是结冰的池塘、塘中茂长的荆棵、熏黑的锅台、木质的风箱、粗糙但喷香的食物……第二天，路边堆满了焚烧过后的草木灰。

我外婆的家在沙河镇以东，一个叫李堂的村庄，与我家的方向形成了一条斜线，中间相隔宽宽的沙河。那时候的沙河还没有枯干，但到了冬天会结冰，沙河一结冰，会招引一群玩陀螺的儿童，因为玩得兴起，每年冬天都有人掉进河心的冰窟窿里淹死。大雪深深，通往外婆家的路却是最幸福的一条。

在外婆家，我第一次吃到外公从苇塘里捕来的鲤鱼，晚上，可以睡上滚烫的火炕。外婆家拥有旺旺的人气：舅舅、表哥、表妹……我感到孤单的心绪得以化解，我甚至在那里拥有一批最好的童年伙伴，我们在有月光的野地里游戏的情形，大雪过后追赶一只野兔的情形，至今历历在目……那一刻，所有的不愉快都被融解和遗忘。夜深人静，玩累了的我迅速进入了无底的睡眠，这时候是谁蹑着手足，将一只烤得焦黄的面饼，轻轻地放在我的枕边？它来自灶火余烬的能量。

如今，我的外婆已去世多年，和生前患有摆头症的外公埋在一起。自此，我也中断了与故乡的联系，并且一断就是十多年。直到去年春天，我才和父亲一道去了一趟沙河镇，去了外婆的村庄……乡村巨大的变化是在预想之中的，我只能按住难以言表的复杂心绪。河岸上的梨花依然开放，只是没了树下锄禾的人们。幸运的是，外婆生前住过的老屋子还在，我在蛛网密布的灶台前久久伫立，四壁空空，扶门框的手渗出阵阵冰凉。

我知道，当火焰熄灭，美好的往事已经走完，像一捧灶火在冬天的炉膛里完成了它的一生。

风

　　风是又一个驱赶不去的意象，它在我的脑海深处吹刮不止，呜呜作响，摧枯拉朽的力量涤荡一切：塘边的一株大树被连根拔起，青烟滚滚，房屋倒塌了，地面上堆着瓦砾与废墟。一条巨蟒爬出，围绕着村庄横冲直撞。奔跑的人群，哭叫的妇女和儿童；呼啸的树木，摇动的枝条，散落的鸟窝……这是夏天，大风过后，一场洪水汹涌而至，将我生活的村庄化作一片白茫茫的汪洋。

　　我的故乡在荒凉的鲁西平原，我曾经不止一次描述过那个叫沙河镇的"邮票大小"的地方，那里盛产雪白的棉花和火红的高粱。沙河镇以北，靠近苇塘边上的一个小院落，住着母亲、爷爷、二爷和我。在我依稀如梦的印象里，我的两个爷爷是世界上最勤劳的农人，他们天不亮就推着木轮车出门，去村东的田野劳作一个白天，时常在野地的草棚里和衣而眠。那时候，我时常挎着一只草篮子去给他们送吃食，篮子里放着几块熟地瓜、半碗咸菜，我的另一只手里还有一只黑瓦罐，瓦罐里盛满了香喷喷的玉米粥。偶尔，母亲会朝玉米粥里放上一勺乡间稀有的红糖——那是父亲从城里托人捎来的，家人只有在喜庆和获取奖赏时才能品尝。黄昏的炊烟自村子飘向田野，与上升的地气融为一体，谷秸搭建的草棚很快变潮变湿，蝗虫的翅膀被露水束缚，只好待在草茎上静等一夜。我光着脚丫穿过一片黑黝黝的小树林，踩在布满了一层松软沙土的乡路上，月亮像一个大圆盘从沙丘之上缓缓上升，我听到一阵喊喊喳喳的声音从田地里飘过来，谷子的香气，麦子的香气，夹杂着各种野生植物的苦涩气味，都在月亮出来的一瞬蒸发弥漫，醉人的气味迅速包围了我。在那一刻，我觉得自己是一个迷失在乡间的幸福小神。

母亲是位长相美丽的乡村教师。在我的印象中，最初的校舍竟然是一幢被废弃的谷仓。谷仓里有一小半的空间堆放着金黄的谷草垛，旁边是一个大碾盘，孩子们就嘻嘻哈哈地坐在碾盘上学习识字。下课的铃声响了，孩子们的娱乐方式很是有趣：轮流推动那个空空的碾盘，让它滚出夏天的轻雷阵阵……说来令人倍感羞赧：长到四五岁的我，还贪恋着母亲那像秋天的沙河水一样日渐枯竭的乳汁，在课间休息的短短空隙，我会不失时机地拉她到一个幽暗的角落，把头埋向她鼓鼓的衣襟。时常，当习惯性地吸完了全部的甘露，抬起头来的刹那却发现身边挤满了围观的人群。为了我艰难的断奶，母亲不得不一次次把乳头涂上一层灼人的辣椒油。为了吮吸到母亲的乳汁，我的屁股被无数次重重地拧青。但我痴心不改。长大成人，我怀疑自己身上埋藏着一种被称为"俄狄浦斯情结"的原罪。直到今天，我仍然偏执地认为：没有一双丰满乳房的女人，永远成不了伟大的母亲……

在假期或周末，母亲时常拉着我的手来到村东的场院地，近处是瑟瑟有声的高粱禾。麦收过后，阔大的场院里只剩下几只光滑的碌碡，在时空里闪着幽寂的光芒，而潜伏在四周的野物的叫声不时送到耳边，我们置身在干净的场院地上，就像置身于一个荒凉的世纪。我听到母亲小声咕哝：孩子，起风了，我们回家吧。

直到今天，我也不明白母亲的声音为什么这么小，像是怕被什么人听见。难道是怕风听见？

风是灾难的预兆，是自然对人类的告诫与示威，在它面前，我们不得不认可自己的渺小，垂下顺从的手臂。而那陡然而起的乡野之风，总是从微弱到狂暴，吹进我幼小心灵的最深处：逃亡的月光和墓地的栅栏，碎片和战栗。

接下来的记忆是灰暗和疼痛的：在短短的时间里，爷爷们先后离开人世。从此，疼爱过我的两个亲人永远无法再见。二爷患了食道癌，他死时全身赤裸，蹲在院子里那株枣树下，他是被突然涌上的一口痰液窒息而死的，手里紧紧攥着一粒来不及服下的药片。而爷爷早于二爷不久离世，他在一场村人办喜事的晚宴上醉酒，一不小心失足跌进了家门口的池塘里。早晨，人们发现他的半个脸在水中，和早春的冰碴子冻在了一起——这也许让梦境中不停吹动的风有了较为合理的解释，有了神秘的联系和象征？

落水鸟

爷爷的葬礼在春寒里举行，那一刻池塘里的冰还没有完全解冻，田野里的残雪仍然随处可见。而葬礼过后，野地里又将多出一座崭新的坟墓。

他躺在棺材里的样子格外瘦小，下巴略微上翘的白胡子显得又粗又硬，像一绺茁壮的胡萝卜须。我平时喜欢揪它，爷爷会迅速摆头躲避，但现在他不能躲了。哈，这个终生饮酒、爱玩幽默的老头！葬礼的前夕，依照当地风俗，我作为家族一员，头戴一顶白色孝帽，混迹于陪灵的人群中跪哭，膝下铺着一层柔软的苇子席，我当时偏瘦，觉得膝盖有点硌。周围一片哭声，连一些平时几乎看不到的人，也面容悲伤泪痕累累，尤其是一帮子从遥远的东北大森林里赶来的亲戚，其中有爷爷的老妹我的姑奶奶，竟然哭得昏倒过去，我看到有人慌乱地去掐她的人中……

但这时，有一件趣事不可思议地发生了，发生在我身上：在呜咽声里，我突然想起三岁那年的一个黄昏，我坐在院子里的一个马扎上，爷爷喂我吃烤玉米，将一粒玉米准确无误地喂进了我的鼻孔里，我想了各种方法也抠不出，急得掉下眼泪，恐惧又难受，而爷爷却在一旁乐得合不拢嘴，笑得胡子颤抖……不知怎的，在他的葬礼上，我的下意识突然冒出这件事来，我越想越好笑，结果忍不住"扑哧"笑出声来，可能接着又"咯咯"了两声。声音很大，周围的人都听到了，大为震惊，纷纷掉转头来看我，我甚至看到一双双怒视的眼睛，而我还在捂嘴大乐……过了一会儿，母亲把我拉到一边，问：你有病？我摇摇头，面容仍带笑意，母亲不容分说，抡起手打了我两巴掌，骂道：混账东西，再让你笑！笑！母亲打完了我，扭身离去。我脸上火辣辣地疼着，眼泪顿时夺眶而出——这回是真哭了。

　　多年过后，当我端坐在某个场合，望着讲台上的人侃侃而谈，我仍然会因为突然想起某件趣事而忍俊不禁。只是修炼多年，我终于学会了一本正经地控制自己：以严肃的表情来掩饰内心涌动不息的荒诞感。在那一刻，表情越严肃，其实内心就越想大笑。非但如此，时间还教会了我附和众声——面对众多的笑声自己也跟着笑上两声，尽管我并不清楚刚刚发生了什么幽默的事情。

　　我想，这是一种必然的变异和走失，是一个人无奈的成长史，其中的奥义，我心里最清楚不过。好在，坚硬的原则与底线被死死守牢。

爷爷的葬礼结束不久，我们全家就迁往了父亲工作之地。

前来搬家的是一辆大解放汽车，拉了满满一车破家具和喂养多年的家畜。后来又租了一辆马车，用来拉炊具和粮食之类的吃用，而我，就坐在那辆四处透风的马车上，母亲紧紧地环抱着我，她自己却在车子晃动的催眠作用下睡着了。马车在黑乎乎的春夜走了很远的道路，黎明后我从被子里探出头来，看到了此前从未见过的景物：上工的人流、高大的烟囱、电线杆、奔跑的火车、移动的森林、棕色的古楼……城西是一片著名的人工湖，风吹着浩荡的苇草和帆船，今天，因为这个湖泊的存在，人们送给了小城一个暗含商业运作意味的美名：江北水城。而在当时，马车缓慢通过水声喧响的大堤，我目击到一只落水鸟在湍急的波浪里扇动翅膀，啼血的嗓子呼唤春天的拯救，它挣扎、尖叫、双眼睁圆……直至被水完全吞没。

姆　妈

我期待你哟，食粮！

我要走遍天涯海角，

寻找满足我的欲望。

——纪德

　　纪德的诗篇总是令人心醉神迷，把我带向一道忽闪的光线。那是八月的乡村阵雨，大片的农作物浸泡在水里。低矮的屋檐下，放着一排接水的瓦罐，门口蹲着一位年轻俏丽的少妇，薄薄的麻布衫下，丰满的乳房隐约可见。

　　我给她取了一个香喷喷、富有韵味的名字：姆妈。

　　"姆妈哎，让俺再吃一口吧……"在热烈的恳求下，少妇示意身边的男人回避一下，然后解开了纽扣，掀开衣襟，把略带红晕、羞怯的乳头塞入孩子鲜红的嘴里。一粒桑葚般玲珑的乳头，汹涌着一位乡村少妇朴素、毫无功利的善心。

自此以后，像天空朝河流输送雨水，我的身躯被一个母亲之外的女人汩汩喂养，改变着血液的流向。

只是一直到今天，我也不明白为何给她取了一个那样的名字，像从某一只鸟嘴里吐出的发音一样：嘿，姆妈。而她竟然没有丝毫惊讶，愉快地接受了这个称谓。我怀疑她将其误听为方言里的馍馍了，在贫瘠的鲁西平原上，人们把小麦做成的干粮叫作"馍馍"。

在散发着残酷丁香气息的春天四月，大片的麦子随风翻滚，一团绿焰铺向大地，多像人们饥饿的眼睛！到了六月，天气炎热而干燥，人们开始一年中最繁忙的收割，在那些日子里，整个乡野爆炸了：黄金的草帽沿小路疾速流动，镰刀闪闪。月光下的打麦场，马灯忽闪，人声鼎沸，笑声像星星一样撒播……

离开麦穗的麦粒被装入口袋，它们没有被送入碾轮粉碎，而是存入谷仓，贴上封条，等到过年的时候由生产队长当众打开幽暗的仓门，仓内蛛网罗织。这时候，新麦已经开始发霉变质，生出无数虫蛾，丑陋的壁虎在墙上蹲伏，不舍昼夜。

而在麦收最繁忙的时节，我的姆妈却悠闲地领着我在村头的池塘边乘凉。她端坐在一块竹席上，让我躺在她乳香四溢的怀里，我赤条条的身子，感受着蒲扇送来的阵阵凉风，耳畔响着蛙声、虫吟、蝉鸣……

在朦胧与混沌里，我能隐隐地感到季节的烘烤，像鏊铁烘烤一块牛乳。在这灼热的烘烤里，有一片高天与阔地存在于我的身外，天地间的大美在隆隆运行。偶尔，姆妈与路人间的对话与嬉笑会把我惊醒：

"哈！这是谁家的孩子？小鸡鸡露出来了。"

"去你的，老不正经……长太的孙子嘛。娘在城里，也怪可怜。"

"知道知道，听说这孩子只和你亲哩！你长得俊嘛，连三岁孩子都知道。如果你让我下个种儿，肯定能生个好娃，比你怀里的这个娃强上百倍……"

"滚开。不要脸的东西……"

"操！怪不得你只生'串串儿'，这怪不得我哟！走啦，走啦……嘿嘿。"那个粗鲁的男人嘟嘟囔囔地走开了。在他走后，有一串温热的雨滴扑到了我的脸颊上，接着我承受了一阵狂吻，脸上的泪痕被一一舔干。

"串串儿"是乡村里对"葡萄胎"的叫法。它就像土坡上一串娇艳的骨朵，却开不出花的芬芳，注定要遭受世人的耻笑，沦为被妖化的形象。长到很大，直至到了城里，我才知道我的姆妈承受了一个乡下女人最不幸的命运。

好在她的丈夫是个面貌丑陋、老实巴交的农民，呆滞的目光盯着一片被水冲走的薯干，沉默得像一根枯朽的木桩。有一次，姆妈把我带到了她的家里，那是一幢紧靠场院的草房，周围大水泱泱，八月的苇荡在远处瑟瑟作响。姆妈掌灯，为我驱赶嗜血的蚊蝇……

夜里，炕头响起一阵粗重的喘息。

干旱的日子

太阳越来越毒辣。起初，人们无论如何也不能相信自己会在有生之年遇到干旱，它的来势凶猛而暴戾。

人们太相信老天了，就像相信自己的肠胃一样，饿了要吃东西是十分自然的事情，那么天下雨是谁也拦不住的。在我的童年时代，只有天随便下雨是最正常的，却还没有娘可以任意嫁人的说法。至少我没听说过。

可一直到了七月末，天空只是阴沉过几次。时间最长的一次是大约一个钟头，最短的一次五分钟左右。当天阴下来的时候，整个野地一片骚动，风呼呼地吹响了被阳光烤焦的草木。田野上蔫答答的瓜地，外边的一片沙原，各种动物和飞虫在狂奔。

在田野上锄地的老人用手遮起一个眼罩，朝天空望了好久，忍不住心中暗喜：老天开眼，终于要有一场雨了。一边吩咐在豆角地劳动的儿媳把家中的水桶、瓦罐、瓷盆等所有能盛水的器皿全都拿出来，摆放到野地里。不一会儿，全村的女人倾巢而出，黑压压地覆盖了四野。有的女人十分虔诚地双手合十，向苍天祈祷；还有的把瓦罐高高地举到头顶。

在求雨的人群中，有个年轻的女人脱光了上衣，将上身全部裸露，双膝跪地，雪白的胳臂向上伸展着。

这个漂亮的女人是个下乡知青，曾是遥远的省城中学文艺宣传队里的歌手。那一年她在看过一场豫剧《朝阳沟》之后，与城里的父母决裂，立志扎根农村，就嫁给了村子里的民办学校老师振珂，并且和他生下两个孩子，一男一女。

此刻，她对雨水的渴望，是那么不顾一切，顿时招来道道男人灼热的目光，可她毫不在乎。她的嘴唇嚅动，哼着一支什么歌子。她大概是把全部的注意力都凝聚在一首歌上，想着自己把歌唱完，雨水就会降落。

牛车拉来了木柴，野地里燃起了熊熊烈火。据说这也是向上苍求雨的古老仪式，全村的老人和孩子都围篝火而坐。地面上的牛、狗、驴……一律都是伸长了或红或紫的舌头，大口大口地喘气。

时间一秒一秒地过去了，一直到天近傍晚，人们也没有等来想象中的倾盆大雨。女知青默默地穿上衣服，眼里淌下两行亮闪闪的泪水。有个老太太看了，提醒她："再哭，你身上的水分就更少了……"

第二天，整个平原上旋起一股巨大的热风，夹带着滚滚沙尘。沙粒扑打到人的脸上，就像火舌一样滚烫滚烫，脸上会立即激起许多燎泡，女人们红润的嘴唇，变成了两片干枯的秋叶。

许多怪事接连发生：一、村子里一株百年古槐，在夜间突然起火自焚，火光冲天，从树洞里钻出黑花白花两条蟒蛇，转眼间不见踪影；二、村子里一个以算命为生的老瞎子，门口置一口盛水的祖传大瓮，大瓮在一声爆响后碎裂，瓦片烫手；三、饲养棚里的一头驴饥渴难耐，将一奶胞弟活活咬死，喝干了它的鲜血……

全村的八十八口水井全部枯竭，包括那些池塘与湿地；全村的树木与庄稼也全部枯干了，包括一些原本耐旱的野生植物。事情一天比一天严重，人们一天比一天恐慌。

家畜们大概不知道世间究竟发生了什么，仰起脖子想发出一声嘶鸣，脖子是仰起了，却发不出任何声音。此时的家畜和人一样，嗓子全哑了。

整个村庄有一半以上的人失语，只能用简单的手势表达内心的活动。

接下来的日子，人们试图在干涸的池塘旧址打井取泉，挖了一个又一个深坑。人们认为，原本满满的一塘水肯定是渗入地下了，只要挖掘下去，清清的泉水就会溢出，重新滋养他们的生活。村里人自发组成一支挖掘队，连小孩子手里都拿着一把小铁铲，一时间村前村后遍布挖掘的痕迹。

随着打井的人们遭遇一系列失败，村子里的青壮劳力经过一番商讨，决定向村子以外的地方寻找水源：坚硬的滩涂、荒地、干巴巴的河畔、荒凉的田地之上，到处插满了探求水源的标记和各种小旗子。

青壮男人都去做这件关乎全村人性命的大事情，全村的女人在家留守，看护孩子和家畜，靠从野地里挖出的茅草根上榨取的一点点液汁度日。村子里的一些懒汉二流子趁火打劫，他们没有参加打井队，只是想出各种馊点子，不知从哪里搞到一点点水，然后拿着一小瓶或者一小碗水，去换回他们平时做梦也得不到的东西。比如，谁家的祖传之物，甚至是某个漂亮女人的身体。几个月来，已经无法计算，究竟有多少女人因为一口水而放弃了妇道。

事后人们发现，他们搞来的水，全是动物的尿液。

一天深夜，有个叫马眼的人在自家废弃的老宅里挖出一口大瓮，起初他以为是一坛酒，便用指头蘸了一点，小心品尝，没有酒味儿。他立即因这个意外的收获晕倒了。马眼是个心地善良的残疾人，他把这满满一瓮水贡献给了全村的村民。人们万万不会想到，这一瓮水是不能饮用的卤水，这幢废弃的老宅原本是一家豆腐作坊。若干年前的一次震灾将这口瓮埋入地下，它酿成了沙河村历史上又一次惨痛的灾难。

连夜赶回村子的打井队员饮用了这些陈年卤水，作为崇高的奖赏，这一举动让村里的女人们在一夜间统统变成了寡妇。

女知青的男人振珂也死于这场卤水事件。

在将丈夫草草掩埋入土后，女知青牵着两个孩子走出了村庄，朝城里的方向走。她想想自己过去对待父母的态度，脸上更加滚烫。没有办法，不为别的，只为了让两个孩子活下去。这场旱灾瓦解了人们固守已久的信念，连同积累下来的各种纠葛、怨恨与情仇。当然，这场旱灾瓦解的东西远远不止这些。

她步行三天三夜，城市的建筑物渐渐出现在眼前。而小儿子却终于撑不住了，他倒在她的怀中，张了张嘴巴，什么也没有说出，就死去了。

她抱着儿子的尸体回望村庄，眼神布满了绝望，她觉得自己的整个身心都在瓦解，一点点碎裂。她的体内早已流不出哪怕一滴泪水了，只有干涩黏稠的黑血，像火焰一样灼痛了她的眼睛。但她不顾一切地让它流着，直至黑血在地上积了一摊，就像秋天黑色的叶子铺了一地。

她不知道，在她最绝望的时刻，身后的村庄被乌云包围，野风骤起：一场亘古罕见的大暴雨就要来临。

谷　仓

　　谷仓在屋舍的后面，远远地看上去像一朵白色的蘑菇，戴一顶尖尖的帽子。四周，是大片萧索的杂木林，没有叶子，很瘦；偶尔有几只白嘴鸦在上面落脚。

　　谷仓里除了粮囤，还有一口棺材。打我记事起这口棺材就在那里了，在谷仓最里面的西北角，散发着一股木头的气味，有点特别的神秘感。我不明白它是做什么用的，因为它和粮囤的区别太大。鲁西乡村的粮囤是桶状的，用红柳编织而成，而棺材是大家熟知的长形，仅够一个人躺下。终于有一天，我忍不住了，问爷爷，谷仓里那个东西是什么玩意儿。我的爷爷先是愣了一下，然后笑了笑，说那是他的小屋哩。我搞不懂。既然是一个屋子，为什么没有窗户呢？

　　"会憋死你的，就像在水里一样。"我说。

　　"那时，爷爷就用不着喘气了。"爷爷说。

"瞧你能的……"我不明白。

冬天,大风呼呼地吹刮着谷仓,雪把它冻僵在那里。像半截木桩,被雪掩埋半尺。

我们家的谷仓也是没有窗户的,但在墙角下挖了一个洞,用来通风。还有一个阴损的用途:在通风口放上几只铁夹子,每个夹子上有一块蘸过猪油的干粮。半夜,某一只贪嘴的耗子上当了,被夹子夹疼,发出吱吱的哀叫,把爷爷从梦中吵醒。他得意地翻个身,进入更深的睡眠地带。

第二天,我看到爷爷用铁锨盛了四五只耗子的尸体,埋在雪地里。爷爷在做这些的时候,总是很得意,其突出的表现是早饭时多吃两个菜团,眼睛里放射出兴奋的光芒。整整一个白天,无论做什么活计,他都很有激情,比如剥麻吧,皲裂的手掌用力甩开:哧——哧哧——声音响彻屋舍,声音从掌心里跳出去,跳到谷仓里。

爷爷的得意也有落空的时候。早晨,他晃晃悠悠地朝屋后走去,打开仓门,结果没有期待中的收获,只见铁夹子上的干粮被吃光,而夹子上仅剩下半条耗子尾巴。他垂头丧气地走回屋子,嘟哝道:"它奶奶的,让个大家伙溜了。"

一边随手把半根粗粗的尾巴丢到灶膛里。

一天,爷爷走进谷仓,看到一群耗子在用黑亮的眼睛瞪着他,一点也不害怕,有个秃尾巴的家伙特别硕大,示威似的把爷爷丢下的烟头叼在嘴里，还挺起身显示它的灰肚皮。

爷爷骇了一跳：耗子成精了，不能得罪了。

那年月，成群的耗子就是这样，与人争食那点可怜的粮食。冬天，田野一片空荡，麦场也一片空荡，只剩下几只打麦用的石辊子。可是，脱了粒的麦子在哪儿呢？反正谷仓里没有。我印象中的谷仓只有一囤谷子、两囤玉米、三囤薯干。薯干最不好吃，爷爷多半用它来换酒。

知道棺材是爷爷的小屋后，我便不害怕什么了。我把里面铺上一层谷草，躺在里面美美地睡觉。我敢说，我这一生里有许多最美丽的梦，是在棺材里做的。直到今天，我还能记起其中的一个，不妨说给你听听：

我梦见自己长大了，娶了一个媳妇，她长得挺漂亮的，就是有点黑。但她有个最大的好处，就是从来不吃粮食，只吃地里的虫子。冬天地里的虫子没了，她就挎着个篮子，挖树干上的虫子吃。我能爬很高的树，帮她找到树梢上的虫子。

瞧，我梦里的老婆是个节约的高手，很会过日子。令我意想不到的是，这个梦至今仍有它的现实意义：当我和妻子一起逛商场时，我常常会忍不住说上一遍。

一年之后，那口棺材终于被人抬走了，村子里有一个叫长远的年轻人突然得了一种疾病死去了，一时找不到棺材下葬。他才刚满二十岁，不可能准备自己的棺材。他家的人就找我爷爷商量，把这口闲置了十多年的棺材借给了他。

那口棺材从谷仓彻底消失，当我再见到它的时候它已经粉刷了一层黑漆，通体散发出一股死亡的气息，被一群人抬到荒凉的田野里。

这让我感到恐惧。

自此，我才知道了棺材的真正用途，明白了一个不可避免的事实，那就是人最终都要死掉，只是早晚的事。

那一天，爷爷在家喝了整整一天的闷酒，一句话也不说。我猜他大概心里很难过。自己的屋子，让别人抢去住了，何等败兴。

夜　路

　　有一段路通往外村，入冬以后，我和二爷常走那段路。我至今记着那段发白的土路，它收下了最初的一行脚印。

　　那条路上的积雪历历在目，有马车的道道辙迹。忧伤的芦花随风倒伏。二爷牵着我的手，行走在浩荡的月光下，一股刺鼻的冷冽从泥土里钻出来，把我的脚趾冻坏，把我的手吹成一只水萝卜。我想，它们肯定听到了我们的说笑声——野塘里的狐狸、獾、蛇、泥鳅和小鼹鼠。

　　从沙河岸边吹来阵阵寒风，河里的水已经结冰；荒野上的灌木丛飕飀作响，上面挂着一张大大的白纸，多半是葬礼上的灵幡。

　　还有路边的一棵棵白杨树，树洞里的鸟儿在咕咕地低语。而虫子们，早已蛰伏在地下惬意地过冬。

那年春节刚过，我的爷爷就患上了半身不遂，整天在土炕上呻吟不止。为此，我父亲从城里匆匆赶回，还带来了一个秃头医生。他用了一系列民间偏方，变戏法似的往邪乎里治，治疗了大半年，终于把爷爷治躺下了。躺下了也就安静了，用不着再费事。于是全家人松了口气：父亲回城继续工作，由我二爷照料爷爷的生活。冬天的苹果园更显凋零，枯叶飞得满地都是。我们的土房子立在那里，屋顶上的烟囱被柴草熏得黑黑的。

早晨，二爷拿着一只葫芦瓢，走向屋后的谷仓，回来时手却在微微打抖：瓦缸里没粮食了。二爷踩着积雪，走向木栅栏，把空空的葫芦瓢挂在上面。我看到他的手扶在挂雪的栅栏上，好长时间没有放下来。

那一顿早饭，我们吃的是红薯叶，味道涩苦，留在舌尖上好几天也不走，其特征好像家中来了个穷亲戚。中午和晚上，二爷一个人吃红薯叶。白天里，他把仓底又仔细地清扫了一遍，把残存的一点点粮食留给我和爷爷。那一点小米干饭，色泽金黄。我爷爷用手抓起它们，三下两下就吃完了，然后把仍然饥饿的眼睛投向我的碗里。二爷见了，递给我一个征求的目光，意思是：你爷爷是个病人，他比我们更需要食物。

我佯装不懂，把脸背过去。

荒凉的田野上，聚满了发疯的人群，像蚂蚁一样东奔西走，仅仅是为了弄点吃的。当最后一株甜草根被挖掘出来，人的眼睛变得像兔子的眼睛一样红。

吸烟的二爷　周亚欧／绘

到了晚上，二爷安顿好爷爷睡下，带我去韶堂村看露天电影。爷爷呜哩哇啦地嘱咐我们，比比画画，意思是：去外村的路上，一定要带上根棍子防身。我二爷笑一笑，说知道了，你放心吧。我们爷两个呢，不怕的。

　　我们都知道去外村的路不好走，不仅仅因为泥泞。

　　我爷爷曾经吃过亏，一直对走夜路心有余悸。我听说过那件事。那一年，他才二十多岁，在一个遥远的、比故乡更荒凉的地方，他推着独轮车走夜路，当经过一片坟地时，突然从松林里蹿出三个蒙面的家伙，一阵吆喝，把独轮车上的一袋粮食无耻地占有。我爷爷死死地抱着那一袋粮食，一边破口大骂，全是山东方言里的脏话，我已经难以启齿。他在人生的紧要关口将它们派上了用场，结果激怒了那几个人，他们把他捆绑到一株松树上，尖刀的利刃刺入大腿根部，差点削掉他作为一个男人最致命的器官。否则，我们家族的历史将被彻底改写。

　　那么我至今会是一个乌有。或者成为世上的其他物种，一只羊、一头猪、一条狗。也许干脆是一阵疾风穿过林间，朝心爱的人频频招手，无奈而又悲凉。也许连这个也不如，只是一阵光线的暗淡与明亮。因此我常会忽发奇想：既然生命是如此偶然，干吗还要这么在意它呢？在这样想的时候，我就开始尝试虐待自己。我会在整整一天里不吃东西，狠狠地折磨自己的胃。有一年，我参加一个旅游团队，见一个当点小官的人对导游小姐大发雷霆，他说的一句话令我至今十分反感："我活了这么大年纪，从来没有一天只吃两顿饭，今天你个小丫头算让我见识了。"

我从此厌恶那种矫情十足的人。我想起了我的爷爷，他的灵魂自风中游荡而来，在我眼前站定，盯着我的碗看。

在那个寒冷的异乡，我的爷爷静静地流了一夜血，他身上只有两处温热，那就是他的心脏和血的小溪。剧烈地跳动。灿烂地流淌。土地里埋葬的大片孤魂野鬼，没有谁站出来搭救他，也没谁将他吃掉。他从此成了一个罕见的乡间唯物主义者。

他说："哪里有什么鬼哟，真有的话，也只能比人的胆子更小。你们走夜路，需提防的是强盗。他们长着人模样，其实已经不是人。"

我和二爷去韶堂村的夜路，贯穿整个饥饿的冬天。后来，因为几元钱的苹果欠款事宜，他又领着我去了几趟，仍是在夜间出行，沙沙的脚步把鞋底磨穿。害怕的情形也有，就是走着走着，总觉得后面有个影子尾随，当你一回头，影子不见了。

大风把积雪的道路吹得干干净净。

韶堂村离我们村近在咫尺，却比我们村富裕得多。我的记忆里时常闪现这样的场景：宽敞的场院上，站满了麻雀似的人群，甚至连麦草垛上都挤满了人。冷风吹打着脸颊，我跺着脚，领略了电影艺术的最初魅力。电影散场以后，我会在路上一句话也不说，久久沉浸在故事情节里，仰望着满天的繁星陷入遐想。我在想活着真好，能每天看到电影不吃饭也行。

眼前的夜路，突然一阵明亮，宽宽地铺开，像通往天堂。

还有一次，在电影放映之前，几个彪形大汉押上一个人来，那个人形象邋遢，骨瘦如柴，全身颤抖，口吐白沫。他开花的黑棉袄上，插着一根长长的稻草，那是乡村耻辱的标记。事后我知道，那是一个外村的人，趁天黑来偷韶堂村仓库里的粮食，被当场抓获。

　　在一阵骚乱中，我把冻僵的手伸进二爷的衣袋里取暖，触摸到一堆粉碎的烟叶子。

　　二爷的口袋里没有钱，连一个硬币也没有。

鸟　巢

当疾风来临，我看到树干在风中摇晃，枝条像受惊的孔雀，羽翎收缩。那一刻，鸟巢承受了巨大的考验。待疾风稍有收敛，大颗大颗的雨点却砸了下来，整个世界都沉浸在一片骚动的汪洋之中：羊群乱作一团，叶子噼啪爆响，尘土高扬。乡道上飞奔着一辆木轮车。

而在鸟巢中，却有另一幅动人的景象：母鸟张开它的鸟翼，紧紧护卫着雏鸟。它毫无遮拦，献出它的全部。

其实，母鸟的翅膀不大，根本抵挡不了肆虐的风雨。嗷嗷待哺的雏鸟意识不到这些，它们依然张开着嘴巴，像盛开的金黄花朵。

暴雨过后，地面被雨水冲洗得干干净净，连平时看不见的蚁穴都清晰可辨；路边的池塘里，响着哗哗的水声。这时候，至少有三股溪流从不同的方向赶来，注入池塘。

塘边的树垂下头来，它拥有一头潮湿的乱发。原本隐藏在枝叶间的鸟巢暴露出来，树下落满了被雨淋湿的草茎，夹杂着几根散乱的羽毛。

我常常到树下捡拾鸟蛋。麻雀产下的蛋只有拇指肚大小，与鹌鹑蛋相似。当整个鸟巢被风掀翻，它们落到地上，碎成一汪蛋黄。而完整的鸟蛋，花色的蛋壳被蚂蚁咬空。

我把捡拾到的鸟蛋拿回家去，放到鸡窝里孵化。有一次居然成功了，遗憾的是，五个完好的鸟蛋只有一个变成了麻雀。

那只瘦小的麻雀被我养在笼子里，和一只蝈蝈为伴。但它一直很不开心，整天蔫蔫地睡觉。而且长到很大了也不会叫，经我爷爷诊断，是一只哑巴鸟。

我对它呵护备至。后来把它带到了城里，它大概不适应城市的空气，不到三天就死掉了，嘴角上吐出一丝血，是一点点咽气的。我目睹了一只麻雀死亡的全过程。后来我想，这是一只哑巴鸟，还是一只苦命的鸟。

上苍仅仅给了它一双小小的翅膀，而它却被囚禁起来，把短短的一生交给了鸟笼。

有些鸟巢是筑在草丛里的。在我生活的地方，离城十公里外有个阔大的草场，大片的萱草上结着茸茸的穗子。某年深秋，我和妻子到草场上去采风，在一丛枯黄的深草里，发现了一个制作精美的鸟巢。是的，世上最好的工匠也难以制作出一个那样的鸟巢，它真是精美到家了：精确的圆形犹如圆规画出来的。最外面的一层是粗糙的树枝，甚至有几块树皮；而最里面的一层却是细细的、发丝般柔软的绒草。用手触摸，能感到它的舒适和温暖。

我们当时激动得说不出话来。想这一定是一只或者一对细心的鸟，才做出这么好的巢穴。

它们搬迁到哪里去了？我小心翼翼，想把它从草丛里取出来，取了半天竟没有取下。原来，它们早已料到可能出现的破坏，设置了防御。不然的话，一阵风就能把鸟巢连根拔起，吹上天空。

事后，我记下了那个鸟巢的大体方位，在我的笔记簿上，至今留有一行这样的记载：

"电杆上有 T 字形，西有石堆。北十米开外的深草，一株矮桑，其下有巢。"

五年前的冬天，当时我正在写一部长篇，在一场鹅毛大雪后返回阔别十五年的故乡。车子驶近村庄的瞬间，率先映入眼帘的，是屋舍之上大片黑黝黝的树影。叶子已经落得精光，但树杈上的鸟巢却多得数不过来，一个比一个大。它们形成了当代乡村生活独特的景观。

而我亲爱的爷爷的坟墓，却永远消失于一片积雪和麦田里，再难觅踪。那一天，我只好把一瓶准备好的烧酒祭奠给村东头的田野，把一根点燃的香烟插入了雪中。

我的耳边，传来一波一波的鸟鸣，让我泪流满面。

干 葵

"园子里的葵花都干死了。"

二爷一边咝咝溜溜地喝玉米粥，一边漫不经心地说。在吃饭的时候说点什么，哪怕是关于一只蚂蚁的事情也行，否则那一顿饭就会变得索然无味。如果我们爷仨谁也不说一句话，屋子里就只剩下喝粥的声音了，越听越不好听。

在搬入苹果园之前，我们和村子里的人一道吃饭。

说来特别有趣——我们村里的人都爱端着碗到外面吃饭，大家找个墙角就地蹲下，一边说话一边吃各自碗里的食物：两个窝头、一块咸菜，一碗糊粥，或者两块红薯。

尤其是到了暖融融的春天，家家户户几乎倾巢出动，一律端着碗到村街上吃饭。有时正吃着饭，突然有一辆牛车经过，在饭碗前拉下几摊牛屎，牛蹄子踩起一缕灰尘，飞到碗里。

我永远忘不了那年发生的一件事：

我正和爷爷在村街上吃饭，明显地感到气温自地下冉冉上升，我的头顶飞着一团春天草木的香气。我一边喝粥，一边把目光投向一户人家门口的水井。井沿光滑，上面趴着一只辘轳，看上去像只癞蛤蟆。

突然，从身后的胡同里跑出一高一矮两个男人，他们差点踩翻了我面前的木碗，一溜风地朝村北的一条街上奔跑。猫着腰。紧接着，不等我醒过神来，身后的胡同里就传来一阵女人哇哇的哭声。

这个模样俊俏的女人，全身赤裸，跑到了村街上。

她似乎疯了，嘴里发出哇哇的嘶叫，显然是在追赶那两个男人，而那两个身强力壮的家伙早已跑得无影无踪。她的出现，令在场所有的人都惊愕地停下了手中的筷子，张开空空的嘴巴。

我不明白发生了什么事情，只知道周围掀起一阵不安的骚动。在从人们嘴里发出的阵阵惊叹里，我隐隐地感到发生了一件很可耻的事情。回到屋子，我听到爷爷对二爷说："福成的老婆，今晚被人欺负了。""孬种。他们欺负一个哑巴……"我二爷愤愤地骂道。

当天夜里，我躺在土炕上，回忆着晚饭时发生的事情，内心十分恐惧。我受了很大的刺激。那是我第一次目睹一个少妇赤裸的身体，它让我感到羞耻。这种羞耻感竟然延续下来，到今天，化成了一腔对故土难捺的憎恶。

那是一种复杂万分的情绪：常常，在我抒发对童年乡村生活依依不舍的情怀时，一股对野蛮的仇恨力量会像八月的河水一样泛涨上来，将美丽的记忆之坝冲得一塌糊涂。

沙河上空，那一轮明晃晃的月亮可以作证。

苹果园里，大片金黄枯死的葵花也可以作证。

那件事发生不久，我们把家搬到了苹果园。当然，我们搬家这件事与那件事毫无关系，如果没有那件事，我们还是要把家搬到苹果园。

那里离村子有三里多路，途中要经过大片坟地和一片打麦场。打那以后，我们吃饭的时候就失去了往常的热闹。一张小木桌上，摆放着三只寂寞的碗。

后来村子里又发生了两件丑闻，平均半个月发生一件：一、村子里著名的小偷六指偷了一个孤老太太的羊，并用羊皮做了件棉袄，结果被细心的老太太认了出来；二、看守瓜园的那个瘦老头调戏了前来送饭的儿媳。但它们都似乎与我的生命无关。在我看来，它们就像是一篇关于乡村生活的神话传说，汹涌骚动的原始情欲理应成为必不可少的内容之一。

多年过去了，唯有哑婶遭受污辱后的追喊声让我时常忧愤。她惊慌失措的影子穿越时间的屏障，扑到我的书桌上化成了一缕忧伤的叹息。

离开村子以后，我有好长时间没有见过哑婶。我只知道她确实长得很俊俏，不然也就不会遭遇那场劫难。爷爷们忙于果园里的劳动，也很快和村里人一样，把那件事快忘光了。再说，有些事你记着没用。有些事你记着，只能伤害你自己，不如把它埋在记忆里，永远不要碰。

我只是隐隐地听说，有几个老光棍被叫到大队部接受调查。那些光棍汉像是商量好了似的，异口同声地否认是自己作了孽。有的对天盟誓，嗷声大叫，有的用脑袋撞墙，或抽下裤腰带上吊。这件事最终成了一桩悬案。那时候，我们村的悬案很多，时间越长，悬得越高。

哑婶的男人，我的本家叔叔周福成，是个牛倌。他对这件事表现出了惊人的大度。唯一的改变是他也搬出了村子，把家安到了村外的饲养棚里。这个饲养棚离苹果园很近，近得能闻见牛粪的气味随风舞蹈的阵阵亲切。

一天，一头年幼的小母牛不知怎么的死掉了，他杀了小母牛然后煮了一锅牛肉。我看到的情景是，他端着一碗牛肉来到了苹果园，用一只豁了嘴的黑碗盛着。我听到爷爷与他谈了好长时间的天气和牛的成长问题。我坐在木凳子上，大口大口地吃他送的牛肉。忽然，我爷爷小声地冒出的一句话让我支棱起了耳朵："福成，那两个坏蛋找到了吗？"

周福成长着一脸黑锅底似的皱纹，咧嘴笑了笑："嘿！他娘的，哪那么好找去！嘿——"

接着，我听到周福成的嘴里还吐出一段慷慨大方的言辞：

"算了吧。反正这女人也是白捡的。那年冬上，她要是不自个儿跑到我的牛圈里，我还不是照样打光棍呀！操，再说了，也没损失啥呀！你说呢长太叔？这件事就让它拉倒吧！"

我爷爷听了周福成的话，表示赞同："就是啊，就是……日子该咋过咋过。"

"嗯！"

周福成愉快地答应着。"长太叔，没事吧？没事我得走了，今天的草料还没铡呢。他娘的，干不完的活！"说完，周福成就拿着他带来的碗，揣在怀里，一晃一晃地离开了苹果园。

我再次看清了，是只黑碗。还豁了一个口子。

那一天，他还带来了一袋葵花籽，说是哑婶去年种的葵花收获了。让我们尝尝。不知怎的，一听是哑婶种的葵花，一家人都没有去动它的念头。我们不忍心用牙嗑它。

黄昏，我们三个人一道把它种在屋后的一片空地里。于是，在春天茁壮的阳光下，苹果园里就多了一片金黄的葵花林。

我至今对葵花留有美好的记忆。它在风中长得很快，它的头会不停地转动，跟随太阳的方向。而且，它会长得很高，比高粱还高。在大片身高相等的苹果树丛中，它显得出类拔萃。那时候，我常常钻到葵花林中，好奇地想：这叫庄稼呢，还是叫树呢？

我曾用镰刀砍下一株年幼的葵花，看到从细长的葵花秆里涌出一股植物的液体。味道腥甜而又浓郁。我被这味道弄得头昏了，倒在苹果树下睡了整整一个晌午。

阳光懒洋洋地照耀着我，直到把我晒醒了，我额头发热，全身都是湿漉漉的汗水。我睁开眼睛，不经意地瞟了一眼不远处的饲养棚，看到周福成躬身劳作的影子：他手持一根长长的木棍子，在往石槽里搅拌牛饲料呢，很吃力。哑婶挺着高高隆起的肚子，靠着牛栏，在晒太阳。在她脚下的露珠，一闪一闪地发出光芒。

她眯着眼，微微笑着，一脸妩媚的表情。

"呵，园子里的葵花都干死了。"

立冬那天，我的二爷这样说。我和爷爷都没理他，继续喝着碗里的玉米粥。满屋子都是好笑的喝粥声：咝溜——咝溜——咝溜——

过了一会儿，二爷又蹦出一句："昨晚，福成的老婆生了。是个丫头。"

那口气，就像说一头老母牛生下了一头小母牛。

叫　喊

　　我一直认为，人的生命是从叫喊开始的。只是由于婴儿没有形成语言，人们把叫喊听成了哭泣。

　　外婆对我说：那一天早晨，天上挂着通红通红的太阳，母亲正挺着高高的肚子和她一道围着锅台包菜团子。灶膛里的木柴热烈地燃烧，院子里的积雪已经开始融化，那只后来成为我朋友的黑狗，在一棵干巴巴的枣树下，高高地跷起它的左腿，把一泡热尿准确无误地撒到树身上。

　　我的外婆和母亲一句一句地说话，稀稀拉拉地说话。当包到第九个菜团子的时候，母亲就忍不住了。剧烈的疼痛打断了她的劳作，她索性就地倒在了灶边的一堆柴火里。

　　外婆说：快，羊水破了。

　　像一个不速之客，我的到来搅扰了全家人的早饭，那顿早饭不是为我准备的。那时候母亲是乡村小学教师，除了工作，她还要负责为全家人做饭。吃饭的有四口人：爷爷、二爷、姐姐和她自己。沙河镇上的外婆是专程来侍候她坐月子的，加上她就是五口人。

一大早，我的爷爷和二爷都到田野上去了，早春的阳光照着他们被去冬的寒风雪吹裂的手掌。他们每人手持一把雪亮的铁镐，把去年剩下的土豆从土里刨出来，就像外婆把我从母亲温暖的子宫里迎接到广大的世界上晾晒，要承受漫天的暴风雪，再也不能躲藏了。

就像一首诗中写的那样：我们一旦出生，就永远无法返回。

从此，我们不自由，要承受人世的种种约束。我们不能想怎样就怎样。

浓重的露水里，我姐姐小慧飞快地跑到田野上报信，头上的羊角辫显得异常兴奋，她边跑边大声地嚷叫：爷爷，回家吧，我妈妈给我生了个弟弟。

接着，她的一句谎话把两个爷爷逗乐了：我的弟弟一生下来，小鸡鸡就是直挺挺的。

后来，沙河镇上的外婆出面作了更正：听小妮子瞎掰呢，当时你只知道哇哇大哭，不住声。刚刚出生的小孩子光哭不流泪，你却也哭也流泪。外婆还说我的到来耽误了全家人的早饭，开饭时都到晌午了。日上三竿，村子里的妇女都跑到我家来，麻雀似的站满了一院子，叽叽喳喳地议论我的下半身。

我善良矮小的乡下外婆，那第一个迎接我和人间的动植物见面的人，伴随着 2002 年炽热的七月，已经悄悄地远走。临死前，她发着四十二度的高烧不退，喃喃自语：唉，见不到外孙了哟。接到消息的那天我正在外地出差，望着远处一座工厂上空冒出的青烟，我知道我的外婆正化作它的形象被风吹远。我想哭，却怎么也哭不出。我是一个不肖的外孙。

这些年来，我在远离故土的异乡奔波，爱着自己也爱着别人。闲暇里，只要一听到瞎子阿炳的音乐，每一次都会泪流满面。是的，每一次。而面对远方亲人的离去，我却表现出了如此惊人的麻木和冷漠。我的外婆，她颠着旧时代的小脚，沿着沙河岸边起伏的柳荫，吃力地走向另一个世界。

一个多月过去，为了这件事，我的母亲依旧不理睬我。我一遍遍打电话给另一座城市，都是无人接线的拒绝。这让我感到内心的懊悔与某种刺痛。

在北方这样一个处暑的夜晚，我坐在电脑前，一遍遍播放着阿炳哀婉的二胡声。我知道这一次，我眼里汹涌的泪水不仅仅因为阿炳伟大的民间音乐。一曲二胡，它制造不出这么巨大的心灵塌方。

窗外是渐渐袭来的秋天，天色开始明亮了，妻子均匀的呼吸声来自另一间卧室，与书房隔着一道墙壁。她正在幸福地怀孕，为每一次胎心的跳动而激动地发出慌乱的呓语。

两个月后，我将成为一个活泼可爱的小生命的父亲。但是亲爱的妻子，你能告诉我，这一切与外婆的离去，有什么必然的勾连吗？我知道你说不清楚。那么谁能告诉我呢？

　　我永远忘不了那年冬天，一辆拉家具的马车消失在白茫茫的远方，村路边的土沟里，开满了瑟瑟的芦花。我和黑狗朝马车消失的方向拼命追赶，我大声地哭泣，黑狗汪汪地叫个不停，后来干脆一起倒在了雪水里。两个爷爷使出了平时拉大锯的力气拉我，把我抬放到一片顺手扯来的芦花上。但是我不听，又跑到刚刚被我暖热的雪水里继续打滚。

　　那时候的村庄像一块柔软的月光，把我紧紧搂抱。

　　我感到长长的狗舌头在耳边不停地唠叨和安慰，热烘烘散发着阵阵泥土的腥气。

　　那一天，田野上一幢被废弃的茅草棚里，吊死了一个再也忍不住饥饿的人。当村子里的人把他从木门上解下来时，他的身体变得像一片树叶子一样轻，差点被风吹起来。

　　当天上午，人们打制了一口简陋的棺材，把那个人就地埋葬。有个好心的老太太用草纸剪出一串钱，放入他大张的嘴巴里。二爷紧紧牵着我的手，让我目睹了乡村葬礼的整个过程。我看到雪地上挖出一个深深的土坑，里面躺着一个人。当第一锹土落到他失血的脸上，他的牙齿啪的一下咬住了那串纸钱，像生命咬住了最初的一声叫喊。

雨　水

　　到了七月，平原上的雨水一场接着一场，把田野的低凹处灌得满满当当。如果你站在田野里，仰头看天，会发现天空忽明忽暗，大团的云朵在匆匆迁徙。

　　有时，天空会出现很奇怪的现象：一半是湛蓝的晴空，另一半阴云密布。这时候，会清晰地看到乌云在大地上的投影。

　　当眼前黑下来的时候，人们都停下手中的劳作，四处逃散，躲到瓜棚里，更多的人则就近躲到大树底下。我喜欢让雨淋淋，常常脱光了上身，待在雨地里，感受植物的生长。我的伙伴一时找不到避雨的地方，就顺手采下一片荷叶，顶在头上充当雨伞。雨点打在叶子上的声音，接近于世上最动听的音乐。十分清脆，很具灵性。

　　如果雨点打在干燥的沙土上，会发出一阵阵噗噗的钝响。不太好听。太阳出来以后，沙土上的雨点被阳光晒干，不留痕迹。

有一次，我一个人在田野里给鸡捉虫子，整整一个上午过去了，我没有捉到多少虫子，后来我渴了，就到一个水洼里喝了几口残存的雨水。

天上掉下来的东西与地上酿造的东西很不一样，它们比井水爽口、轻盈、甘甜，但少了井水的醇厚与韵味。田野上残存的水洼一片连着一片，时间长了，里面会生出许多小鱼和小虾。有一次在果园的茅屋里，爷爷在一旁吸烟，我坐在门前看雨，雨水落到地上，升起许多美丽的气泡，轻轻地飘走，或者中途破灭。这时，又一件奇怪的事情发生了，我看到一条小鱼在水里跳动了几下。

事后知道了这条鱼是从天上落下来的。

如果雨水落到田野的低凹处，形成水洼，用不了多久，里面就会有一群游来游去的小鱼和小虾。但它们是长不大的，由于水量太小，阳光很容易吸干水洼，只留下一些张开的裂缝。聪明的鱼虾，会顺着地上的裂缝游入地下隐藏。而有些深深的水洼却会将雨水一直存下来，穿越寒冬。

那一天，我没有捉到虫子，却捉了一瓦罐小鱼。傍晚，爷爷把瓦罐里的小鱼捞出来，炖了一盆鲜美的鱼汤。

还有一次，是冬季三九最冷的一天，我突然病倒了，连续三天高烧不退，并且胡话连篇，指着屋梁上的一块树疤说栋梁上有个白胡子老头。爷爷吓得出了一脑门冷汗。他急得手足无措，跑到屋后烧火磕头，祈求神灵，并且对二爷大发雷霆。

二爷把酒倒入一只破碗，用火柴点燃一片纸条，放入碗中，只听噗的一声，酒碗里顿时升起一朵美丽的蓝光。

二爷把手伸入热酒，然后揉搓我的前额。如是再三，高烧渐退。我醒来后看到二爷正伏在我的眼前，声音里带着兴奋："饿不饿？"

"饿。"

二爷笑了："想吃啥？"

我想了想："鱼。"

"啊……"

二爷的嘴里发出一声惊叹。

公元1973年最寒冷的一个清晨，二爷拿了渔网，来到村头的池塘里，池塘里结了厚厚的冰。二爷就用镐头砸，砰砰，冰屑四处飞溅，可三九天的冰实在太坚硬了，好不容易敲开一个窟窿，却只看到一汪清水，根本无法下网。

后来，二爷突发奇想，踩着皑皑积雪，深一脚浅一脚地来到田野，终于找到一处残存的水洼。敲开一层薄冰，先是露出几根冻僵的腐草，再露出黑色的淤泥，腥味四溢。那一天，我的二爷费了九牛二虎之力，终于捉到两条不大的泥鳅。一条像小饭勺，一条像小萝卜。

生命里有许多难忘的场景。多年过去，那两条泥鳅的形象成了我一生里最难忘的场景之一。它特别的做法也令人难忘：二爷将泥鳅用草纸包了，埋入柴草灰中。烧熟之后，二爷将纸包撕下，将肉喂入我口。当晚，二爷鼓盆而歌，唱起了一首古老的民谣：

黄叶儿飘飘落，

随风跳舞一个个。

哥们弟们聚一起，

你唱歌来我来和！

磨　坊

　　我熟悉这样的乡间磨坊：一进门，立即扑来一股腐烂的麦草的气味，夹杂着牛粪与驴粪的气味。磨坊里什么味道都有，人身上的汗气，动物身上的腥气，木头身上的霉气，却唯独没有粮食的香气。我爷爷说，粮食的气味蒸发得最快，因为它是上天赐予人间活命的东西，任什么动物都要争抢它。为什么争抢啊？因为它是好东西。爷爷说。

　　他还说："虫子们从麦子一冒芽就开始争了，从春天到夏收。当麦子装到囤子里后，老鼠又开始争了，咔哧咔哧地咬一个冬天，把好好的粮食吃得只剩下空壳。尽管它们不劳动，种地时一点力气也没出，但它们不跟你讲道理。"当时，我爷爷在村里有一个相当著名的观点：只有吃下去的东西，才算是自己的。他喂我吃饭："嗯，你吃下去，吃下去我才放心。"

　　我爷爷爱赶集，赶集可以用地瓜干换到便宜的散装白酒。

在我的童年印象里，他酗点酒，然后骂点人，再摔点不值钱的东西，这就是他老人家一生中唯一的享受和娱乐活动。

赶集之前，他会把饭做好，喂饭的任务交给我二爷。二爷其实也十二分地疼爱我，但爷爷似乎不怎么信赖他，每次赶集回来，总是很仔细询问我是否把饭吃到肚子里了，我老实地回答："吃饱了。"

爷爷仍不放心，就鼓励我去拉屎验证。他弯着似乎是先天性的罗锅腰，一根根地划燃火柴，哧啦，哧啦，一股亲切的硫黄味道弥漫夜空。有时，为了求得一个真相，他甚至还会不顾一切地用手指头戳戳俺的粪便。事情顺利了自然皆大欢喜，如果我碰巧拉不出屎或者过程很吃力，爷爷就会怀疑二爷吃掉了我的那一份饭，当晚两人会爆发一场激烈的争吵。直到今天，我仍认为我二爷是世界上遭受误解最多的人。可怜的二爷，一表人才却因贫穷而终生未娶的二爷……愿他灵魂安息！

唉，扯远了，继续说磨坊吧。

我记得，磨坊门口总是蹲着一条懒洋洋的草狗，旁边有一棵衣衫褴褛的老槐树，是个上吊死人的好场所。冬天，槐树上时常出现一张烂乎乎的白纸，可能是风把它刮到了那儿，光秃的树枝拦住了它。那样子，仿佛是在为死去的乡人招魂。

在多年以前，古老的磨坊似乎是中国乡村的幸福符号。全中国的乡村几乎不约而同地将磨坊建在村子最显眼的位置：要么在一个高高的土坡，要么在村子的中央。平日里，磨坊被一把大锁锁牢，由村里的会计专门掌管，谁家要到磨坊里碾米磨

老磨坊　周亚欧／绘

面，都得向这位会计提前预约或申请。有一年，我那性子特别耿直脾气格外火爆的二爷，不知什么原因得罪了那位账房先生，结果磨坊的门在整整半年的时间里拒绝为我们敞开。在那个艰难的时期，我们家的食谱很是单一，吃了整整半年的苞米糁子。

快到春节了，家家户户都忙着准备过年，满腔怒火的爷爷终于忍不住了，顺手从门后抄起一把镢头，趁下雪天敲断了磨坊的窗棂子，狗一样爬进神圣如宫殿的磨坊，偷偷地粉碎了一口袋要命的麦子。他们害怕被巡逻的民兵发现，故而不敢点亮油灯。不知是出于兴奋还是出于紧张，他们屏住呼吸，弄得满头都是汗水。呜呜呜——呜呜呜地推响了幸福的碾盘。我坐在幸福的磨杆上，看到暴风雪在窗口狂飞乱舞，蝙蝠的影子飞进飞出，搅得我的视线一团模糊。

第二天，一个神秘事件就在村子里传开了：昨晚磨坊里，闹鬼啦。

应该交代的背景是，我和两个爷爷生活的地方叫沙河镇，坐落在荒凉的鲁西平原上。远远看去，它破落得像一张被千百万人踩踏过的草席。那草席上的一个大漏洞，就是我所在的村庄！那漏洞上的蜘蛛网，网住了我无法更改的童年。

雪地上的狗

　　阳光下的雪地上，寒气刺鼻。

　　小畜生在我眼前奔跑，它总是跑到我前边，偶尔也会窜到我的身后。如果它窜到我的身后，那么我就会转过身来，它就又在我的前面了。一句话，我总是在追赶的位置上，嘴里不停地呼出白茫茫的气息，我像它一样地喘息，只是不像它一样把大舌头伸出来。

　　我觉得那样很难看，像吊死鬼。

　　我头上的棉帽子是爷爷缝制的，不怎么讲究，它抵挡不住肆虐的北风。我的两只耳朵有一只已经冻僵了。我的棉袄是沙河镇上的外婆做的，袖子和背上已经开出了像雪一样的花朵。我的爷爷看了，并没有理睬那些花朵，到了冬天，他就躲到苹果园的小屋里，把木门关严，偎着奄奄一息的炉火喝瓜干酒。

酒肴是一碟咸菜，一碟花生仁。但他的酒量真的不算大，喝到第三盅的时候眼睛就红了，第五盅过后整个脸红了，第七或者第八盅时他就会让屋子里的人出去。

他说："啊，都……都……都出去。"

在一旁剥麻的二爷听了一愣，厉声责问："干啥去？！"

我的爷爷哆哆嗦嗦的手指，指向窗外那片刺眼的雪地："都……都……都给我到外……啊，就凉快凉快去。"

"操你娘！"我的二爷知道他的哥哥又喝醉了，二话不说，从灶膛里抄起一根拨火用的棍子，大骂了一句自己的娘，然后一棍子打了过去。只听"砰"的一声，棍子重重地落下——当然，棍子不会落到爷爷的身体上的，棍子总是准确地落到碟子上，花生仁会四下散开。

花生仁四下散开的一瞬，好像还咯咯地笑。

我坐在炕沿上，翻看着一本名叫《小马倌》的连环画。我知道两个爷爷又打起来了，唉唉。他们是我的祖辈，性格里像埋下了火种，一点就着。他们让我的性格里也有了火的元素，这是我长大后才发现的。它让我不停地燃烧自己，直到今天，我还时常为某些不公平的事情而悲愤地燃烧。

我知道这种燃烧是无奈的，它只会让我的灵魂变成一副骇人的骨架。

事情就是这样的，我的两个爷爷，因为类似的小摩擦打了一辈子架，从来没有谁真正赢过，当然，也没有谁真正输过。

最后，他们不约而同地死去，两个人的坟墓却又相依得很紧，差不多连到了一起，像两个摆放在大地上的鸳鸯枕头，看上去十分和睦。这很好，我想，他们终于和睦了。他们的殉葬品也一样：两只碗，两双筷子，两个碟子，一壶酒，两根旱烟袋。

二爷有玩扑克牌的嗜好，在我的再三要求下，他的棺材里，比爷爷多了一副扑克牌。

每逢我的两个爷爷打架的时候，小畜生就会很懂事地跑过来，颠颠颠地跑过来。是的，颠颠颠。它本来在院子里的麦草里睡觉，听到屋子里的声音就跑过来了。它不是来看热闹的，它是家庭成员之一。村里人有看热闹的坏习惯。不久前的秋天里，一次爷爷们打架时的高嗓门被风吹到了果园外，一个过路的妇女听到了，结果苹果园围满了一大堆看笑话的人。他们把木栅栏拆散，像麻雀一样探着或大或小的脑袋，最后还偷走了许多青苹果。事后，面对满地狼藉，我爷爷感叹说：看看。我二爷也感叹说：看看。

但过不了几天，他们就又干上了。

这时候，小畜生跑过来，用它亮闪闪的黑鼻头嗅我的手，用它柔软精致的小舌头舔我的手背，用它洁白的小牙齿，呜呜地撕咬我开花的棉袄袖子。它的眼神流露出凄楚，可怜巴巴的样子，美丽的瞳仁里泛着一波蓝光。呵，小畜生长着一对蓝眼珠，我因此给它取名叫兰兰。它呜呜地叫着，嘴里发出童稚的声音。我放下连环画，轻轻摸着它光滑的头，"嘘，兰兰——"

它用头拱我，意思是，让他们吵吧，我们出去玩会儿。

于是，我们来到了果园外的雪地上，把吵骂声远远地抛在身后。隐隐地，我听到力气很大的二爷，把他的矮个子哥哥弄出了沙哑的哭声。我当时想，爷爷的哭声不好听，比兰兰的叫声差远了。你看它跑着跑着，在一个地沟旁停下脚，耳朵支棱起来，汪汪汪，地沟里顿时响起一阵悉索，接着箭一般飞出一只野兔，褐色的野兔。

兰兰的叫声真的很好听，会把野兔吓跑，还会把流星从夜空邀请到地上。

中午的阳光照耀着麦田里的雪，我手里拿着一根木条，是专门为兰兰准备的。雪地上，我的影子忽大忽小。

只要我说：来，兰兰，亲一个！小畜生就立即转过身，颠颠颠地跑过来，颠，颠，颠。它把潮湿的黑鼻头凑到我的脸上来，用舌头舔我的手，把动物特有的腥味留在我的脸上。

兰兰原本是我外婆家养的，它的曾用名叫"花袍"。那年春天，我外婆家的大黑狗一次生下了六只狗崽，兰兰是其中的一只。入秋以后，我舅舅张登印骑着破自行车来给我送棉袄，它偷偷地跟在车后跑来了，来了就不想再回去了。我舅舅说："这只狗最懂事，你可得好好养。不行的话，你再给我抱回去。"

我说放心吧，它怎么叫"花袍"呢，它身上没有花呀。喷喷，我叫它"兰兰"吧，和我们村一个女孩同名。舅舅笑了笑，说，坏啊，从小就坏。然后就走了。兰兰望着我舅舅张登印飞身上车的背影，汪汪地叫了几声。

沙河镇离我们村有五里路，说起来不算太远。但路不好走，途中还要经过一条浅河，秋水泱泱。我把兰兰抱在怀里，它的身上还很潮湿。

这年的腊月二十九，村里人都开始忙着过年了，屋顶上的烟囱里，飘出了阵阵香气。我们家却因一小块生猪肉的失踪爆发了激烈的争吵。两个爷爷互相责备，差点又一次动手。是的，如果在平时，要他们不打一场除非太阳从西边出来。而眼下，过年让他们都拼命踩刹车似的发挥了最大限度的克制。

爷爷发言："明明放在锅台上，一转眼没了。"
二爷发言："我就出去抱了一捆柴火，当时你在哪里？"
爷爷发言："我在撒尿哩，你能不让我撒尿么。"
二爷发言："你一泡尿，把一块猪肉撒出去了！"

最后，他们停止争端，认真分析，怀疑到了兰兰头上。兰兰的品行终于得到了一致的认定。于是，第二天，当我从睡梦中醒来，发现我的伙伴不见了。

他们瞒着我对兰兰采取了必要的措施：二爷用我的那根木条狠狠地揍了它一顿，然后将它赶出了苹果园。

就这样，在大年三十，我的兰兰走了，踩着茫茫积雪。

远逝的节日和雪

　　那时候的雪，总是在年关临近的时候飘落，很快就覆盖了通往村东苹果园的小路。果园里有三间土房子，分别住着爷爷、我以及爷爷的弟弟——我叫他二爷爷，村里人都叫他长林，有人则直接地叫他"光棍长林"，很有些瞧不起的意思。而长林爷爷对此已经习惯，只管不紧不慢地做他手中的活计：用铡子把地瓜切成片片，然后拿到阳光下去晒干。

　　在我的记忆里，他摇摇晃晃地在雪地上与阳光揉在一起的样子，是他最生动的样子。

　　我的长林爷爷身材高大威猛，可谓一表人才。这令我至今也弄不清，他为何终生不曾娶妻呢，不然我一定会有一大串哥哥或者姐姐了，就不会像一只被遗弃的猫那么孤单啊。这真是一桩不大不小的憾事，它成了一个永远无法破译的谜——我亲爱的长林爷爷啊，愿你的灵魂安息！

　　知道吗？今天，我坐在有暖气的房子里回忆当年，不明白为什么那时候的雪花那么大，像牛蹄印。它们在傍晚时分从天而降，飘呀飘呀，把村庄遮盖得严严实实，好像有意拒绝一切过路的人和流浪的人。有一年，也是年关，你领着我走在回苹果园的路上，发现结冻的土沟里有个黑影子，就试探着咳嗽了几声。见没有什么反应就走过去，才发现是一个人倒在那里。于是你就招呼我把那个已经死去的流浪汉拖起来，拖到炉火旁让他再活过来。这当然是徒劳。

　　这样的事情后来我还遇到过几次，不过不再是死去的人了，而是一条瘦巴巴的狗或者一头觅食的猪，它们同样在年关即将来临的时候，倒在荒凉的田野里。

　　长林爷爷说：总有许多人和动物，过不了年，年不是那么容易过的。这时候他就问我喜不喜欢过年，我点点头，说喜欢，因为过年会让我长一岁。长到八岁爸爸妈妈就会把我接到城里上学。他就佯装惊诧的样子，怎么，你不喜欢和两个爷爷在一块了？我会立即回答：不喜欢！当然不喜欢。他的眼睛瞪着我老半天，似乎是失望，叹口气，用手焐焐我冻红了的耳朵，说：嗯，只有小孩子喜欢过年哩。

　　整整一个冬天，长林爷爷都在切地瓜片，晒干后装入粮囤里。他还会用荆条编织草筐，用来拾粪。在大雪飘飞的清晨，他头戴一顶狗皮帽子，肩背一只粪筐，手持一只铁叉子，到麦田里捡拾动物们遗下的粪便。只要你一进园子，就会看到他整整一冬的劳动成果：一堆小山一样的粪便。开春时节，他会把这些粪便埋入苹果树底下，让它们把每株果树喂得油绿，叶子在风中哗哗作响。那一刻，他总是牵了我的手，钻入果园深处，吸着阵阵苹果花的香气，想象苹果丰收的情景：欢声阵阵，生产队的牛车驶入果园，还能听到队长老婆的高嗓门，人们在收获苹果，一直到夜深时分，一盏马灯照亮迷人的秋夜……

还有几天就要过年了，这对长林爷爷来说，不是一件轻松的事情。一大早，他就背着一只草筐，踩着皑皑积雪，到村东的路上去了。他是在盼望着沙河镇上的邮递员来，送上一张十元钱的汇款单，那是父亲每年的一份孝敬。年年都一样哩。我永远忘不了两位老人在接到汇款单后喜悦的表情，那两张开裂的石榴般的老脸啊。不必到小邮局取款，而是签个字，直接从邮递员手里接过十元钱，兴奋得连道谢都忘了。长林爷爷会大声嚷嚷："好哩，这下过年不用愁啦！松子，你爹爹给咱邮钱来啦……"

呵呵，剩下的事情就顺理成章了——第二天，太阳一出，长林爷爷一只手领着我，另一只手紧紧攥着钱，到镇上买上半袋白面，割几斤猪肉，再给爷爷买半斤散装的白干酒，给我买上一挂鞭炮，几个"二踢脚"，还有一种叫作"噗啦筋"的烟花……回家后从菜窖里取出几棵大白菜，一顿香喷喷的年夜饭就做好了。迷人的年夜哟，果园里冒出阵阵肉香，引得围栏上拴着的羊躁动不安，咩咩叫唤。大年三十的那个夜晚终于在盼望中降临，吃过长林爷爷包的饺子，他就领着我到村子里去，村子离果园不远，有三里路吧。那一天，我会见到许多人，几乎是全村的人都出来了哟。笑啊，闹啊，烟花好闻的气味在隆冬的深夜弥漫……

而眼下，一场大雪封住了村路，邮递员的影子始终没有出现。我的长林爷爷，急得都快掉眼泪了哟，当我找到他的时候，他正一动不动地把目光投向远方，眉毛上沾满了白雪。

我嘻嘻笑着，用手使劲推他，二爷爷，别等了，回家吧，爷爷都急了呢。

长林爷爷如梦方醒，嘴里咕哝着什么，呃呃……回家，爷爷给你包饺子。没有钱，年照样能过……唉，兴许明天，天会晴哩。他不甘心。

然而第二天仍是大雪纷飞，那铺天盖地的雪啊。远山皑皑，从苹果园向北望去，会隐约看到村子里的牛圈，在风雪中静立的木桩，以及偶尔出现的人影。

我永远忘不了那个年是怎么过的：由于没有收到父亲寄来的钱，我的长林爷爷只好把地瓜干用碾子磨碎，用它包了饺子，还杀了一只羊。多年之后，我知道了地瓜面包出的饺子，它的颜色黑黑的。我们吃着它，觉得真香。我清晰地记得，长林爷爷将一碗热气蒸腾的饺子端给爷爷，说，哥，今年别喝酒了，行吗？爷爷呜哇一阵，拼命打着手势，一会儿点头，一会儿摇头。长林爷爷就拍拍他哥哥的头，安慰道，等雪住了有钱了，再给你买酒喝，中不中？

我的爷爷身患半身不遂多年，一直瘫痪在床，说不出话。那年春天到来不久后，他就去世了，怀里抱着一只空空的酒瓶。

大风吹跑了我的帽子

让我的叙述从风开始：在突如其来的诡秘之夜，一个披着白斗篷的家伙手持一柄锐利的长矛，张大嘴巴，伸出纸一样惨白的舌头，左舔右舔，就这样把一派浩荡的月光舔得冻在那里，成为一块冰坨子的形象。林带瑟瑟，方圆百里，整个荒野都回响着它的吼叫。门闩叮哐作响，所有的木门都被花朵一样一溜吹开，篱笆枝条散落一地。三只血淋淋的羊羔乘坐一片落叶飞向天空——这就是多年前的冬天，我熟悉的、广袤的鲁西平原故乡沙河村的风，像刀子一样残忍和彻底。

我自幼对风的印象都很不好，它败坏了我许多美好的情致和幻觉。那狗日的岁月，狗日的冬季的莽莽大野，土沟呜呜作响，呼啸着风的疯狂。

现在，它又在我耳畔响起，像打开一座土窑一样打开了我封尘已久的乡村记忆。

有一次，风无端地掀掉了我头上的棉帽子，我的棉帽子化作一只毛茸茸黑乎乎的刺猬球，骨碌碌地滚到了路边的冰水沟里。我用冻得红肿的双手嗞嗞呵呵地伸向冰水沟，我看到我的帽子扣在浮水中沉下半截，它曾与我日夜相伴，白天在我的脑袋上，黑夜挂在墙上的一颗铁钉上。那上面布满了我的汗渍和脑油的气味，卷起的帽翅里还夹着一只纸叠的"四角牌"。但我的个子太矮，我的身体没有力量，我的打捞一次次宣告失败。那时候，即便是一根漂浮在泱泱大水中的稻草，也会拒绝我的打捞，我绝望的号哭无人理睬。

　　我大叫着：我的帽子，我的帽子！

　　整整一天，我不敢回家，怕爷爷唾星四溅的责骂。傍晚，一个残酷的"好消息"解救了我：村子里有个孩子被风刮下的枝条削下了一只耳朵和半张脸。他是村干部的儿子，于是，全村的人都为那一只耳朵和半张脸哀悼，我爷爷也灰溜溜地裹在人流里，从瘪嘴里发出真假难辨的叹息。从村干部家回来天色已经很晚，我爷爷早早地就睡下了，他是在第二天早晨吃饭时发现了我的局促和异常，就白了我一眼问，你的帽子呢？我支吾道：掉水沟里了。爷爷立即把牛眼瞪得老大，胸腔里发出一股邪火，问：在哪里？哪个地界？怎么丢了就丢了，你怎么不早说？真话还是撒谎？我说是真丢了，在场院路东的那条水沟旁边。刮风时我一时没捂住它，它就骨碌碌地滚了出去。我个子小，手没那么长，捞了几次都够不上。我爷爷仍不罢休，拉起我的胳膊说，走，带我看看去。我觉得爷爷抓我的手十分粗鲁，我整个胳膊都很痛。我说都过了一夜了，它肯定被水冲跑了，冲进了沙河。如果去打捞，不如直接去沙河。这时候，我二爷出面解围，说，算了算了，怪风太大，松子没把耳朵刮下来已经算好的了。一顶破帽子。爷爷听了，反问二爷，长林你他娘的说什么！什么叫破帽子啊？破帽子你有几个？二爷哼哼了两声，轻语一句：算了……呃。

尽管我十分幸运地躲过了一次处罚，却在整个冬天都没有帽子戴了。此后整整一冬再到开春，我都把头瑟缩在脖子里，甚至影响了后来的正常发育。

乌鸦盘旋着寻找树枝，天一擦黑，柴草的炊烟刚刚散尽，偶尔的狗吠把星星一粒粒叫醒，像某个满脸沧桑的老人拎响了一只只酣睡的狗耳朵。金黄的麦秸草窝里偎依着十八只金黄的狗崽，张着十八张金光灿烂的嘴巴。呜哇呜哇，呜哇呜哇……转瞬之间，牛栏热气蒸腾，猪圈鼾声大作，鸡不小心踩翻了盛米的瓷碗，挨了主人一踢后躲在阴湿的角落，一下一下地咯气。嘴角滴血，一根散发着鸡屎味道的鸡毛起起落落。它每咯一下，天上的星星就多出一颗。

终于，天上的一万九千颗星星已经出齐。

这时候，总会有某一个孩子趴在土墙上，用呼喊或者暗号诱惑我溜出家门，把寒冷的冬夜拉长变细，像一根明亮的丝线连接着此后的记忆。沙土噗噗的野地里月光晃眼，空气冷冽，我贪婪地呼吸着某一株野生植物的气味，鼻孔里似乎融入了一丝冰碴，每一次呼吸都会给鼻腔带来一种滚滚而来的隐隐疼痛，一波一波地制造着比寒冷更彻骨的人生标记。

　　狗日的风拂过土塬上残存的芦苇，又来吹落我满眼的泪花，它让我对大地上的一切事物都看不清楚。田野上的残雪，雪中埋藏半身的草茎与野蓟。村北李子林，黑黝黝的土地庙，荒芜破败，只剩下一株凋零的桑树守门。乱石岗里的土坟，白骨和碎瓦，黑布包里裹着一个死婴，伸出的小手冻成腐臭的枯枝。一孔废弃的土窑，影影绰绰，吱哇之声隐隐，似乎是冤死鬼、吊死鬼、水鬼们在聚会，它让我想起村里因不堪丈夫的毒打上吊而死的女人春兰，因在田野劳动回家的路上遭受污辱而跳井自杀的漂亮姑娘田美萍，因厌恶劳动喝了一瓶子乐果农药死去的男人李富魁，因娶不上媳妇而远走他乡却无端地死在荒野机泵房里的张文星，以及在夏天池塘里洗澡不慎淹死的少女香芝，在大年初一的乡村庆典中为爱殉情的小庆和白莺。

　　野猫般细碎杂沓的脚步在轰隆隆的冬夜响起，我们蹚着地上白花花的薄霜，穿越一道道冰凌炸裂的河谷，粗布纳制的笨重棉鞋沾满了冰屑，潜入野外的枣树林，眼前呈现一片坦荡的开阔地。农妇般的沙丘线条隐约，星星的狗眼半睁半合，泪水在冷风中婆娑不止。落光叶子的树木严重扭曲，我们只需轻轻一跃就可像一只巨大的乌鸦蹲在上面，每人手里持一团凝固的冰雪，咔哧咔哧地吞咽，像城里的孩子在嚼食一串美丽的冰糖葫芦，像牛在嚼食一根苦涩的、根须密布的地瓜秧，直吃得我们满头都是火辣辣的汗水，腥咸的汗水从头发上滴落，浓硫酸一样煞疼了我过早混浊的眼睛，使我的眼像老人的眼一样干涩，像兔子的眼一样又红又肿，更像某一位老妪的眼——她从烟熏火燎的灶台前站起来，走出茅草垒砌的小屋大声咳嗽的情景——她那被咳嗽组成的艰难人生啊，以临盆的美丽啼哭开始，以一口卡在嗓子的痰液结束，让她荒凉的坟丘在秋天开满了白苍苍的蘑菇菌，三条恶毒的青蛇吐着火焰般的芯子，在坟丘上钻开三个黑窟窿。

我长长的头发里住满了灰土和油烟的凝脂，凝固成一个个泥疙瘩，三把月亮形状的梳子也理不开其中的龌龊与肮脏，那里面分泌着至少三种元素：血、脓液和爷爷指甲里劳作的污垢。我的身上也住满了白色的虱子，它们贪婪地吸着我身上原本并不多的紫血，瘦小的胸脯上棺材板一样的排骨历历可数，河流的青筋与血管交织纵横。

夜里，油灯微黄，一块风干的猪油扑哧燃烧，混杂着麦糠在炕洞里焚烧出一种令人窒息的气息，爷爷端坐炕头，昏花的老眼细细眯起，把满把的虱子水泡一样一一掐灭，他把某一只肥大的虱子放入口中，发出爆米花般清脆的响亮：嘎巴嘎巴，嘎巴嘎巴。那一刻我瑟缩在土炕的一角，想象着虱子们的来历，想象着如果爷爷放它们一条生路，它们会在春天化作一群美丽的蝴蝶，从我的身体里一一飞走，把我今生所有的梦想都带入传说中的天堂。

为此，我以对爷爷的热爱与憎恨增添了对生我养我的沙河村的热爱与憎恨，我以对鸡的热爱与憎恨增添了对干柴垛里黄鼠狼的热爱与憎恨。我爱村庄屋顶上明晃晃的一团月光，憎恨土炕上被汗液熏黑的舌草充塞的枕头；我爱村庄里葱茏茂密的树木，憎恨随处可见的累累粪便和墓地里闪烁的阴森磷火；我爱你，小丽；我恨你，苍蝇。

我爱沙河村哺乳过我的姆妈，她是十里八乡最美丽最妖媚也最善良的女人！她居住在场院屋，那么我爱场院屋；场院屋附近生长着大片青纱林和苇子地，那么我爱青纱林与苇子地。我恨村子里的二流子高歪嘴，他无数次地欺负我和比我更小更懦弱的孩子。我常常望着他扛一把铁锹远去的背影，在内心这样咒骂：高歪嘴！你是二意子（人妖），你是大粪，你是熏黑的良心，你是腐臭的阴沟。你是无处不在的流言蜚语。你是粘满脓血的痰盂。你是滚烫的夏天爬行在田埂上的蛆虫，你是村北大洼地西瓜园里老醉汉的呕吐物。

沙河村，我的出生地和文化认知起源。我少年时代的所在，它全身上下写满了惊人的逻辑和虚伪的革命。

走哇，到地窨子里玩去，在家干待着多腻哩！——地窨子位于村南一座破败的院落里，类似于现在幽暗的地下室，墙角的蜘蛛网捉不住呼之欲出的蝙蝠。寒气袭人的夜晚，地窨子的天窗里飘出阵阵乡间俚语、民间歌谣和旱烟味道。记得，我爷爷第一次领着我去地窨子时，一脚踩空了泥做的阶梯，他像我的棉帽子一样滚入，弄得满身都是尘土，他的失足惹得整个地窨子爆发了一阵哄堂大笑。我爷爷本人也拍拍腔上的尘土，笑得眼睛流出了泪水。我却觉得很难为情。那天，一个绰号叫干巴三的不着调的家伙，用一根柳棍挑开了我的棉裤带，让我精瘦的屁股倏然暴露在贼亮的矸石灯下。我满脸羞红，慌忙捂住自己活蹦乱跳的小鸡鸡，骂道：操你娘。却招来爷爷一句厉声呵斥。

爷爷说：听话！不许还嘴，还嘴就砸烂你的狗头。

大雪围困沙河村的乏味冬季，地窨子里夜夜聚集了全村步履蹒跚的老人，脚下一堆木炭火，在绕梁的氤氲中编织荆条筐，以及草篮、粪箕子（背在肩上的篮子）、簸箕、粮囤、凳子等。在荒凉的鲁西平原，由于河流的改道冲刷，到处是淤泥与滩涂，呼啸的风让它们化作大面积的盐碱荒地，只长茅草和红柳，不长青青的庄稼。因此红柳编织成为整个村庄的副业，这项副业让人们的碗里漂浮着一片青菜叶和一朵猪油花。在冬日偶尔的晴天里，阳光映亮麦田的雪光，老人们手提编织好的物品，或者赶着吱呀作响的牛车，缓缓行走在通往集市的羊肠小路上。当牛车陷入深深的淤泥无力自拔时，道路两边成群的麻雀便鸣叫着飞来，很像鲁迅笔下一群无耻的看客。

簸箕：五毛钱一只。

草篮：两毛钱一只。

粪箕子：一毛钱一只。

粮囤：一元钱一个。

……

沙河村以南三里余，七星镇古老的集市人声鼎沸，香喷喷的油炸"七星瓜嗒"（地方特产的一种火烧）的气味勾得我饥肠辘辘，肚子像开水壶一样嘤嘤而歌。我紧紧地拉着爷爷粗糙的左手，——头天夜里，他的右手在切地瓜片时被戗起一块肉皮，他被白色的粗布包着的右手使他看上去像一位英勇的拳击手，也使他矮小驼背的身躯显得愈发矮小。我紧紧地拉着爷爷的手，像莫言伟大的小说《红高粱》中的豆官紧紧扯住土匪司令余占鳌的衣角，如抓住了雾霭中一条船的船舷。与之不同的是，豆官跟随一支自卫队伍抗击日寇，我是为了吃上一个"七星瓜嗒"。爷爷的腋下紧紧地夹着一只崭新的簸箕，在不经意的触碰中，我还能感受到爷爷的口袋里一只空酒瓶子的硬度和微凉，我知道这只酒瓶子将与我在日光笼罩的中午展开五毛钱分配的激烈竞争。

簸箕，簸箕喽，五毛钱一个！

在拥挤不堪的人流中，爷爷的公鸭嗓子被噪音吞没，像一滴水融进茫茫大海之中。毫无秩序的小店铺、弹棉坊、蔬菜市、蛋禽市、馄饨摊等，在我们眼前一一掠过，太阳走到正南的天空，爷爷的簸箕由五毛钱降到一角钱，仍然无人问津。直到今天，当我回想这件往事的时候，还怀疑质地优良的簸箕篓子，它没有售出不为别的，是因为爷爷的嗓音过于难听，后悔当初自己是个羞怯的男孩，为什么就不能对着人群喊一嗓子呢？让世界听听咱的叫卖声有多么与众不同：簸箕，七星瓜嗒，簸箕，七星瓜嗒。

哦，簸箕！哦，七星瓜嗒！

那一天，我爷爷还遭遇了一件比卖不出簸箕更为尴尬的事情：在沙河村的风俗里，孩子们把赶集看作一个极其重要的节日，他们会穿上平时舍不得穿的新衣服，女孩子会往头上插一朵纸花穿行在集市上，大人们遇到了他们，无论谁都会把手伸向衣袋的方向，问：要钱吗？孩子们都会摇头而答：不要。因此，当爷爷遇到小丽时也如法炮制：闺女，赶集来了？你爹爹呢？要钱不？哪承想亲爱的小丽是那么的不知趣啊，她竟然挠了挠自己的头发，说：先借我两毛吧，我买头绳的钱不够，回家俺就还你。于是，可想而知，难堪的事件发生了。小丽的借钱行为大大出乎我爷爷预料，只见他佯装掏口袋，手哆哆嗦嗦地摸遍了全身，一些小物件一一呈现：烟嘴、空酒瓶、铅笔头……额头的汗珠叭叭坠落。最后，爷爷勇敢地抽出了健康完好的左手，又用那只受了伤的右手拍拍小丽的肩膀温柔地说：闺女你等等好吗，让爷爷把这簸箕卖了吧。小丽撇了撇嘴说，长太爷，不用了，俺朝别人借去。我不失时机地朝她眨了一下眼睛，看着她美丽的脸蛋消失在扑面而来的寒风中。后来，这件事被广泛传播，它成了相对富庶的外乡人谈论沙河村人"不实在"的一个笑柄，以至于恶劣的影响至今无法消除。

奇怪的是，在令人失魂落魄的挫折面前，爷爷仍然能够找到心理的某种平衡：当看到干巴三像条瘦狗一样地夹裹在人流中，爷爷扑哧一下笑出了声，说：今天生意都不好哩，瞧，你干巴叔也没有卖出一件东西！呵呵。我朝干巴三瞄了一眼，看到他在人群中吃力地推着一辆木制独轮车，满载着整整一车荆条筐，他的罗圈腿下有一条黑狗穿来穿去，长长的狗舌头上的口水比我分泌的口水还多，并且夹杂着一泡涩尿，稀稀拉拉地滋了干巴三一裤腿。狗尿的腥臊气味让人们很自觉地为干巴三的独轮车闪出一条小道。

我们走吧，回家。嘿嘿。我们回家吃好吃的去。

听了这话，饥饿的泪水在我眼睛里久久回旋，我觉得爷爷是个十足的骗子。骗子，我说，爷爷你是个骗子！你已经不止一次地欺骗了我。你的手掌很粗糙，你身上的气味很难闻。

无奈之下，我又与爷爷行走在了回家的路上。当然，情形与来时区别很大，我挣脱了他的手跑在前面，把他远远甩在身后，我一蹦一跳地走路，爷爷拖拖沓沓地走路。暮色浓郁，众鸟归巢，路上的行人都流露出了比牛车更深的一种倦意。集市散了，兴奋点没了，小小的希望实现了或破灭了。然而，我的运气毕竟不坏，在一个三岔道口，我爷爷与从另一个路上斜插而来的干巴三相遇，干巴三说他竟在集市即将结束的短时间里把一车子货全部卖光，听得我爷爷眉头拧起了一个疙瘩，把手中的簸箕悄悄藏在了屁股后头。精明过人的干巴三炫耀完毕，从一个麻布包里掏出一叠七星瓜嗒，说：这个给松子吃去，他肯定很饿了。

我在三岔道口手捧一叠七星瓜嗒，望着干巴三渐渐远去的背影，觉得他的影子在瞬间变得异常高大，他的狗也变得异常高大，他的木头车轮滚动出了一曲人性真实复杂而又动人的混合交响。在此后漫长的岁月里，我对人类这种自作聪明的动物有了不同于一般世俗意义的理解。

当晚，明月消隐，七星高照，冷风吹动落木发出了阵阵萧萧之声。我吃完了十三个香喷喷的七星瓜嗒后凭窗遐想，满嘴的香气顺风飘走，我当时最大的愿望就是拥有永远花不完的金钱，然后买一大车七星瓜嗒，我要在经过村头那片沼泽地时把它们一一垫在脚下，背着村子最漂亮的女孩、我暗恋已久的小丽涉过天下所有的泥泞和比沙河之水更刺骨的河流。

第二年冬天，相同的时间和季节。民间秘密的藏匿处，沙河村的欢乐据点——地窨子，像一幕人间悲剧的结尾，消失在一场塌方事故中。一册薄薄的油印《沙河村志》记载了这件大事：

> 1976年古历正月二十八日，社员张贵堂在加固自家房屋过程中违规施工，挖地基时动摇了村农副业点地窨子的承重木梁，造成塌方。全村三十二名老人和三名儿童被活活闷死……

沙河村大队党支部及时果断地处理了事故的善后事宜……

在那次沙河村亘古罕见的事故中，乡村的精明人干巴三未能像我爷爷一样幸免于难。当然，是经年积习的懒惰性情解救了我爷爷这个一再幸运的家伙。

干巴三是我平生遇到的第一个可以出口成章的民间诗人，在村子里组织的一次赛诗会上曾有过很出色的表现。我至今能记起的，却是他教给我的一条绕口令。这个准黄色的绕口令流传并不广泛，当年，我把这条绕口令当成捉弄人的武器复述给许多童年伙伴，结果招来孩子的家长一场很难听的唾骂。现附录如下：

从南飞来一只白麻雀，

衔着一根白鸡毛。

哧愣——飞进了大梁僻缝里。

哦，那时候，冬天的夜晚是多么漫长哪，整个大地之上流淌着一股哀伤贫穷的轻盈气息，全村九百口人和一百头雄牛呼出的热气也抵挡不住寒冷的入侵，滚滚的寒流将坟墓似的村庄团团围住，无所不至。但只要月光泼洒下来，便是我和伙伴们的狂欢节日。我们在茫茫四野里叫喊和奔跑，什么都不为，没有清晰的原因和目的，我们是一群专门破坏季节秩序的孩子。钻草垛，扒房门，后来越做越绝：溜进牛圈里解开了一头牛的缰绳，让这头性情暴烈的公牛在一夜间欺负了五头温柔贤惠的母牛。

秋光灿烂，产牛季节，牛圈里生下五只一模一样的牛犊，它们同属于一个正在摇头摆尾、洋洋得意的孬种父亲。那一刻，公牛从嘴里反刍出一撮白沫，与其说是对罪恶的忏悔与反思，莫如说是对罪恶的沉迷与回味更准确。

经过粗略统计，我们干过的坏事还有：一、在大路中央挖了无数陷阱，被赶大车的李大麻子沿街追杀；二、偷偷拿走马二裤家粪坑旁边的尿壶，在尿壶的底部打穿一个小洞，让马二裤滚烫腥馊的尿液流满他们家的土炕；三、磨剪子的钱胡娶了一个很漂亮的老婆，我们从池塘的湿洞里捉了一只癞蛤蟆，往蛤蟆嘴里放入一粒粗盐后装入一只小口袋，于是吃了盐的癞蛤蟆便像个患了哮喘的老头，在钱胡的婚床下咳嗽了一个整夜，听喜房的人第二天笑着在全村传播，说那东西平均半袋烟的功夫咳嗽一次。

直到今天，我都能清晰地忆起拥有一身鸡皮疙瘩的癞蛤蟆这一惊人的本领：喀儿，喀儿，喀儿，喀儿。

喀儿，喀儿，喀儿，喀儿，喀儿，喀儿，喀儿，喀儿，喀儿，喀儿。

冰碴闪烁的月光下，村庄沉浸在一种巨大的鼾息里，土砌的房子低矮得可以借助人梯爬上屋顶和窗户。透过窗棂，我们常常听到狗窝般零乱的土炕上传出男人与女人制造出的惊心动魄的撕咬声，开始大家以为是大人们在恶狠狠地打架。后来，一个大男孩比比画画地告诉我们说：哈，××。

我们听了，都惊惧地睁大了懵懂的眼睛，几乎异口同声：啥叫××？

大男孩做了个淫邪的姿势，操，这都不懂！——就是人和人在交配。他补充道，我们都是大人这么交配后出来的。不信？回家去问问你爹问问你娘吧。说着，他指着一个孩子说，你娘正大着肚子，别以为是风吹大的，它就是这么被你爹搞大的。那孩子听了，差点气哭了。

有个孩子在城里的亲戚家住过一夜，于是冷不丁提问："城里的人呢？也是这个样子吗？我看不像啊。啧啧。"

天下无论哪里的人，都是这么出来的，没什么两样。城里的人吃饱了没事干，整这个更勤快。城里女人的肚子也不是被风吹大的。说着，他指了指自己的棉裤裆，嗯，都它的事儿，没什么了不起。

流氓。大家互相看看对方发烧的脸，始终半信半疑。

但从此以后，我们开始用一种异样的目光打量村子里每一位胸脯鼓鼓的女孩子，在春天降临土质松软的麦田里挖野菜的时候，挖着挖着就与她们的队伍凑到了一起，一切都是不由自主。我们其中的任何一位都想知道男女之事究竟是什么滋味，身体内部好像住进了一个魔鬼，它不听意识的召唤与支配。

一天中午，我正在吃午饭。大男孩把我叫到村街上，我原本不想跟他出门，因为我碗里的粥还剩下半碗没有喝完，但他奇怪的神情勾起了我的好奇心。他把我悄悄地拉到一个麦秸垛旁边，对我嘁喳耳语，声音小得像一只蚊子飞过：我干过那事了。

我怔了片刻，脑子里嗡了一下，又听到他重复了一句：我干过那事了。

不知怎的，我口吃起来，牙齿无端地咯咯打战：在……在哪里？和……和谁？啥时干的……

昨天夜里。你就别问这么多了。

说着，他从怀里掏出一只雪白的小瓶子，拧开小巧精致的盖子凑到我的鼻孔前，一股浓郁的、比野薄荷更加沁人肺腑的异香快把我弄迷糊了。雪花膏？从哪里弄来的？大男孩说：偷我姐的。女孩子的东西，你偷这个做什么用？大男孩说傻吊，真是个傻吊，这你就不懂了吧。她说了，给她一瓶这个，今晚还可以让再干那种事情。接着，大男孩向我征求意见，口气轻描淡写：松子，你想不想干？一句话犹如晴天霹雳，我的内心顿时狂风大作，性格本质的羞怯与好奇与朦胧初绽的欲望交织纠缠。就这样，经过一番激烈的思想搏斗，我还是点点头答应了。但我并不知道那个女孩子是谁，大男孩反复警告我说不要问这么多，这是规矩。晚上你随我到村外的老磨坊来，她会在一堆干草旁等你，进去摸黑干了什么话也不要讲，提了裤子出来就算完成，听明白了？我麻木地点着头，思维完全被一种巨大神奇的力量控制。

在此后的整整一个下午，我都处于一种前所未有的亢奋状态，脑袋像一瓶子糨糊，脸烧得像一块通红的木炭，什么也做不下去。双耳失聪，什么声音也听不到，即便有十八级台风扫荡而至，我也会不闻不问。我感到自己的身体像庄稼一样奋力拔节，一寸寸生长，沐浴着春天疯狂的阳光和雨露。

我的眼睛刀光闪闪，看什么东西都在发芽——大地，发芽 / 天空，发芽 / 太阳，发芽 / 空气，发芽 / 云朵，发芽 / 石头，发芽……

终于，大块大块的月光从天空瓣里啪啦地掉下来啦，像血块一样地剥落到村外的荒地上，旁边是一只石头的碌碡。有一个多月了，碌碡旁边躺着一个戴眼镜的老乞丐，夜夜，他裹着破旧的棉絮叹息不止，怀抱着一团冰冷的月光，一双比幽蓝的湖底还要深邃的眼睛始终凝视着巨大的苍穹。白天，他挨家挨户地乞讨，伸出一只无比谦和的手，如果这一天讨不到吃食，他就到芦塘里去挖芦根儿，或者到田里捡拾收获时遗落的冻红薯。

多年后我一直忍不住猜测，那个老乞丐兴许就是那个时代里最伟大的思想家与哲学家。

月光落到地上，似乎哧啦有声，眼看着要把地上厚厚的积雪点燃，在死一般静寂的夜晚燃成一堆温暖壮丽的篝火，让整个积雪的荒野变成一条热血沸腾的大河。雪像蛇蝎那样的冷血动物一样，通体散发着袭人的寒气。我暗暗猜想，如果它稍作停顿与逗留会怎么样？兴许能化为一股巨大的热流，让整个寒野都热气蒸腾起来。然而这时候鲁西平原上著名的白毛风却呜呜地刮了过来，完全是一副扫荡一切的蛮横模样。起初，它好好地蹲伏在沙河岸上，仅仅冻死了几只趁夜间出来觅豆子的小鼹鼠。

呃，沙河村！有时，机灵的月光贴着一株树在枯枝上闪闪发亮，像一粒萤火一样清晰可辨；或者在草垛上变成一片微白的寒露。草垛上放着一柄农具，让早起出门的人拿在手里，竟无端地被咬了一下，这个人会触电般地把农具扔到地上。当他再捡起来，农具的木柄已经变成湿漉漉的：月光溜走了，神气不见了。

而有的月光却像是土生土长的傻瓜，径直从夜空啪的一声落下，鼻涕一样甩在了冻土上，那真是一块傻乎乎的月光啊，就这样被沙河村的庄稼人把上苍赐予的高贵踩来踩去。

就这样，我行走在一派白茫茫、浩浩荡荡的廉价月光下，古老的磨坊离我越来越近，我眼睛里屈辱的泪水正在滚烫中发芽。

第二辑：麦垛上的星空

　　我虽然暂时远离了邪恶与暴力，却分明知道外面的世界是一艘在风浪中颠簸的舢板，一不小心就会触礁。在烛火跳跃的夜晚，爷爷向我讲述年轻时代的经历：大兴安岭的森林、棕熊和狼，厚雪之上神秘的脚窝。我知道一棵大树怎样被木锯割断，轰然倒塌，悲壮而暴烈。有一次，一个伐木工背着一袋粮食路过山冈，突然滚下的一根圆木让他的双腿留在了路上，远远看上去像是一双靴子，更像两朵枯萎的花。

打 麦 场

　　直到今天，我观察星空的感受，还停留在那个遥远的童年夏夜。它让我在成年后每一次对星空的观察，都变得潦草而不认真，仿佛是在观看一件复制品。

　　在村子以东不到两里，有一个宽敞的打麦场，每年的麦收时节，那里是最热闹的地方。那时，我大约只有六七岁，穿着一件蓝道道的海军背心。爷爷把我领到场院里，摸一下我的头，说：自己玩耍去，爷爷要和大伙一道干活儿。爷爷负责扬场，肩上扛着一只大大的木锨，木锨是专门扬麦子用的，它的形状和铁锨一模一样，只是没有铁锨的利刃。爷爷说完，矮瘦的身影融入人群，我看到他把脱离了麦穗的麦粒朝风口一下下地扬起，麦穰麦芒顺风飞走，光洁的地面上留下金色的麦粒。爷爷劳作的身影骤然高大，我看到他的全身很快落满了麦穰和麦芒，头发和眼眉都变成了灰白色。

打麦场上　周亚欧／绘

几盏马灯高高地照耀着打麦场，宽大的打麦场上，三口铡刀格外耀眼，切割麦草的声音响彻四野。那是给麦子脱粒的一个必经程序。我看到几位包着头巾的少妇把成捆的麦子喂向铡刀，锋利的铡刀由男人执掌，男人用力地把身子一弯，只听咔嚓一声，麦穗连同麦秆的中间部位被齐刷刷地切下，再由专人负责分类：麦茬丢到一边，麦穗拿到场院中央进行脱粒。

　　三头健壮的黄牛拉动着外表光滑的碌碡，把麦穗一一压碎，长长的麦秸草用木叉一一垛起在场院边上，我和伙伴们爬上去，仰面朝天，四肢放肆地展开，然后神情专注地凝视浩渺的星空。我当时并没有意识到，那正是我一生中最初的也是最纯粹的一次仰望。

　　我清晰地记得，我手里拿着一只在路边随手摘下的甜瓜，嘴角流溢着一弯液汁和几粒幼小的瓜籽。耳边始终响着一种嗡嗡的声音，不知是蚊虫的声音还是闷热的蝉声，反正我的耳朵像灌进了流水一样模糊不清。但我心里却是那样寂静，那样安详——星星在我头顶闪烁，像一只只低垂的果实，仿佛伸手就能触摸得到。那一刻我想起了远在城里的母亲，她怀中的乳香味在我鼻孔间萦绕。当时，我的母亲还是个很年轻的少妇，她带着哥哥和姐姐在鲁西北的一个小城教书。他们和父亲生活在一起，我猜不透他们的生活。我至少有整整一年没有见到她了，而在那一刻她突然出现在天幕上，她美丽的脸庞和眼睛温柔地注视着我。我忍不住咧嘴叫了她一声，她还没有来得及答应就消失了。

我把脸一扭，流出了眼泪。

这时，打麦场上突然有人尖叫起来，是个女人的声音。接着是一片骚动，人们停下了手中的忙碌，似乎发生了什么事情。我从麦垛上一骨碌滚下来，像一条鱼一样朝人堆里面挤，挤到中心时已是满头大汗，立即看到一个骇人的场面：一个负责往铡刀里续麦秆的少妇，哆嗦着一只血淋淋的手，大睁的眼睛里充满了惊恐。原来，她一不小心，在劳动过程中把一只手伸得太靠里面了，于是一排手指被铡刀连同麦秆整齐地切了下来。受伤的是左手。

我听到有人嚷叫："快，找找那几个指头，看能不能接上……"

几天过后，那个少妇脖子上挂了个白色的绷带，左手被严严实实地包扎着，在她的胸前，一个大大的白布裹缠的球形格外醒目，像个肿胀的大白馒头一样。当时的医疗条件很差，从此，她就全凭一只右手劳动了，给猪拔草，往田野里插地瓜苗，她躬身收割庄稼的样子显得吃力。令我略感惊讶的是，她和往常一样，与大家一道说说笑笑地做活，脸上依然展露出灿烂的笑容。听说她曾对人诉说庆幸：多亏了受伤的是一只左手，如果是右手，会耽误做活哪。

遥远的打麦场像一部黑白电影，上演了我一生中最难忘的一幕。在那个夏夜我领略到星空的炫目和迷人，耳边响着一片嘈杂声，还有麦垛四周起伏的风声、虫鸣，以及草丛里某一只被人随手丢弃的瓜果腐烂的气息。多年之后，它们形成了我对远逝的乡村的刻骨怀念，延伸为一种对于人类命运的同情与悲悯。我在俄国作家蒲宁的名篇《安东诺夫卡苹果》中读到这样的文字："每当阳光明媚的早上，顺着村子按辔徐行的时候，你止不住要想，人生的乐趣莫过于割麦、脱粒，在打麦场的麦垛上睡觉。"

我承认在那一刻，我的内心与蒲宁产生了深深的共鸣。

早　春

　　小学堂在一个叫赵园的村庄，依稀记得的是，它的周围是茂密的小树林，悠扬的钟声涉过麦地。那一年我还不到七岁，随爷爷在田野游荡惯了，整天挎着一只草篮子，却只割到很少的一点青草。日落之后，星星照常升起，路上到处是背满青草回家的孩子，而我的篮子空空如也，很轻很轻，我觉得很不好意思。回到家以后，我都是先弯着腰身来到羊圈旁边，把篮子里仅有的几根草扔给小羊，然后故意弄出点声响，让爷爷听到。意思是我割的草都让羊吃掉了。

　　这小小的伎俩当然哄骗不过一位老农。好在，爷爷并不因此教训我，这种困苦里的宠爱事例还有很多，如今记忆凸现的却只有这么一件：他不因我的懒惰而施加惩罚。

　　这一年，弟弟要降生了，母亲从城里回到乡下，她要休一年的产假，这让我有机会享受难得的母爱。这一段时光闪烁着楚楚动人的温暖。

母亲隆挺着高高的腹部，吃力地烧火做饭，把两个爷爷伺候得十分周到，把破旧的棉被拆洗了，在阳光下晒暖，重新做好的被子沾上一股阳光的香味，让皮肤陶醉沉迷。母亲还给我缝制了许多新衣，同时把旧衣服上摇摇欲坠的纽扣全都缝结实。我第一次吃到雪白的大米饭，偶尔还有冬瓜炖猪肉这样喷香的饮食。每当母亲做这样的饭菜时，我都要叫上几个伙伴去看我家的烟囱，让他们看看从中飘出的炊烟与往日有什么不同。不久，村子里统计入学儿童，虽然我还不够资格，母亲却很积极地给我报上了名。

我对上学充满好奇与兴趣，激动了整整一个晚上。我曾经在路旁用羡慕的眼光偷偷打量一位在赵园村读书的女孩子，看她踩着冬天路上的积雪朝赵园的方向走。她是全村长得最漂亮的女孩子，可惜的是她的一只手有先天残疾，至于是哪只手不好我已经记不清了。我曾在心里朦胧地暗恋了她很长时间，发誓长大后一定娶她，为此我还设计了一个向她求爱的场面。类似国外电影的一个场景——我约她来到一个鲜花盛开的草地，天上有飞鸟和星星，轻风吹乱了一对少男少女的乌发。倚在一棵大树的身上，我用眼睛凝视着她，终于吐露了压抑多年的心声：给我做媳妇吧。她当即流下了痛苦的泪水，黑葡萄似的眼睛眨了又眨，喃喃道：我的手……话音未落，我一把抓过她的残手说，我一百个不嫌弃！你放心！然后，那只鸟爪似的手掌被我紧握，心却被硌得生疼。

到此为止，梦就没敢继续做下去。它纯洁而无知。这样的梦后来还出现了不同的女孩子，场景大体相似，她们几乎无一完美，有一个甚至是整天坐在轮椅上的漂亮姑娘，走路需要挂着双拐慢慢挪动。她饱尝人间冷眼，而我却固执地要娶她为妻，我想象着因爱情与父母彻底决裂，与亲戚的关系紧张如后羿射日拉满的弓。我们过着最清贫的日子，身边围绕着一大堆活泼可爱的孩子，一辈子住在简陋的茅草房里，还养了六头牛，五只羊，十只鸡。

事后我想，这样的梦，暗示我的内心自幼就埋下了与世俗对抗的种粒，它像一块积雨云，长到一定的规模，就会刮起一场巨大的风暴。

如果这样的梦变成了现实，土地上一定会多出一个货真价实的懒汉。

弟弟终于降生了。时间是中午，我从外面玩累了回家吃饭，院子里充满一股神秘的气息，仿佛比往常宁静了许多。我手里拿着一根木条，大声喊我饿！我饿！外婆轻轻掀动门帘，笑吟吟地走了出来，小声说：快进来，看看你的弟弟吧。我愣了一下，见母亲头上缠着一块粗布虚脱地倚坐在土炕上，她的怀里蠕动着一只小动物，懒拉巴叽。我走过去瞄了一眼，说真黑，不好看。然后头一扭走开了。

午饭时，外婆给了我两个染红了皮的熟鸡蛋，吃着很香。时隔不久，我就背起书包，踏上了去赵园小学的路，在经过一座木桥时我无意中看了一下溪水中自己的倒影，我发现早春的阳光正笼罩着我的全身。

作 文 课

　　最初的兴奋很快就消失了，上学读书的滋味远没有想象中快乐。我只做了不到一个月的学生，却已注定与刻板的教育形式背离一世。我是教育体制的叛徒。我不喜欢课本上的汉字，仿佛每一个笔画都在和我作对。另外，我对语文老师把一根稻草绳子扎在腰间的形象很看不惯。对我而言，书写一个汉字就是在搬运一座沉重的大山，累得大汗淋淋气喘吁吁。老师上语文课的全过程，我都在用一张粉帘纸临摹课文中的插图。一个学期过后，我临摹了满满一大本子，终于有一天被愤怒的母亲发现了，当即撕碎后填进了燃烧的灶膛。接着，我的脸上落下一记响亮的耳光。

　　算术课更是我的灾难，这灾难顽固而巨大，至今还是我的死敌，一根老骨头。算术老师是一个名叫赵魁的小伙子，留着一个大分头，给人一种油头粉面的印象。这个人令我终生难忘。后来，在每节课前对我讽刺侮辱一番成了他的必备美餐。尽管他很少直接点着我的名字批评或讥讽，但几乎全班的同学都知道他是在说我。

赵魁老师给我的最佳评语：哎，咱班里有那么一个同学，爱出洋相。他是谁呢？我就不说了，大家伙都知道。

我头戴一顶发黄的旧军帽，当赵魁说这些的时候，我把帽檐拉得很低，低得盖住了鼻梁骨。

直到今天回忆，我仍然不明白年幼无知的我，究竟在当时出了什么洋相。后来经过很痛苦的反思，总算找到了一点客观原因：老师不喜欢学习不好的学生。但他越是这般血淋淋地教训我，不是越把事情推向反面了吗？果然一个学期下来，我连课本都找不到了。一到上课，我就两眼紧盯着黑板，耳朵却在听窗外的蝉鸣和声音。我的思绪很活跃，早已飞回到村子里的某一个青草垛，我在里面悄悄地藏了一堆"四角牌"。我在隐隐地盼望春节快快来临，届时哥哥会从城里回乡过年，我们好一起玩牌，一起到雪地上撒野。

我最感兴趣的事情是翻跟斗，可以从村东一鼓作气地翻到村西。翻完之后头有点晕，脚跟站不稳，但四周响起的掌声让我得到了前所未有的鼓励。

我最感兴趣的人是村子里的大老二，他会即兴编出打油诗。大老二的样子像一只瘦高的对虾，当他手夹着马扎子在村街上出现，我们立即围上去：编一套！编一套！大老二稳步前行，射来一个冷眼，立马出口成章：

编一套来又一套，哪个小孩叫我×？

我们轰笑着跑开了。有个小孩边跑边叫：大老二大老二，我叫你×我叫你×。

大老二目不识丁。在其七十余载的人生中，创造乡村幽默的时候自己从来不笑。他的打油诗至今在故乡上空野鸽子般咕咕地回旋。

说来惭愧不已，我的第一篇作文是由母亲代写的。当我拿到这人生的第一份任务后，急得哭了起来。我不知道如何记述我的母亲，在我印象里她很模糊。深夜躲在被窝里的哭声惊醒了我的母亲，她拍拍我的头问：发生了什么事？我满腹委屈，哭得更厉害了，最后索性号啕起来，哽咽着说：妈，我不想再读书了，它一点也不好玩。母亲问明来由后，似乎很是犹豫了一番，但还是决定帮助我渡过难关，并警告说：是最后一次。我说行。

好在作文的题目与她本人有点关系：记我的妈妈。

母亲为了把自己写好一点，在油灯下花掉了整整一个晚上，并强制性让我作陪。作文写完天也放亮了，又给我仔细讲解了一遍，我根本没听懂，含糊地点着头。作文交上去，战战兢兢了多日，担心被老师识破。结果是我没想到的，这篇东西被当作范文在全班宣读。

从此我喜欢上了作文课。

夏天的小事

　　夏天来临之后，书读到三年级了。对我而言，读书的过程始终都是稀里糊涂的，无非是课本又换新了，页码比过去多了一些。新书发到手中，全班欢呼雀跃，那股好闻的油墨香延续至今，像一阵微风掠过树林，勾起我内心许多复杂的意绪。想笑又想哭。

　　当一名不合格的小学生日子肯定不会好过，如今每每思及，简直无法想象自己当年究竟是怎么走过来的。比如有那么一个学期，我丢失了算术课本，作业自然从来没有上交过，因为我根本不会做。算术课给我留下的唯一印象，是赵魁翕动的嘴巴，以及从那儿喷出的一连串难听的鲁西方言。

　　我脑子里装满了与课文无关的事情：刘景天答应送我一支狼毫毛笔，过去多日总不兑现，下课后提醒他一下；张振学真会拍马屁，不该他值日仍然每天抢着去擦黑板；橡皮没有了；

二爷今晚要带我去韶堂村看露天电影《地雷战》。

好在后来，劳动课越来越多，书包索性不用背了，改成了背草篮子。那一年夏天，我们全班四十二名小学生以割草为主，兼挖药材，秋后的校园里堆起了八九个热气蒸腾的干草垛。我对干草的热爱自此得到根深蒂固的培养，多年之后我出版了一本散文集叫《干草垛》，因为它的形象在我的记忆里储存太久了。在拿到样书的当晚，我竟做了一个十分逼真的怪梦：赵魁，我的小学老师，凶神恶煞地把我从书桌旁呵斥起来，拎着我脑袋右边的那只耳朵，让我面对全班同学站在了讲台前。耳朵被拧得生疼，我羞愧得低头流泪，泪水像珠子般掉在地上，吧嗒地响，吧嗒地响。然后我就醒了，在脸上摸索了半天，结果发现脸是干的。

但整整一天我都闷闷不乐，都在回忆那个梦境，新书出版的快乐被递减，减得无影无踪。而赵魁的名字被记忆放大。

那天，班里又发生了一件事：有人偷了赵魁的一个钥匙链，据说是他在外当兵的哥哥送给他的礼物，材质为镀金。金子的金，赵魁的魁，都比银子贵重。它本来明晃晃的，挂在赵魁的屁股后面，跑步时有清脆的声响，上面除了钥匙，还有一只铁哨子。现在它不见了，钥匙和哨子被摘下来放在原处。

"有人吃了豹子胆。"

我又迟到了，一进课堂，就听到同学们在喊喊喳喳地议论。

我大咧咧地笑起来，问："嗯！豹子胆是吗东西？好吃吗？"没有人回应我的玩笑，大家的表情都很严肃。看我的眼神像看豹子一样。我尴尬地吐了一下舌头，不再吱声。

这时赵魁进来了，眼睛血红。应该说，他长得不难看，按照现在的标准甚至算帅，缺点是有点驼背。那一年，他与济南的一位下乡女知青结婚了，比较得意，很快发胖了。他进门后，从鼻子里低声哼了一句："全班集合，动作快点儿。"

就到院子里排队，长长的。起初大家以为又要参加义务劳动，都没太当回事儿。但赵魁发话了，开门见山，厉声质问：谁偷了我的东西？要敢做敢当，有种的站出来！接着赵魁清楚地骂了一句：我日他娘来的！你胆子真不小！于是气氛一下子绷紧了。大家面面相觑，心跳大幅度加快。再接下来，赵魁把怀疑对象从队伍中一一揪了出来，一共是五个人，当然，其中有我。我是第二个被揪出来的，第一个被揪的男孩叫王长安，因为他站在队伍中脸比任何人都红，像一块红布般醒目。王长安拘谨地笑着，样子比哭难看得多。后面的情节是哄骗、恐吓加威胁，极其恶劣地折腾了整整一节课。但那个神秘的钥匙链却始终没有找到，像那个年代的许多事情一样，最后不了了之。

我站在惨白的太阳下，始终阴沉着脸，眉头紧锁，汗水从头发里渗出来。按照当时的年龄，我无力对这件事的性质做出任何判断。我的脑袋里嗡嗡作响，水车似的响声盖过了远处林间的蝉鸣。

狗日的坟

这是比上学更早的一件事，当时我还在母亲的怀中吃奶。我吃奶的历史大约是六年，从零岁到五岁。那时候的乡下孩子，断奶都很晚。因为贫穷，找不到比母乳更好吃的东西。

20世纪60年代，殡葬改革逐步推进，鼓励实行火葬，木棺材换成骨灰盒。土葬太浪费资源了，而过去已经土葬的坟墓则要平掉，不留痕迹，田野一律种上葱茏的庄稼。

平坟的消息是二爷从街上听来的，似乎全村人都很兴奋。为什么还要平坟呢？据说里面埋葬的不是一般人物，是一位明代工部尚书。死后叶落归根，葬于故乡山东聊城沙河镇田庄村。他的坟墓修建得很大，高高地矗立在村外一片阴气森森的松林里，墓地筑起一个园子，乌鸦在那里云集。与之合葬的，是他的几个妻妾。

关于这个人的奢华，当地传说很多，我能记起的有两件事。一是有大量的金银随墓主埋葬，其中有两只用纯金制成的金蝉，叫了好多年，割草人路过墓园时，听得清清楚楚，后来遭遇了盗墓贼的洗劫，蝉声终于暗哑了。二是有两名童男童女陪葬，那当然是穷人家的孩子，刚长到四五岁，就被父母卖掉了。为了让他们不至于很快死去，建墓者特意设计了一个窗户，可以呼吸到坟墓外的氧气。里面摆放上油灯、炊具、灶台等家什，更为周到的是，还放了满满一缸食用油，一缸香喷喷的油炸丸子，外加一锅牛肉汤。这些东西，无论是男孩还是女孩，平日里都吃不到。起初，他们扒着窗棂没命地哭闹，声嘶力竭。村里的人都不敢凑近去看一眼。阴风呼啸，夜幕沉沉。几天后听着没动静了，才有人用火把将里面照亮，见两个小东西都倚着墙根像是睡着了，食物原封未动。不管怎样，人们松了一口气，吊着的心放下来，然后用石头把窗棂堵严。

这是一件伤天害理的事，以至于我今天叙述时心口仍隐隐作痛。这件事的直接作用是，墓主的后人相继患怪病死亡。后来整个家族都败落了，或遇难遭灾，或流落他乡。报应哩，人们说。

春雷一声震天响，一声令下，"破四旧""立四新"，乡村的野火被点燃了。隔了几个朝代的民愤迎来了释放的一天：平狗日的坟去。

至于狗日的坟如何被平，已经超出了我的记忆范围，估计是用农具，土法上马：铁锹、钢钻、锄头、炸药，甚至连耕牛也派上了用场。

　　下面是我记忆里的场景：田庄村在我们村子以北，约有二十里路，时间是初夏的上午，母亲抱着我，还有一个名叫淑琴的少妇抱着她刚满一岁的儿子，由二爷带领，踏上了去田庄墓园的道路。路上我好像睡了一觉，突然被一阵刺鼻的气味熏醒了。我睁开眼，见满园子的人，吵吵嚷嚷。我被这样的场面吓哭了，不是小哭是大哭。我发现正在大哭的不止我一个人，而是所有被大人带来墓地的孩子。我哭得最厉害，抓着母亲的头发嚷着走，我要她尽快离开，因为恶臭的气味太难闻了！

　　母亲安慰着我，在人群中搜寻二爷，二爷早已不知跑到什么地方去了。母亲说，好孩子，别哭，听话，咱就走，就走啊。嗯——让妈妈看一眼，好吗？母亲显然舍不得走，往人堆里挤，使劲挤。终于挤到现场跟前了，我似乎不哭了，眼睛看到一个深坑，里面有一具红颜色的棺材，棺材里盛着半棺红水（后来知道那是药液），一个全身赤裸的女人被人七手八脚地打捞出来，丢到了湿土上。女人很丰满，全身雪一样白，头发乌黑。这时，一个手持镢头的壮汉走过来，叫道：离远点儿啊，刨了。

　　接着我又大哭起来。母亲叹口气，只好恋恋不舍地抱着我离开墓园。

　　这是我最早的记忆。有个细节我至今难忘：母亲在人群中找到了二爷，说，二叔，这孩子老哭，咱们走吧，你看够了吗？二爷从鼻子里哼了一声，就带着母亲朝西门口走，被人挡回。那人说，西门关了，走东门。

一缕幽暗的光线

雷雨下了好一阵儿。

我知道如果下雨伴随着雷声，这样的雨不会下大。但这场雨还是超出了我的预料，似乎下得太久了些，它突如其来，像一张硕大的蜘蛛网把我罩在那里。

我躲在一棵大树下，眼前掠过一些这样的景物：落叶，断枝，沼泽，树墩，流动的雨水，一棵折断的树木寄生着几朵野菇，一道明亮的闪电过后，眼前的光线变得更黑，像竖起了一堵幽暗的墙。

我清晰地记得我光着脚，手里紧紧地握着一把小铁铲，一只白色的搪瓷缸，里面爬着几只可怜的幼蝉。不知怎的，与我同来捉蝉的伙伴都不见了，除了雨声，四周静得出奇，仿佛听得见老虎在洞穴中呼呼地喘气。凶残的老虎在睡觉，也许似睡非睡。我恐惧得直想叫喊，让喊声传达给我的同伴，而他们好像在合起伙来捉弄我，让我觉得自己落入无数陷阱中的又一个陷阱。

他们捉弄我的事情很多，比如在我们一起割草时，有个家伙背对着我吃东西，故意把嘴巴弄得啧啧有声，听得我忍不住流出了口水。后来他斜了我一眼就离开了，地上留下一个荷叶包着的东西，但当我迫不及待地把手伸过去的时候，——是的，你大概猜到了，我触摸到的是一摊热烘烘的牛屎。

还有一次，是冬天的一个晚上，月光晃眼。我们在玩游戏：用一块布蒙上眼睛在雪地上奔跑。我跑得不慢，结果一个同样被蒙住眼睛的孩子迎面撞来，他长得比我略高，只听见空中"嘣"的一声，两颗门牙准确地印在我的脸上。在流血的瞬间我意识到又一次被捉弄了，与那次不同的是，这一次他们还捉弄了另一个和我同样懦弱的孩子。

他们躲在暗处，爆发出一阵开心的笑声。

想到这些，我张开的嘴巴关闭起来，没有发出任何声音。我知道呼喊没用，呼喊是微弱的，它被无边的空气稀释，荡向阔大的田野，荡向河对岸大片的谷物、菜地、果园……我还怕喊声惊醒了林中的野兽，据说它们长着一排比刀子还锋利的牙齿，每天踱出山洞，在石头上磨得火星四溅，哧哧作响。而雨越下越大，没有一丝停下的迹象。

这时候，我的耳边突然响起一丝轻微的嗡嗡声，我抬头一看，是一只金龟子飞过来了，它在我的头顶盘旋。我一阵兴奋，伸手接住了这只美丽的昆虫。

之后，雷雨终于停了，树林上空燃起了火烧云。我离开大树，在林子里转悠半天才意识到自己已经迷路，眼看天色渐黑，深一脚浅一脚，我的腿上被荆棘划出了血珠。

那只金龟子在我的手里挣扎，我忽然意识到了什么，手轻轻打开，从中飞出一道金黄的光线。

多年之后，我与一位写诗的朋友偎着炉火倾谈。我谈起远逝的童年，那个贫穷的村庄掠过一道光芒，那只带我回家的金龟子是命运女神的牵引与暗示。我摘下眼镜，让他看我左脸颊上的一道淡淡的月牙形伤疤。它会终生伴随我，直到来世。那个与我同样懦弱的故乡男孩，已经音讯隔绝，如今，我早已忘记了他是什么模样……

听了我的描述，我的朋友深有感触地说："哦，你是孤独的。老天给了你一个凄苦的童年，他让你一生都脱离不开诗境。呵，你又是有福的。"

我笑了笑，记忆以惊人的速度检索倒转，眼前立刻闪出一条雨后的小路，两边是大片倒伏的灌木丛，简陋的木桥下水声喧响，野草随风起舞，草尖之上雨珠叮当。波纹荡漾，出现一扇木栅门。一个孩子在奔走，头顶飞着一只金龟子。

那一刻，天上的星星开始明亮了，而树林在身后暗下去。

门口，爷爷忧郁的眼神凝视着我，他的缄默多像时间黑色的桥洞！

冬天的砍伐

　　冬天的清晨，我正端着碗喝粥，听到街上有喧嚷声，接着有一阵松脂的清香飘到院子里——强烈的气味直冲鼻子。我突然意识到镇上有可能要发生一件大事情，就放下碗筷跑出了家门。我听到背后母亲的呵斥声，但我装聋作哑，没有理睬。

　　我跑上街头时，风吹掉了棉袄上的一颗黑纽扣，飕飕的冷风顿时钻进了衣领，我已经顾不得那么多了，撒开腿朝前奔跑，敞开的棉袄露出了贫穷的棉花。这时候，我发现身边有许多人都在朝着同一个方向奔跑，他们是屠户黄老邪、弹花匠三疯子、做豆腐的张瘸子和熬糖稀的孙巫婆；我还发现自从娘肚子里生下来就像一挂肠子一样的瘫患者海里蹦，他正坐在一块木板结构的轮椅上奋力向前划行，双手在滚动的铁轮上擦出了哧啦哧啦的火花。

　　"呸——"我在经过他身边时忍不住朝他吐了一口唾沫，我原本想吐到他皱裂的脸上，但痰液在飞向目标的过程中被风改变了方向，结果落到了他的后脖领上，他显然并没有发现我的战绩，否则会发生一番不可预测的纠缠。他听到我不够友好的唾弃声后，只是用惊诧的眼光扫了我一眼，又闷头继续他那堪称伟大的冲锋了。其实，我与他并无过节，只是对他有点发自本能的讨厌。对他这个人，看一眼就不想再看第二眼，这是人类很奇怪的好恶心理使然。

在整个沙河镇，关于他的传说可谓沸沸扬扬，这家伙虽然天生残疾，却是个出了名的花心大萝卜，勾引镇上的少妇很有一套。比如他经常蹲偎在墙根下用扑克牌给镇上的女人们算命打卦，借机博得青睐；还经常用红线绳编织一些小物件，送给那些不谙世事的女孩子，女孩们都亲切地叫他：蹦哥。

蹦哥——蹦哥——

海里蹦爱读古书，多是《大八义》《小八义》一类的武侠小说，有人发现他坐在自制的轮椅上悄悄地练武功，他相信自己有一天能够飞起来。路是不能走了，但如果练就一身飞翔的本领，岂不是比走路更胜一筹？为此，海里蹦苦心钻研，对照古书，冬练三九，夏练三伏，一心想成为一代大侠。为此，他经常趁夜深人静，寻镇子外的开阔地带尝试飞翔，结果可想而知，一次次，失败的试验除了给他的身上和脸上增添新伤外别无所获。但他似乎并不罢休，仍然如法炮制，逐渐达到了走火入魔的程度：人们看到他把手掌放到滚开的水里烹煮，整个过程惨不忍睹，只见他闭起眼睛，咬紧牙关，豆大的汗珠从额头挥流而下；还有人看到他用舌头去舔烧红的烙铁，结果，第二天嘴唇像猪嘴那样肿得老大，其母含泪给他抹上了治疗烫伤的獾油，这让他的猪嘴看上去又红又亮，更加骇人，他就像来自另一世界的魔兽。

而此刻，这个披着一身传奇斗篷的家伙正与我一道行进在人头攒动的人群中。事后得知，人们前往镇口去看热闹，是因为镇口的那棵巨型柏树要砍伐了，这可是沙河镇上的一件大事情！因为，谁都说不清那棵柏树的具体年龄，有人说它至少已经生长了好几百年了，它粗壮的腰身需要三个人的手臂相连才能搂得过来，这无疑成了整个沙河镇上一个标志性物种。从儿童到老人，镇上的人们对它充满感情，夏天摇着蒲扇在大树下纳凉，冬天倚着它吃一块烤薯，孩子们围绕着它做捉迷藏的游戏。为什么要伐倒它呢？为什么？谁给你们的权力？原因在风中渐次传来，据说，是因为它严重影响了沙河镇的大好局面，已经有人开始膜拜这棵古树，经常趁夜晚对其烧香磕头，求财求官，弄得满地都是飘飞的纸钱，这与彼时"继续革命""斗私批修"的紧张气氛严重冲突，它已经不适宜存活下去。镇领导经过研究，郑重地做出了伐树的决定。

现在想想，伐树是一件既好玩又好看的事情，印象深刻的一次是某年夏天镇上伐树，当树被伐倒后，从树洞里爬出一条蟒蛇，让整个镇上的人们心惊肉跳了很长一段时间。还有一次，树伐倒后有两个鸟窝散落到地上，雏鸟在地上吱吱悲鸣，雏鸟

鸟窝　周亚欧／绘

的父母在半空翩翩盘旋，久久不肯离开。

　　而这一次，显然与以往的每一次砍树都不相同，因为要砍伐的毕竟是一棵著名的老树，围观者云集，影响之大前所未有。当我好不容易才挤到树的近前时已经累得满头大汗，同时我看到两个拉大锯的人早已被汗水湿透了衣衫：

　　喀——哧——哧，喀——哧——哧——

　　不知是古树的木质太硬还是其他原因，锋利的锯齿下火星四溅，青烟袅袅，一股煳味在空中弥漫。砍伐工作进展缓慢，人们屏住呼吸，终于听到"嘎"一声响，原来整个锯条断了，摸一摸烫手。于是，在工头的指挥下，很快换了一副新的锯条，也换下两个累得大汗淋淋的拉锯汉子，于是乎砍伐继续进行。围观的人们在喊喊喳喳地议论着，几只乌鸦在树冠之上飞来飞去。过了一会儿，新换的钢锯再次断裂，这让围观的人群表情现出恐慌。疑惑不已的工头只好向镇领导请求，答复是：破除迷信，移风易俗，不惜一切代价，也要把树锯断。

　　接到指令，砍伐队只好执行，为了辟邪，他们特意在古树身上围了一块醒目的红布，又从当地著名的木匠村借来了一条大锯，由四条大汉拉来拉去，哧哧的声音传出好远。倔强的大树终于败下阵来，锯末和树脂的清香撒向四周，人群里不时响起喝彩声和鼓掌声。天近中午，眼瞅着一棵活了几百年的古树就要结束它漫长的人间生涯，降下它曾经辉煌的帷幕。

　　但就在此时，人群的外围却发生了一个意外：镇上的牛倌二大鼻涕赶着几头牛从野外归来，一头健壮的黄牛看到大树上的红布，受到刺激，撒开四蹄狂奔起来，瞪着血红的眼睛扑向人群。由于事情来得突然，人们蒙了，企图躲开这头发疯的黄牛，但动作哪有黄牛迅捷威猛？像平地里刮起一阵飓风，有几位老人被撞倒在地，其中一位当场一命呜呼。人群顿时乱作一团，惊叫之声不绝于耳，有人慌乱中严重出错，竟然举起一根木杠子朝牛身上重重一击，结果更是惹恼了这头牛，亮起弯弯的牛角在人群中乱挑乱戳，有数人受伤。

突然，人们听到一声响亮的呼哨，像一道闪电划破长空，只见一个黑影从某处腾空而起，是真的像鸟一样飞了起来，黑影大叫一声，伸开手掌扑向黄牛，击中的是两只牛眼，只听得空中砰的一声巨响，两股黑血从牛的眼睛里喷涌而出，像两汪黑色的蛋黄，又黏又稠。但几乎就在同时，大树嘎嘎作响，硕大的树冠从半空砸了下来……

人们拥上去，看到黄牛和黑影被压在了树身之下，牛眼变成了两个血窟窿，牛嘴向外溢着血和白沫，还在呼哧呼哧地喘气，而那个黑影似的人儿，却几乎完全被树身压住，只露出一只枯树枝般的婴儿模样的左脚。

天昏暗，风瑟瑟，太阳钻进了云层。

躺倒的大树旁边，那些刚才被疯牛吓得仓皇逃窜的人们，又迅速地围拢过来。

这，就是三十多年前，沙河镇历史上一桩因伐树引起的著名的悲惨事件，第二天全县通报，还上了县广播站的新闻节目。当时我八岁，后来名噪一时、身残志坚的英模人物海里蹦，不过十五六岁的样子。

掉在地上的东西

那时候，屋子里的东西不多，墙上挂着几把镰刀，门后立着几把锄头，灶前堆着一堆柴草。

一大早做饭，母亲把手伸进黑色的米缸，抓一把金黄的小米，偶尔从中摸出两个鸡蛋。看得出，此时的母亲是开心的，嘴角上挑着一丝笑意。而我们赖在被子里不肯起床，听院子里的鸡窝传来阵阵鸡叫，昨晚的一场大雪把门封住了，寒风从窗户的缝隙吹进屋来，我们赶紧缩了缩脖子，用被子捂住大半个脸，只露出两只眼睛。其实，即便是闭着眼睛，也知道母亲正在忙活些啥。风箱呱呱地响着，她在朝铁锅的边缘贴大饼子，饼子蒸熟后，捡到饭筐里，用笼布盖好。然后再用大铁锅煮米粥，往粥里切上几块生地瓜，抓上一把白豆。不一会儿，饭香弥漫了屋子，我们的肚子咕咕地叫一阵，便纷纷从炕上爬起来，扑向那些食物。

母亲也有不开心的时候，那是她把手伸进米缸，瞬间触摸到一股生硬的凉意，差点把手指头顶坏，母亲的情绪顿时跌到了谷底，手中的拨火棍摔摔打打，这时候，躲在被子里的人个个老实，屏息静气，不敢多言语。如果此时不长眼色，提出非分要求，或者嘻嘻哈哈，屁股上是要挨上一棍子的。挨了白挨，谁让你不长眼色呢？

米吃光的时候，母亲就向胡同的邻居借，披上厚厚的大棉袄，拿一只葫芦瓢出门，回来时冻得嘶嘶呵呵，葫芦瓢里盛满了借来的米，有时成色还不错，于是，愉悦的气氛会续接上。早晨愉快了，一天都会愉快；早晨不愉快，这一天算是糟蹋了，干什么也不顺心。但有时候，母亲跑了好几家也没有借到米，回来便生闷气，嘴里嘟嘟囔囔，坐在灶火的灰烬前犯难，愁眉苦脸。最后，母亲坐起身来，再次走向黑黑的米缸，企图有所收获，用炊帚清理了半天，直到缸里不剩一粒米为止，结果呢，就是我们要喝一顿和白开水近似的稀粥，碗里的米粒都数得过来：一粒、两粒、三粒……

当时，我已经无数次听母亲讲过《渔夫和金鱼》的故事，听得想入非非。我想啊想，想让自己家的米缸变成一个聚宝盆，米吃完了，里面还有馒头，馒头吃完了，是满满一缸炸丸子，炸丸子吃完了，是满满一缸红烧肉。

我听说共产主义就是这个样子的。

我那么想着，一股口水就河水一样地涌出来，一不小心弄湿了枕头。那时候，有许多口水，是来不及咽回肚子里去的。

"掉在地上的东西不要吃。"母亲说。

即便如此贫穷饥饿,母亲也坚持履行这一古老的家训,一见我们眼巴巴望着从嘴中滑脱到地上的食物,便制止不要捡拾,让伸向地面的手迅速停在了半空,害臊地缩回袖子里。非但如此,母亲还在小学堂教课时,这样教育镇子里的孩子们:"掉在地上的食物不要捡拾,吃了会生病的。"

这一点让我百思不解,心想都穷成那鸟样了,还瞎讲究个啥呢?

夜晚,月光从窗棂照进来,照着圆圆的锅盖,灶膛前明灭的灰烬,和被烟熏黑的土墙。

我躺在母亲用柴火烧热的火炕上,听到耗子在橱柜里"吱"地叫了一声,很是响亮。

站在水缸里的草

在沙河镇，有个流传很广的说法——一旦看到水缸里有一根草站立起来，就说明有稀客要来了。

那个年代，家家户户把瓮一样的水缸放在院子里，如若木盖子没及时盖上，风一吹，落点干草棒或麦秸秆进去是很平常的事儿，还时常落些树叶子，取水时用葫芦瓢朝两边撇一撇，把上面的一层漂浮物撇开，将清水取走做饭。那些漂浮在水上的草屑、麦壳、细小的树棍之类，其实一点也不脏，倒给水增添了别样的营养。那时候的水，散发着一股亲切的泥土与树脂味，像极了雨后泥塘里的气息，有点淡淡的腥，又有点野生植物的味道。

有一天，姐姐故作神秘地告诉我："如果你看到水缸里有干草棒站立在水中，三天内咱家准来稀客，不信你试试——很灵验的。"还举例说明，哪天大舅来，哪天小姨来，每次事先她去水缸里舀水，都看到一根草在水中直直地立起来，就差一探头朝她说话了。

我听了觉得十分惊讶，怎么也琢磨不透其中的道理。我不明白一口小小的水缸，居然隐藏着神奇的预卜能力，一根站立的干草，究竟和那位远足跋涉而来的人有何关联？换句话说，它是如何得知千里之外的信息的呢？

自那以后，我便留心观察水缸里的微妙变化：在白天，它波澜不惊，里面倒映着我年幼的面影，乱糟糟的头发和忧郁的眼神；而当夜晚来临，水缸是月亮和星星的居所，幽深得像个黑洞。

隐隐的期盼驻扎在我的心里，却每每一无所获。

世界上的事物往往如此，越是刻意期盼某种东西出现，内心为之烦躁焦虑，那东西却偏偏不来，而一旦你放弃它，干脆不关心它，索性忘却它，它却会不期而至，咚咚地叩门。

时隔不久，夏天的一个中午，我从田野里割草回来，因为出汗多口太渴了，一进院子便把草篮子往羊圈旁边一丢，径直奔向水缸，操起水瓢舀了半瓢水就咕咚咕咚地喝，但在放下水瓢的刹那间我发现了奇迹：一根草棒站立在水中央！我惊讶得差点叫出声来，简直不敢相信自己的眼睛，我把手伸到水里，企图打捞这根散发神迹的干草，好像这根草是有生命似的，打捞几次均告失败，它像一条小鱼那样游来游去，从我手中成功滑脱，溜掉了。

吃午饭时，我忍不住把这个消息悄悄地传达给姐姐，她似乎不信，拉着我蹑手蹑脚地来到水缸前观看，当看清的确有一根干草棒挺立在水中时，眼睛眨来眨去，瞳仁闪烁疑惑的亮光，自言自语地嘟哝："会是谁要来咱家呢？没有呀……"

姐姐还特意吩咐，不要把这件事告诉任何人，说出去就不灵了。这无意间强化了某种神秘色彩，使这桩我童年经历中的小事至今记忆犹新。

在整个沙河镇，周氏家族不算大，社会关系相对单纯，亲戚也不太多，平时与我们家来往最密切的，自然是母亲的娘家人，外公外婆，大舅二舅，因为他们在镇子三里外的李堂村，来往很方便，差不多十天半月地来一趟。我当时想，如果水缸里的草真的显灵，来的客人是他们中的一个，那么，我会很失望。

话说在这个重大发现过后的第二天，水缸里的预言得到应验。时间是20世纪70年代一个夏季的某一天黄昏，有个衣着时髦的中年女人撑着一把雨伞走进了沙河镇的领地，只见她从一辆租来的三轮车上走下来，身后还跟着一个十来岁的小女孩，扎着两个羊角辫，这两个特征明显的外地人搭眼一看就是从远方的城里来的，顿时吸引了镇上人好奇的目光。中年女人上前问路，打听我们家住在哪里。

事后得知，中年女人是传说中的姨表姑，小女孩自然就是小表姐了，她们来自遥远的城市长春，听说那里有奔跑的小火车和茂密的森林。当天晚上，我们家一下子热闹起来。真是稀客呀，从东北到山东，要经历多少旅程？光火车就要坐七八天！

二话没说，爷爷很悲壮地走向猪圈和鸡窝，宰杀了一头猪，两只鸡。

在此之前，这门亲戚因为相距遥远，就只能停留在某个节日夜晚父亲的冗长讲述里，那是一摞永远也说不完的往事：父亲的童年，在长春，与爷爷一起。那时候整个家族，在寒冷的东北艰难谋生，那是一段如冬天般被冻得伸不出手掌的瑟缩的历史。

至今记得那个夏夜，因为姨表姑和表姐的到来，给家中带来的欢乐景象：爷爷把一盏汽灯悬挂在院子里，整个院子弥漫着一股煮骨头的香气，小桌上摆满了切开的西瓜、煮熟的花生，一家人围坐在桌前，说说笑笑，听姨表姑讲述一路的历险和奇遇，美丽的长春，以及那些遥远新奇的城里故事。

姨表姑已在五年前因病去世，她的形象依然停留在童年的那一次相见，在我的印象里，她容貌瘦削，着一件碎花布裙，她有一双大大的眼睛，一头在风中飘逸着的革命式的黑色短发。她的门牙，因常年嗑瓜子而留下锯齿的形状；一口浓重的东北口音，话语像松花江水滔滔不绝，笑起来则像男人一样爽朗，毫无顾忌。而皮肤雪白的小表姐，伏在妈妈的腿上睡着了。

姨表姑带来许多好吃的食物，如今多半都忘记了，只记得其中有大列巴面包。

那是我头一次吃到大列巴面包。

别人死的日子

"你素慧大婶昨晚死了。"

大约六岁那年的夏天，我爷爷午饭后不经意的一句话，至今在我耳畔回响，它成了我一生中关于死亡最早的记忆，让我在任何时候想起来都不寒而栗。是的，每当想起那个女人的死，就像从梦中伸过来一根明亮的铁轨，在头顶掠过一阵呼啸。

长大后我知道，每一秒都有人出生，更有人在默默地死，或者热闹一点地死，但结果几乎一样：那个死了的人，不让我们在人群中或者道路上再次发现他。

在别人死的日子，活在远处的人，仍然忙着自己的事情。有一年是例外：一个大人物死了，全国的人都很惊恐，觉得天要塌下来。人们观察了几个月，发现天好好地挂着，和过去一样蓝，夜空的月亮和星星跟过去没什么两样。

但我记住了素慧大婶的死。

在此之前，村子里每年都有人死去，我并没有很特别的感觉，也许是因为年纪太小。最主要的原因仍然是：那是别人的死。它还没有轮到自己头上，也没有轮到我的亲人头上。

素慧大婶和我们住在一个胡同，几天前我还看到她隆挺着肚子在村子里闲逛，她当时的表情是平静的。她有一双忽闪忽闪的丹凤眼，她看我的时候我觉得她像个妖狐。

两个月前，她把我拉到她的怀里，把我的手抓在她的手里。我当时害怕极了，我感到她的手心冰凉，她的怀中散发出一股奶香味儿，熏鼻子。她笑着问我："婶婶肚子里是小弟弟还是小妹妹？"

我还不会揣测大人的心理和愿望，脱口而出："是小妹妹。"

她的脸色立即黄了，变得很难看。我于是急忙补充了一句："我喜欢小妹妹。"

很显然我的补充没有奏效。她一声不吭，怏怏不乐地丢开我，轻轻地叹息，而后默默地走开。在经过一个麦秸垛时她的裤腿上沾上了一根长长的麦草，她一点也没发觉。她拖着一根亮亮的麦草在黄昏的光线里走动，失意而无助，风把她的影子吹得更大。

是我的话让她一下子陷入了绝望的深谷。

这件事让我后悔不迭。到后来我才知道，在我的故乡沙河村，怀孕的女人十分迷信孩子的预言。就像我的不经意间的一句话，竟然会准确无误地击中了事实。我当时是如何认定她怀的是个女婴呢？是谁让我这么说出的？只觉得上唇和下唇轻轻一碰，我就说出了一个千古之谜。打那天开始，她就蔫了，再也打不起精神来生肚子里的孩子。非常不幸，她已经生了五个女孩，加上这个是第六个。

生孩子的那天刮着北风，整个村庄都在发抖。从早晨到黄昏，人们听到素慧大婶在绝望地呻吟和哀叫，声音从门缝里溜出来，缠绕在树枝上。全村的女人都在议论，喊喊喳喳。全村的女人都在暗暗使力气，可这件事不能替代。世界上有许多事不能替代，当你面对亲人的疼痛，只能把脸贴近。半夜时分，声音渐渐稀了下来，低了下来，直至一片沉寂。就这样，我听到那个闷热的中午，爷爷说出这样一句话，他轻描淡写：“你素慧大婶昨晚死了，难产死的。”爷爷说着，卷好了手里的纸烟，又说：“生的还是个女孩，一生下来就没活。”

我的脑袋嗡地响了一下，我的嘴巴肯定张得老大，一个木塞堵住了我的喉咙。

吵吵嚷嚷的声音始终在耳边回响。我永远无法忘记素慧大婶死后的那些日子。我独自一人在村子东头的野地里游荡，听着自村子里传来阵阵唢呐的呜咽，我陷入持续的惊恐无力自拔，我的呼吸变得很急促，嘴巴一张，就有许多风灌进来。泪水在我的眼睛里旋转,用手抹去一批,新的泪水又涌出来。

没有谁知道我内心埋藏的一个隐秘,我觉得素慧大婶的死与我有关。

出殡的那天上午,我混在一群孩子中间去看素慧大婶的灵堂。大大的院子里铺满了金色麦草。她的五个女儿跪倒在麦草上,披麻戴孝,个个哭成泪人儿。她的男人倒显得十分从容,忙着接待前来吊孝的乡亲,他的目光始终没有投向我。我裹在人群里,从始至终,我的一只手在捂着自己的半个脸。堂屋里摆放着一张简陋的木床,素慧大婶静静地躺在床上,她的头发很黑,但她的脸部蜡黄。她的身体被一块白布盖住,双脚露在外面,僵硬地跷起,脚上穿着一双黑色的新鞋子,上面好像还绣着两片浅绿色的叶子。

她躺在那里,迷人的丹凤眼紧紧闭着,形成了一条静止的弯线。这时候,我无意中发现了悬挂在灵堂上方的遗像……啊,我又触到了她的目光:怨恨、无助、失望和绝望。我又感到来自她的手掌心的阵阵凉意,在我看来,素慧大婶她不是昨晚死的,她是从那天就开始死了。

她是一点点死去的,像风在一点点吹刮一幢孤零零的房子。房子是人盖起来的,但它有时比人存在世上的时间更长久。

终于,她开始直视我,我好像听到她在喃喃开口:"哦,小家伙,你也来了……"

是的，我也来了，是我的一句谶语害死了你。素慧大婶啊，我想表达内心的愧疚，但那时候我还不会说对不起。况且，一句对不起怎么能和一个大好的生命相抵。

这是我与一个死去的人之间的秘密。我们在交流。世界上没有更多的人知道。我夹在人群中，感到自己承受的伤痛比别人更深，压得我喘不过气。

这时，奇怪的事情发生了，它是我至今都为之灵魂颤抖的一幕。她的大女儿叫英娥的，哭着哭着竟昏倒在地，有经验的人跳过去，掐住了她的人中。但英娥忽然挣脱众人，直坐起身来，她的眼睛缓缓睁开，像一片春天的黑树叶。她的眼睛在变化，由一双普通的眼睛变成了丹凤眼。然后她就说话了，她的声音变得很粗，完全是个成年人。她的神态和自己死去的母亲没有两样。人群中马上站出个明白人，是一位老嬷嬷，惊叫了一声："哎哟，是素慧哩，大家静一静啊，她想说事儿哩！"

整个院子都安静下来了，静得能听见牛在棚里嚼一根老草。我蜷缩在人群里，我看不到英娥，却听到素慧大婶的声音在院子里响。满院子响，天色变成了昏黄。那声音不大，却是来自另一个神秘莫测的领域。直到今天，我仍惊讶于一个乡村妇女对待死亡的从容姿态，"素慧大婶"说她早就想死了，日子过得不顺心。如果不是牵挂着孩子没长大成年，她三年前就想喝农药死了。老嬷嬷就问她现在觉得好了吗？素慧啊，你好了我们才放心哩！"素慧大婶"立即咯咯地笑起来：你是老嬷婶吧？

俺好着哩。是真好，也不要劳动了，一下子轻松了。就是牵挂着孩子。然后是一番很详细的交代：没织完的布放哪儿，没纺完的线放哪儿，积攒的钱放哪儿，没舍得吃的红枣放哪儿……人们听到她是那么细心，都没能忍住泪水。

突然，"素慧大婶"冒出一句话，把我的心揪紧了："那天，长太的孙子说俺肚子里又是个女娃，俺就铁定了心不想活了咧……"

最后她说："让开，让俺走……"

我的眼前一黑，分明感到人群里响起的一阵骚动，我害怕身边的人在看我，害怕他们把疑惑的目光落到我身上，还好，没有一个人注意到我。他们大概没认出我，我当时十分瘦小，像一只吃不饱饭的猫。只有我的心里知道我是"长太的孙子"。我终于受不了，就跑出来，一路上双腿瑟瑟打战，真怕和素慧大婶的灵魂撞个正着。

我知道她连死后都记住了我，她在另一个世界也不会把我忘记。

我跑出院子的刹那，那片吵吵嚷嚷的声音又在身后响起。

我跑到田野里，仍然不敢拿掉捂着半张脸的手。我的耳边始终是一片喧嚷，听着不全是哭声。我回头望了一眼村子上空的树影，群鸟飞舞，蝉声大作，鸡犬呼应。一个人死了，这个人不是自己。

那一次，我觉得整个大地上的生灵都知道了一个人的死。

顺着河水走

　　顺着河水流动的方向奔走，一边喃喃自语。几乎在整个幼年时代，从五岁到八岁，我与爷爷居住在一个香气四溢的果园。一口水井，一条草狗，秋天的脚下铺满黄金落叶，瑟瑟的秋风在沙丘上怒吼。与人群的长期疏离，注定了性格的自闭。内向和羞怯像绳索捆绑着一个可怜的孩子。我见人就躲，像松鼠的同类，连最简单的事物也不知该怎样表达。我被月光下的栅栏紧紧关着，满眼都是硕果累累的枝柯，极目远望，白皑皑的山峦像一座座黑色的谜语，谁来为它释义和命名？天是那么蓝，风吹散了编织白云的羊群。

　　我虽然暂时远离了邪恶与暴力，却分明知道外面的世界是一艘在风浪中颠簸的舢板，一不小心就会触礁。在烛火跳跃的夜晚，爷爷向我讲述年轻时代的经历：大兴安岭的森林、棕熊和狼，厚雪之上神秘的脚窝。我知道一棵大树怎样被木锯割断，轰然倒塌,悲壮而暴烈。有一次,一个伐木工背着一袋粮食路过山冈,突然滚下的一根圆木让他的双腿留在了路上,远远看上去像是一双靴子,更像两朵枯萎的花。

一片微小的树叶也能让人丧命,生命的消失不需要理由。我目击过许多令人哀伤的场景:一个在雪天摔倒于苹果园外的乞讨者;一个吊死在田野树木上的失恋的人;一个在惨白的大太阳下仰着脸踉跄而行,一边像喝可乐一样地喝一瓶毒药的人。他们曾经真实地存在,却义无反顾地奔向一个永恒的失踪。

现在,当我坐在城市的一角回首往事,内心奏起一支呜咽的小号,微红的炉火多么亲切明亮。而我的眼睛里却晃动着电车飞旋的轮子,它代表时间的速度与急迫。一朵摇曳的矢车菊,一只火红狐狸的幻影,一座比美国西部更荒凉简陋的木桥,一个比弗朗西斯卡的情人更感伤的牛仔。天空的天,上海的上,北京的北,山东的山,纽约的纽,还有孤独的独,爱情的爱和渴望的渴。

某天深夜,我在大街上默默行走,想起高尔基这样说托尔斯泰:"只要这个人活在世上,我便不是孤儿。"

远处走来一个人

　　太阳就要落的时候，我看到从远处的沙丘上走来一个人。如果从我站立的角度来看，他行走的速度并不算快，几乎是在一点点地挪动，夕阳照着他的脸，他的脸模糊一团。

　　我不知道这个人要到哪里去，或者他刚刚干了些什么，是不是要从我身边经过，是不是即将走到我面前，却又会绕道而行，这样的事情时常发生。我想，即便他真的走近我了，也不一定会和我说话，而是擦肩而过，留下一种陌生人身上独有的气味。

　　在我的眼里，一个人散发一种气味，只凭着这气味，就能找到真正的同类。

　　他手里拎着的是什么东西？远远的，我看不太清，我的视力不好。如果他是个农民，那么他手里可能是一把镰刀，已经磨得飞快，能削掉任何一种谷物，这使他感觉良好，觉得自己是个英雄。或者，他很沮丧，认为削掉了世上最好的东西。那一捆捆躺倒的谷禾，了无生趣，不如长着时的模样好看。

呵，我曾经熟悉一个农民，有三十多岁了吧，他读过中学，曾梦想到遥远的城市去做写字楼的主人。为此，他起早贪黑，背着沉重的书包，到十几里外的学堂。有好几次，他不小心，在过河时踏入深深的泥淖，弄得全身都是泥水。然而中学没有读完，他就辍学回家了。书没读成，却落下个读书人才有的病根：肩膀有点儿歪斜，一高一低，走起路来十分滑稽。那是背书包造成的，但他从不向人讲述这个秘密。对他来说，这不是个骄傲，他曾有些愤然地对我说，在他眼里，读书的经历近乎一种羞耻。

我认识许多读书人，我不能说他们怎么不好，因为我也是个读书人。我曾经有过这样的举动，为尽早把书房里六个书架上的书全部读完，在一年的冬天，我租了郊区的一幢民房，除了书和一个火炉陪伴着我，就什么都没有了。那时候，我刚刚与一位女孩恋爱，可她去了几次就不耐烦了：她要吃的，要流行音乐和电视，甚至想为这间简易的草房装上一些更时髦的玩意儿。我当然不能满足她，"这叫人过的日子吗？"她噘着红红的小嘴这样说。

"什么才是人过的日子？我活着觉得愉快就是，哪怕是在草窝里。"我说。她拗不过我，于是索性不再来了。

也好，正好可以静下心来阅读。正是在那里，我熟悉了庄子、老子、孔子，熟悉了卡夫卡、蒙田、梭罗、杜拉斯、罗兰·巴特……如今回忆起来，那是一种多么揪心的阅读啊，半夜里起风了，呜呜的声音在纸窗上吹响，烛火被一次次熄灭。有一次木门被咣啷一声重重地推开，我还以为是被一个粗鲁的大汉推开的，结果什么也没有，是我没有把门闩好。还有一次，从窗棂上方扑棱棱飞进一只鸽子，怎么也赶不走，它在屋内的一堆麦草上待了整整一夜，像一个朋友默默地陪伴了我一夜。

在下第二场雪的一个中午，真的有一位远方的朋友来找我了，他是费了很大的劲才找到我的，我至今记得他一副很斯文的模样：戴着金边眼镜，围着咖啡色的围巾，声音尖细得像个女人，而且，他有点驼背，还长着一双细长的腿。不知怎的，每次见到他，我总会设想一下他的老年形象——一个又干又瘦的干巴老头。

当他眨巴着眼睛出现在我面前的时候，我真控制不住自己的感动，握手时竟让左手抢先伸了过去，以至于握住的是他的右手背。这让我差点笑起来，联想起了大街上的两辆三轮车，先是互相躲避，最终却撞在一起，酿成一个不大不小的交通事故。

说说我的朋友和那场远逝的大雪吧。

他与我共同居住了三个夜晚，我们几乎彻夜都在长谈，话题涉及人类、战争与情感。炉火很旺，煮着忧郁的黑色咖啡，破旧的录音机里缓缓播出一曲民间音乐，《梁祝》或者《二泉映月》。夜里，我们披衣出门，知道雪已经停了，厚厚的积雪，把我们白天留下的脚印抹得一干二净。在耀眼的河沿，斜坡上长着一排白杨，它们变得一动不动。这时候我感悟到，雪停了就是树不动了，或者没有风了。风像一只灰狼，躲入了一堆柴垛。

远处是沉睡的村庄，有狗吠声隐隐地传来，像天上的星星一样稀疏。地上一片明亮，能看清我们随手丢弃的烟蒂。

第二天一早，我的朋友走了，他显得欲言又止，说话有点结巴。我问他："还有什么事情吗？"

"啊啊，没有没有……"他急忙说，然后跳上了一辆去城里的马车。那两只猛然跳动的车轮，在车夫的吆喝下，溅了我一身雪水和泥点儿。

然而事后我才从另一个朋友嘴里知道，他要一个人徒步长江黄河。他到我这里来，是为了得到点资助，哪怕只是几十元钱，但不知为何，他始终没有开口。时隔不久，我就从晚报上得到他在藏北死去的消息……我性格内向的朋友啊，你难道要让我在懊悔和不安中度过一辈子吗？

十多年过去了，又有许多人向我走来，有的成了那么真挚的朋友，他们几乎个个不安于现状，人人都想做出件惊天动地的大事情来，当然，那样的情景至今没有出现。再说，什么才算是大事情呢？对于一个农民而言，让土地长出谷子来就是大事情。

在我们之间，有的则发生了一些这样那样的抵牾、口角和冲突，我想避免，可每每失败。正如此刻，远处走来一个人，你们原本素不相识，你们有理由留下仇恨和不快吗？

这就是那个遥远的雪夜带给我的觉悟和疼痛，长叹一声，我在心里对一切释怀。

我想，假若明天世界发生了一件对人类有好处的大事情，如果不是我的朋友干的，可能就是这个朝我走来的人干的。

第三辑：路上的积水

一次次地，我被暴风雨阻挡在泥泞的道路上，像一辆载重卡车，被无端地定格在山腰，既无法前行，也不能返回，此刻对命运的承受成了唯一的境遇。记忆最深的一次，是我手里拿着一把割草刀，在一个瓜园外的土路上怅然若失地行走，乡村干燥的路面浮土飞扬，周围静得像一块岩石，天空突然暗了下来，瞬间，石子一样的雨滴重重地打在了我的脸上。一场暴风雨已经降临。

河　畔

　　我有过许多虚拟的幸福：一座河边的房子，一把琴或一幅画。每天打开一本崭新的书，就可以让我远离人类。当然，还有你，可你迟迟不肯出现。你在比虚拟更虚拟的地方，你不在我的视野之内。我在冬天燃起壁炉，偎着旺旺的炉火想世上的事情：欲望、死亡、艺术……音乐引领我到幸福的最深处，而你不能怀抱一只猫在我身边，我们一同看木头怎样在微火中化为灰烬，直到天色完全发白。

　　那些年，雪在窗外落了一场又一场，森林和荒野都在沉睡。时光像麋鹿的蹄印走在结冰的湖面，树木和沼泽都以上苍赋予的形状生存和衰老，各种飞禽穿梭其中，蜘蛛忙着结网。我像老卢梭一样喃喃自语，在野地里游荡，给每一株植物重新命名，风不时地吹动着我的衣衫。我的衣衫破旧，近乎褴褛，头发也乱蓬蓬的，胡茬像六月锋利的麦芒，它们不能代表我的内心。

被雪覆盖的河流　周亚欧 / 绘

事实上，一切外部形式都不能代表内心真实的表达，它让我们倍感生活的荒诞不经。

那些年，我的苦闷很多，香烟在手中一支接一支地燃烧，命题在脑海中一个接着一个，我找不到准确的答案，痛苦的思索只能让头发像树叶一样飘落，没有声音和回应。山下的道路十分凄凉，有时走过一匹马，有时走过一辆木车。当我读书累了，孤独和忧伤会准时以黑夜的形式来临，破坏着内心完整的秩序，那一刻，我的绝望比火车下的海子更深。它尖叫着粉碎了记忆中的美好事物，只留下一具空空的肉体在勉强地呼吸。

深夜，我点亮火把，一棵树一棵树地寻找，我在找那天无意中发现的树洞，里面住着一只可爱的树熊。

一段路

　　有一段路我至今记得，它离河岸不远，却在即将到达河岸的地方，猛然间掉转了方向，蛇一样爬向了一片沼泽。更加奇怪的是，它虽然离河沿仅咫尺之遥，却被一条狭窄的深谷切割，使河岸变得遥不可及。第一次遇到这样的情况，我呆立在原地不动，怎么也想不明白这条路究竟是哪些人走出来的。我踮起足尖，看到一河的水在远处亮闪闪地浮动，像地球一端的飘带，风把它吹得呜呜作响，风中饱含暧昧的湿意。

　　我摇摇头，感叹自己无法触摸到河水的温度。这段路太像弗罗斯特描述的选择了："一片树林里分出两条路——而我选择了人迹更少的一条，从此决定了我一生的道路。"

　　向前走的路已经不通，退回去又不符合内心的愿望。我始终不明白，有哪些人在走到这里之后，会毫不犹豫地转向沼泽。那里除了沼泽，还有什么别的事物吗？好奇心促使我踏上那条突然间变细的路，就像走在蛇的脊背上，脚下软软的，有点飘忽。

我先是看到几块闪亮的冰碴，春天的到来正让它们迅速融化。我知道浮冰下面是淤泥，它们深不可测。然后是一丛一丛的芦草和牛蒡草，可以想象，它们在夏天有多么茂盛，一场雨就可以让其猛增三尺！这些植物始终保持着原始的生态，农人的运草车总是绕道而行，无法抵达。宽广的牧场有成群的牛羊，近得可以闻到木柴燃烧的气味。

我想起夏天：独自一人来到牧场，爬上残败的小泥屋顶，与同样孤独的月亮对视，周围太寂静了，静得听得见鱼在水塘里吐泡泡的声音。那一刻，只要往脸上抹一把，就会发现手心又湿又咸。

随着一段路又一段路在身后不断丢失，我具备的本领也在不断丢失，比如心越变越凉，再比如对任何事物，想一下就觉得没多少意思的"审美疲劳"。

但我庆幸自己始终保持着与月光交流的能力。愿神灵保佑，不要让时间剥夺我这最后的花园。

想到这里，我不由自主地加快脚步，向沼泽深处走。半截黑色树桩牵引着我的视线，树桩旁边有一朵美丽的白花诱惑着我。

当我仔细辨认，发现那是一具骷髅。它比花朵残忍，但比花朵更美。

星期三

    我不止一次地在心中念叨星期三，这个日子因相识而闪闪发光。它让其他的日子都成为黯淡的背景，并且松鼠尾巴一样躲藏到岁月狭窄的甬道。这让我想起一个美丽的比喻：大地之所以苍凉，是为了衬托一株树木的孤独。

    而我愿意把所有琐碎的时光都省略掉，只留下星期三，缓慢地品味和感受，放弃所有世俗的事物。我将因这一天而使生命告别表层，走向博大与纵深，在拥抱地下沸水的过程里获得飞翔与拯救。

    如果回忆一下走过的路，这个古老的奇数似乎与我的宿命有关：我出生的那天在三月十三日，那一年我的母亲刚好是三十岁。大雪封住了故乡的柴门，我拼命地啼哭也不能带来一朵温暖的火苗。木柴被冻得结满了冰凌，哆嗦的手怎么也无法把它点燃。

后来外婆说，那时候的春天总是来得很迟，它让穷人更加贫穷，而冬天却总是像狗一样赖着不走，朝麦垛发出汪汪的吠叫。外婆就笑着说她削了一根木鞭子，每天赶它走；或者烧一堆纸钱，双膝跪地祈求。

不久，我开始走路和说话，行走和表达都是很笨拙的，我的话世界上没有谁能听得懂。多年之后我才明白，那个能听懂我语言的人，那时候根本还没有出生。她在某个未知的状态，连空气都不算。

但她分明已经存在，影子一样聚拢，细小的颗粒组成一个圣洁的模样，注定要在未来的星期三与我相见。

那时候，我蹒跚的步履，因何而如此艰难地朝前迈动？谁敢说不是为了走向今天的星期三？

这一天，我会早早地起床，把房间打扫得一尘不染，点燃一支冷香，默读一段《圣经》。然后披衣下楼，到雪地上沐浴日光。这一天的天气总是十分晴朗，空气中弥漫着树枝焚烧的木香，飞鸟在雪地上鸣叫和嬉闹，一阵悠扬的钟声过后，鸽群的影子掠过远处那座拱顶尖尖的教堂。

这一天，神在远古创造了海水与高山，让地上的树木结出果实，蔬菜和青草的种子在土壤里睁开蒙昧的睡眼。听吧，我在祷告上苍：第三日啊，圣洁的时刻，让我的灵魂日益强大不可战胜，让血液在体内加快奔流的速度，让人间的爱意和善意化作滔滔不息的江河，让我的文字因你的融入而变得神采飞扬，让我不把世间的荣辱和变化无常放在心上。

当我返身上楼，发现那一支香早已熄灭，雪白的盘子里只剩下一撮雪白的灰烬，我知道里面悄悄地藏着一个"爱"字。这时候如果有一阵风自窗外吹来，它就会突然神秘消失，盘子干干净净。

然后，我抓起电话，给你背诵拉拜的诗句："我在极端的苦闷中因幸福而哭泣，生活对于我既轻松而又艰辛。"

花　篮

　　后来，我把你的照片放在桌面上，好像放在夹袄最贴心的一层。我的羊皮袄，散发着男人热烘烘的气息。我要把你的全身焐热，让你像一粒种子一样生根吐枝，然后长成一株青青的树木，与我一道倾听冰河在远处的汹涌。当冰河流过，道路就会清晰可辨，远行人的鞋子会沾满湿泥和草味。

　　春天来了，一波一波地袭击和荡漾大地，它有比任何季节更加撩人的温暖。稻田在风中起伏，沟渠里响起昆虫的叫声；一只狗，以箭一般的速度向远山跑去。

　　是的，在这个时节，雪光仍然像扣在山顶上的帽子，在隐隐地浮动着。我走出木头建造的屋子，手扶着结满霜花的栏杆把目光放远，我发现你清纯的眸子在盯着我看。哦是的——你的眸子是我看过的人类中最明亮的湖泊，它像秋天的夜空中遥远的星星一样透着清寒之气。一旦接触到这样的目光，无论在何种情形之下，都会立即联想到旷野上善良的羊羔，雪白的羊群被神的儿子精心牧养，风轻轻梳理。其母在一旁微笑，默不作声。而在你的身后，是大地绿色的植被，一丛剑麻和一株乔木。

我始终认为，只有明亮的眸子才会和天上的星星相互辉映，它不是每个人都有的清澈。面对一些混浊不堪的目光，我总是不忍正视。而因为你的存在，天上的星星多了两颗。

出于丈量不清的距离，我猜不透你每天的生活如何度过，如何用咖啡或劳作打发生命中的漫漫长夜。日子正一天天变得慵懒无聊，意义也在一天天放大和加深怀疑的颜色。唯有音乐和诗，让心灵得到片刻的清洗和慰藉。

哦，我在幻觉中编织了一只花篮，向你走去，天空高远而浩瀚，沙地上留下一串深深的脚窝。

而途中却发现沙哑的花朵已被泪水摧残。

每天的事情

我每天经历的事情，没有几件符合心愿：必须处理一些琐碎的公务，见一些不愿意见到的人，听一些不想听到的声音，它们远不如一声鸟鸣美丽。

更多的时候，面对人性的狭隘、虚伪和自私，我们做不到安静。如果反抗，又会因之而耗损气力。就这样，我们被每天的事情淹没，不能自拔。

这令人厌倦的模式让我一次又一次去亲近自然——森林、河流、牧场，帐篷外是成群的牛羊，青青的草原给忧伤戴上一副薄薄的刀鞘。

在我的日程表里，曾有这样的记录：

一月去黄河口；二月去鲁西平原；三月去江南扬州；四月和五月，去看祁连山；而七月八月，我来到大兴安岭和呼伦贝尔。

一匹衰老的马走过一座村庄和一片果园，人类丧失的真诚和勇敢一晃而过。美酒和烤牛肉的香气只能暂时安抚心灵的隐痛与虚空。

然后,一辆旧火车会把我带回到原来的生活,坐在潮湿发霉的房间。直到这时候才明白和觉悟:精神的渴望越强烈,肉体的本领就越退化。泰戈尔的飞鸟,翅膀下拴着廉价的黄金。我们已无力再拿起一柄锄头,让汗水播洒在泥土里。

面对一片现实的麦地,我的本领不及一位年迈的老翁。我的嗅觉早已变坏,闻不惯马厩的气味,羊圈和农舍的气味让我头晕。

这就是当下悲哀的城市生活,我们注定要依照多数人异化的模式,把生命中的日子浪费和消磨。晨雾尚未散尽,黄昏就又来临。山还是山,水也没有改变,只是建筑物逐年升高了许多。而在梦中,我们抛弃了万贯家财,一次次成功地私奔和出逃,越走越远,像两个淘气的孩子蹦蹦跳跳。眼前野花绽放,泉水淙淙,大地记录下相爱的每一个细枝末节。

我清楚地知道,时光的堆积会让朋友像树叶一样众多,但真正交融的灵魂最后却只剩下很少。在临终的眼里,我希望会有你的面容清晰呈现,话语也像最初一样亲切。

在幻想的中央,我希望每天的事情,除了吃喝与睡眠,还能有空隙伸出一只手掌来覆盖你的眼睛,它像湖水一样幽深。

道路上的鞋子

　　一双或无数双鞋子每天都会准确无误地出现在道路上，密密麻麻地覆盖着人类的生活，在城市广告林立的大街上，在乡村蛇一样弯曲的小路上。如果衣衫褴褛的哲学家看到了，会由衷感叹：瞧，鞋子是为道路而准备的，它们因奔走和劳碌而沾满泥浆。在一双鞋子里，肯定站立着一个人。

　　我知道这绝不是神的生活，神的生活在云端，那里纤尘不染。我常常想，神穿的鞋子是由什么做成的呢？热爱生灵乃众神比较统一的原则，他们的鞋子材料绝不会取自动物的皮毛。如果是布鞋，那么神界会有大片的庄稼吗？

　　中国神庙中的偶像，多半是木头或漆器制作，鞋子自然也是木头或漆器的一部分，但你不能由此断定神的鞋子究竟是什么质地。

乡下的农民从来不对鞋子过于讲究，他们在田间劳作时多半打着赤脚，往往全身都是汗水和雨水。环境如斯，你能让他们的鞋子不沾满尘土吗？记得小时候，与爷爷到夏天的田野割草，沙沙的玉米叶像刀一样划破胸膛，当一篮草割满之后，布做的鞋子早已被露水打得精湿。但我多感谢那做工粗糙的鞋子啊，是它们护住了我的双脚不被荆棘扎伤。割完青草之后，我来到池塘边，脱下脚上的鞋子用水清洗一下，就又穿上它走在道路上了。

　　道路上的鞋子，不是一双两双，而是很多，多得数不清楚。

　　那时候，即便穷尽所有的想象，我也不会知道世上还会有洁癖到把鞋子拎过头顶的人，更不会想到，在多年之后，美术馆会举办关于鞋子的展览。鞋子就是用来穿的嘛。当时，如果村子里有一支黑色鞋油出现，不管是什么牌子的，都会被用来染发或者修补屋门脱落的油漆。

　　数月前与一位朋友吃饭，他突然考了我一个与鞋子有关的问题："如果你脚上的一双新鞋子，不慎被火车的车门挤掉一只，而这时火车就要开动了，那么，你会怎样处置脚上的另一只鞋子？"

　　我随口答道："没办法，只好再买一双了。"我的意思是，总不能光着一只脚旅行啊，这是一个毫无诗意而且非常现实的问题。

他呵呵地笑了，接着讲了一个真实的故事：

印度"圣雄"甘地有一次乘火车，他的一只鞋子掉到了铁轨旁，此时火车已经开动，鞋子无法再捡回来。于是甘地急忙把穿在脚上的另一只鞋子也脱下来扔到第一只鞋子的旁边。一位乘客不解地问甘地为什么这样做，甘地说："这样一来，路过铁轨旁的穷人就能得到一双鞋子了……"

听了这个故事后我老实地承认，自己与伟人的区别在于：我遇事考虑更多的是自身处境，而伟人的思路往往相反。

连一双鞋子也不给我们机会。

道　路

　　那位不幸在鲁昂被火车碾死的比利时诗人维尔哈伦，于1895年写下这样的预言："一切的路都朝向城市去。"（见维尔哈伦诗作《城市》，艾青译）事实表明，他的诗句正逐年得到验证。冬天的暖阳下，积雪茫茫，大风呼啸，我看见绵延不绝的道路上，正行进着一群朝城市迁徙的人。而这一举动，正是从否定自己的命运和方向开始。

　　荒野和乡村，最终会被工业时代的车轮改写得一塌糊涂。

　　在不久前的一次文学聚会上，我曾表述过以下观点：

　　当一座乡村的茅屋被拆迁，直至整个村庄被城市的广场和草坪取代，有谁知道其中埋藏着多少悲酸而又隐秘的情感？有谁知道其中收藏着多少温暖或凄苦的记忆？不仅是简陋的土墙与碎瓦轰然倒塌，更是一种血脉上的勾连被生生割断。从此，我们再也没有生命的故乡。故乡之上已经站立着一片钢筋水泥混合的冰冷建筑，它们没有一丝活气。而居住其中的人，脑袋里装满了货币与商品名称的数字与符号。

这不是我想要的生活，只要我活着，就会在内心与之永远背离。

长期以来，我可怜那些没有乡村经验的写作者，觉得他们的写作缺乏根基和缘由。他们一出生即被豢养在幼儿园啃黏糊糊的巧克力，喝同样的麦片粥。铅笔，橡皮，图画，公园，体面的衣着，父母的呵护。总之，每一步都设计好了，生命个体不过是别人手中的一粒棋子。他们幸运吗？绝不。

而那时，一个乡村的孩子，已经在雨地里体验了人间的全部冷暖。这冷暖来自狂暴强大的自然界，也来自落后古朴的生活。

就我本人而言，从出生到学龄，只在乡村度过了短短八年的时光。但直到今天，这短短的八年依然是我写作的基本线索。直到今天，只要我一闭上眼睛，脑海里就会有一片绿无际涯的田野浮现。吹刮不止的风，在风中战栗的房屋，葱茏的草木，芳香的果园，奔跑的马和黑狗。

其实我的经历并不复杂，整个成长过程没有遭遇一丝血腥。军营，校园，机关……虽然被不可知的命运呼来唤去，显得有些被动，但绝谈不上有多么颠簸。虽然经历过个性的压抑时期，郁闷的失恋与失意，但毕竟缺乏大苦大难的磨砺，我甚至从没有从事过任何繁重的体力劳动。有几次到了危难关头，但又幸运地遇到友人的帮助和声援，最终化险为夷。现在，我拒绝一切冒险的波动，不渴求虚幻的爱情，形成了慵懒的规律。没有过高的奢望，我对远方的事物和人不抱幻想，不把任何不着边际的评论放在心上。闲暇里写些注定速朽的文字，这让我守住了内心的孤岛。健康，行走，睡眠和生病，淡化宠辱，又臭又硬。这样活，这样死。

每个人都有自己的道路。庆幸的是，我不再用双眼盯住别人的背影。

黑　管

　　凄凉的黑管，木质的单簧，内部装有多少忧伤的元素？它时常让我沉湎于往事的回忆。秋天的深夜，窗外的雨声多么稠密，而所有的植物却在枯萎。大地陷入寂静，沉睡的楼房飘出鼾声与梦呓。

　　关上灯，舒展的绿茶沉到了杯底，只有烟头在唇间忽明忽灭。这时候，香烟像一根隐隐燃烧的木桩，令我想到森林中的大树在寂寞中从容自焚。忧伤明亮的黑管似乎来自地心深处，一波一波地刺穿厚重的壳，春天的泥土钻出了敏感的幼芽，伸展的柔软触须最终与内心完美地融合。

　　黑管，与不朽的名字紧密相连：但丁、荷马、萨特、梭罗、海明威、帕斯捷尔纳克以及茨维塔耶娃。黑管，与我热爱的人和事物有关：青青的草，高高的木，荒凉的山冈。与你有关：你不只美丽，而且有着动人的真挚，它照亮了一座城市的可耻，物质主义的可耻，阴谋与欲望的可耻，嫉妒与市侩的可耻，某些嘴脸的可耻。

有一刻，我觉得这尖锐的声音不是发自低音区的吹奏，而是风在草叶上颤颤划过，它替代了内心的哭泣，像我忙碌不停的生活，像呐喊，更像呜咽。我回忆童年的麦垛星光闪烁；我的青春和梦呓，在一个小城里被时光无情虚掷。郊区滚动的河流与苹果的液汁，把一生的浪漫品质植入心灵。在肩背黄书包上学的路上，我开始幻想爱情，无知的暗恋和甜蜜的忧愁。屋后的树林，水洼被落日涂红。它收容了一个少年——脆弱、敏感、柔软，小小的动物，羽毛般轻盈，浓重的心事飞起飞落，无人诉说。

有一次，我在萧条的冬夜里奔走，三天之后我来到一片墓场，跪倒在爷爷的坟头。陌生的房屋和积雪不认识我。冷风中，一只白嘴鸦尖叫着掠过头顶。

那时候，黑管还在黑暗中沉睡，比我更孤独，比你更瘦弱。我的孤独是一堆命运的干草，没有人来点燃它埋藏在心底的火药。

暴风雨

一次次地，我被暴风雨阻挡在泥泞的道路上，像一辆载重卡车，被无端地定格在山腰，既无法前行，也不能返回，此刻对命运的承受成了唯一的境遇。记忆最深的一次，是我手里拿着一把割草刀，在一个瓜园外的土路上怅然若失地行走，乡村干燥的路面浮土飞扬，周围静得像一块岩石，天空突然暗了下来，瞬间，石子一样的雨滴重重地打在了我的脸上。一场暴风雨已经降临。记忆闪动：在恐惧袭来的同时，我忍住了汹涌的眼泪。

其时我的心里布满了荒凉的委屈，因为刚刚发生了一件不愉快的事情：我被村庄里的孩子王驱逐出了集体割草的队伍。这已经不是第一次，至少是第三次了吧。那个名叫文忠的孩子王，就这样成了我生命中最早出现的一位独裁者。他严肃的表情像一场暴风雨。前两次，均以我的主动求和而告终。人是群体性动物，这是后来从大师的哲学著作中知道的，甘于孤独的人必有深层次的原因。但这一次，我决定不再主动求和，我决定忍受流放般的被"晾晒"之苦。无非是今后只能远远地看着伙伴们做各种游戏而自己不再参与，从此与马牛狗为伴，从此自己玩自己的游戏。然而这时候，暴风雨非常不巧地来了，它让我内心的痛楚很及时地爆发了。接下来，我开始不可思议地脱掉鞋子，丢到了路边的水沟，然后，我开始赤脚奔跑，奔跑，奔跑，以一种狂奔的速度。在巨大的暴雨中，雷电目击了一个孩子飞翔的姿势。雨水像瀑布一样泼洒下来，闪电张开弧形的巨翅。在狂欢过后，是感觉的黑暗。在冥冥之中，我的脑海中幻象交织，双脚不由自主地寻找着熟悉的道路，当双目睁开，一道木桩筑扎的篱笆已经出现。那是沙河镇以北，我外婆的家门。背景摇晃：草房之内，烛火跳跃，温暖的麦草里，金黄的狗崽正在嬉戏，随着我的出现，外婆给狗喂食的手突然停住。那时候，年迈的外公还活着，他在冬天患上了一种叫作"摆头症"的疾病，自此以后，他对世界的动作就是不停地摇头。

是的，从善良的外婆怀中，我获得了安慰。第二天，暴雨停歇，阳光照耀着满地雪白的鸽子，和栅栏外缤纷的落英。泛涨的水塘旁边，外婆拉着我的一只手，仿佛在喃喃自语："明天立秋，夏天就要过去了。"

我的眼前伫立着被暴风雨袭击过的世界：外婆的乡村不再完整。街上躺着倒塌的房屋和被劈开的大树，蟒蛇从古老的树穴里爬出。葬礼。唢呐吹出一片青蛙的叫声。一匹黑色的马，车上拉着一个被大水淹死的老人，他的脸上蒙着一块黑布。

　　当然，我对暴风雨的印象，远远不止这些。但此后的记忆大多零乱，是无数破碎的片段。羽毛的坠落或者上升。像一个个忽闪而过的镜头，缺乏情节的连贯。但每一次都与道路有关，与寻求庇护有关。如今，在城市的高层建筑之上，哪怕是置身于一个万里无云的晴空，我的目光也会凝视着天边低矮的暗处发愣，我知道另一场暴风雨正在远方肆虐。

　　二十年后，我在一场雪后返回了阔别多年的故乡，在与众乡亲攀谈的过程中，我突然想起了当年的孩子王文忠，于是打听他的下落，心想不妨约上文忠参加晚上的酒宴，那么回忆当年，在把盏之间又会多出一个有趣的话题。谁知乡亲的回答令我失望，他们说："这家伙在十二年前就失踪了。我们放下田里的活计，找了他整整一年。"

在外乡

那一年，父亲做了县革委办公室的副主任，母亲被安排在魏庄小学教书。我十岁，哥十五，而弟弟更小，正在母亲的怀里嗷嗷待哺。我们家是从遥远的外省搬到离故乡县城几里路的魏庄村的，准确地说，是在县城的边缘地带。父亲和魏庄村的支书是朋友，父亲说，城里的房租贵，暂时在魏庄住一阵子吧，算是过渡一下。父亲说这个村的各项条件，绝对不亚于县城。

魏庄在当时是全县乃至全省树立的"农业学大寨"的先进典型，它如今在我的心目中已经变得像树上的鸟巢一样迷离而又恍惚，记忆中除了黑乎乎的一片，已经没有多少可圈点的欢乐事例。

当满载着一车木箱子家具的大解放在村口停下，我被人从卡车上抱下，首先映入眼帘的是白茫茫的芦苇塘，路右侧是一片过冬的麦地，麦地上生长着错落有致毫无生气的黑枣树，接着是一群与我年龄相仿的儿童围拢上来。一路上，我的双脚已经被初冬的冷风吹得麻木，本能地在地面上跳跃了几下。可能是我的动作比较滑稽吧，惹得周围的人哗地腾起一片笑声。天性敏感的我，对这种笑声的反应很不舒服，白眼珠儿朝那些人翻了又翻。

可以说，从一开始，我就从内心拒绝这个原本与我们毫无瓜葛的村落，我不明白父亲为什么要把全家迁到这么一个地方。

由于魏庄村是全县树立的典型村，便有着一副孔雀一样华而不实的外表和包装：统一建设的标准红砖瓦房，砖铺的宽敞的街道，粉刷一新的雪白的墙，随处可见的毛泽东语录和有关建设社会主义新农村的巨幅标语，甚至还有一个不大不小的广场，夜晚灯光闪烁，锣鼓喧嚷，是村文艺宣传队的活动阵地；广场的一角，还有一个锅炉房和卫生所，向全村人免费供应开水和常用药。

支书对我们家相当照顾，很快辟给我们一小块靠村头的田地，用来种蔬菜和向日葵。"这下好了，"母亲说，"全家人的蔬菜不用花钱了。"

但可气的事情很快暴露出来。房东自己拥有一双硕大无比的乳房，走路时需要用双手托起来才能实现步履的敏捷。她怀抱一个和我弟弟一样大的女婴，这女婴长着一头稀稀拉拉的黄毛。奇怪的是，她几乎每天都把女婴抱来让我母亲喂奶，明目张胆地与我弟弟争夺奶水。一开始，我母亲出于和房东搞好关系的原因还乐于哺育，但时间一长就难以应付了，那个面目丑陌长相酷似蝙蝠的女婴实在是太能吃，往往衔住我母亲的奶头一吸老半天不松口，嗞——嗞地非吸空了不可。眼看着母亲丰盛的奶水被无端喂光，我弟弟在一旁急得咧嘴大哭！哇哇哇，哇哇哇，从早晨到黄昏，家中回荡着我弟弟饥饿的嚎叫，余音绕梁，哭得人心大乱。我母亲狠狠地朝弟弟粉嫩的小脸上掴去一掌。

直到今天，我也弄不明白魏庄的房东储存着自己的奶水有什么其他用途。两个月后，忍气吞声的母亲只好带领我们兄弟二人再次搬家，住进了位于村西的大队部旧址，那是一个破败不堪的院落，屋檐上长满了瑟瑟的荒草。在那儿，我们家一住就是三年之久。

这一次，邻居是一个胖墩墩、慈眉善目的老太太，差不多每天都来我们家嘘寒问暖，令人感觉亲切。她和男人年轻时没有生出后代，老了就更生不出了吧。老两口一门心思喂猪养鸡，天天端着个豁了嘴的葫芦瓢，撒得到处都是金黄的米粒儿。米粒消失之处，是一摊摊金黄的鸡屎。她的男人，六十来岁，嘴上有一撮硬胡子，一缕鼻涕碴冻在上面。他撅着个屁股，整个冬天都在闷头挖粪坑，一用力，偶尔打出一记响屁来，老远就能听到。但从始至终，我没有听到他说过一句话。

夏季来临不久，一天，母亲抱着弟弟到城里与父亲度周末，我当时因病休学月余，一个人掩上门躲在屋子里看小人书，室内光线幽暗，而外面的阳光却像那个时代一样灿烂光鲜。

突然，我听到窗台上响起一阵窸窣的声音，一抬头，看到一只长满老人斑的胖手在窗棂上闪了一下，我很惊讶，心脏顿时怦然直跳，吓得大气都不敢出。好在那只手并没有伸进来，而是动作麻利地收了回去，紧接着，一个熟悉的身影便映入了我的眼帘，是她，那位邻居老太。我一时没有弄清她做了什么。但在她仓皇离开院子的刹那，我看到她手里攥着一个白色鲜亮的鸡蛋，塞进了自己肥大臃肿的衣襟里。我脑门上的血一下子全部涌了上来：这个可恶的老太太，原来是偷了位于窗台上的鸡窝里刚下的蛋。

这时，我的耳边响起母亲临行前的嘱咐："别到处乱跑，有事找你哥哥商量。千万别忘了收鸡窝里的蛋。"

可是，我们家的蛋已经让别人给收走了！一想到刚才发生的一幕，我就忍不住气得浑身发抖，尤其让我吃惊的是老太太的嘴脸，她在偷东西的时候一改往日满脸荡漾如春的慈祥，浮肿的眼泡子凶相毕露，令人毛骨悚然。这个老太太，她让我过早地目击了隐藏在人性深处的多面与黑暗。

中午，被分配在生产队做饲养员的哥哥，我的酷爱骑马、打架、惹是生非的哥哥回来了，他骑着一匹活蹦乱跳巍峨高大的雪青马，一身"全副武装"的行头和扮相，看上去像个天下无敌的驯兽师。他的胸前挂着一根带红缨的马鞭，流淌不息的汗水已经把胸脯洇成了一片火红；他的腰间还别着一支自制的木头"驳壳枪"，可以在关键时刻打出一梭子沙粒。我哥哥一进门，看到我愁容满面的样子，马上意识到发生了什么事情，就问："嗯，二弟，怎么了？"我顿时流下了泪水，把事情的经过述说一遍。哥哥听完，双目喷火，把脖子上的马鞭取下来，啪！啪！啪！朝地上狠抽了三鞭。说了句"你等着！"然后翻身上马，马蹄哒哒扬起灰尘，一溜烟地飞出了院子。胆小如鼠的我，追了几步又停下脚，心提溜到了嗓子眼儿。

事后才知道，我哥哥是去县城找我父母去了，也就是那一次，他骑的那匹雪青马在公路上被汽车的一声鸣笛惊吓，一路狂奔起来。

哥哥从此成了跛子，至今走路一瘸一拐。

邮 差

淡黄的日光，静止不动的树叶，飘散着笔直炊烟的金色屋顶。我独自坐在一堆被伐倒的树木旁边，手里拿着一把弹弓，或者一块泥巴。

我的身边是个狗窝，里面有两条狗，一条母狗和它的孩子。狗崽们原本有十二只呢，全被镇上的人一只一只地抱走了。我无意中朝它们瞄上一眼，发现它们正在互相撕咬，空气中散发着一股淡淡的狗腥气。

母狗不时转过身来，用嘴轻轻地拱我的后背，弄得我身上一阵奇痒。而那只小狗，我没有留下什么特别的印象，它似乎对我也没有特别的兴趣。

那几天，我的裤裆里无端地泛着阵阵潮热，傍晚时分，我听到大人们在互相传达一个消息：汛期就要来了，谁家漏雨的房屋要抓紧时间修一修了。

母亲的背影离我很近，伸手可及，她在阳光下缝制棉被。不知怎的，从始至终，她给我留下一个谜语一样的背影，在岁月的光线里晃动，就像是一片森林与远山的轮廓。

我想，新被子多好哇。

母亲会把拆洗过的新被子收进黑洞洞的衣柜，存放到冬天降临。只留下最薄的一床，作为季节嬗变的过渡盖在身上。春天的夜晚，我会把身子脱得赤条精光，像一只刚出卵的小青蛙那样，双腿在被子里蹬挠。被子上沾满了太阳的香味，有一种说不清楚的温暖紧紧环抱着我。

这时，丁零丁零，丁零丁零……大路上响起一阵清脆的自行车铃声，那个从森林小镇上来的邮差，用手嘭嘭地拍打栅门，大声叫道：

"有信！"

"哎——来了来了。"母亲愉快地答应着，起身开门，语气里夹带着难以掩饰的兴奋。邮差的出现是许多人的节日，人们盼着他从远方带来好消息。就像是隆冬刚过，一个早醒的春天降临大地，木栅门上长满了紫花的藤。除了书信，他有时还会带来一张汇款单，一般是五元钱，最多的一次是十元。邮差从绿衣口袋里取出一支圆珠笔，微笑着让我母亲往一张纸上签字。

"签这儿吗？"

母亲每次都这样问一句，像是对内心愉快的确认。她笨拙地签字或者干脆按个手印儿，一边嘀咕："我们孩子他爸爸在城里搞运动呢，工作这么忙，还想着往家里寄钱……"数落的口吻，听起来却像是在炫耀。

邮差插嘴打趣："哎哟大姐，工作再忙，他也不能忘了老婆孩子热炕头，你说是吗？要不，回家让他睡在门洞里。"

我们家的门洞里堆放着一堆干树枝，那是专门烧火炕用的。我想，不会的，父亲怎么会睡在干树枝里呢？

办完了手续，邮差要走了，丁零丁零，丁零丁零……他随手晃动了两下车铃铛。在不经意间，他把目光投向了我，朝我笑了笑，递了个眼色。

邮差看上去很年轻，眼睛很明亮，我记住了他头上的邮帽是另一种戴法——帽檐朝向后脑勺，在那个年代，他是故意这样标新立异吧，这让他显得洒脱自如。

母亲说他是新来的。一个月前，那个年纪大的邮差退休了，这个新邮差仅仅工作了二十几天。奇怪的是多年之后，当我再次提及关于邮差的一切，年迈多病的母亲竟忘得很干净，记忆里没有半点痕迹。这怎么会呢？怎么会呢？经我再三提示，母亲只忆起了那个年老邮差，这恰恰不是我需要的。毕竟太久远了，而且，我们家在那个遥远的异乡小镇，仅仅是短暂的客居，时间不到两年。

十分遗憾，我最终也没能将母亲锈蚀的记忆开关激活。

一个最关键的求证链条就这样断裂了。

现在，我只能试着还原当时的场景——然后，邮差轻盈地跳上自行车，一串悦耳的铃声在胡同里响。

邮差刚走，我们家的邻居七婆就出现了。

"玉香，玉香。"她轻声呼唤母亲的名字。

"对你说个事儿。"

七婆是个五十多岁的老太婆，她一条腿搭在墙头上，欠着身子扬起一只手。墙低矮而简陋，用几十块灰砖摞在一起，她没太费力气就滑进来了。她滑进院子后没有直接找我母亲说话，而是先跑到院门口，目光追踪着邮差的背影，看邮差走远了没有。

然后七婆折回身，朝母亲一阵耳语，叽里咕噜，比比画画。七婆的眼睛和表情都夸张而神秘兮兮。母亲认真地听着，脸色越来越黯淡，半天才问：

"你说的……可是真的？"

七婆使劲朝地面上跺了一下，用重重的点头表示肯定。

"天呃，这个人刚走哩……"

七婆说："咱不管。玉香，我劝你也不要管……管闲事儿落闲事儿……唉，走了走了，该喂鸡了。"

七婆嘟哝着翻身上墙，很快消失在墙壁的背面了。咯咯咯，背面响起了鸡叫。

我母亲却一下子失去了父亲来信寄钱的兴奋焦点，呆呆地坐在一团棉絮上愣神，从表情上看，她似乎在犹豫不决，脸上布满了慌乱。

我终忍不住，问母亲："妈，发生了什么事啊？"

谁知，我遭到了呵斥："闭嘴！"

夜里下起了暴雨，电闪雷鸣，屋内一片黑暗，窗户被风吹得呜呜作响。我听到雨声中夹杂着母亲的一缕叹息，她好像一夜没睡好觉。

第二天中午，街上吵吵嚷嚷，伐木人从汹涌的河水里捞上了邮差的帽子。

泥巴之歌

　　从藕塘里挖出一块泥的快乐是无可比拟的，我有过如下体验：在灌木丛里折一根断枝，到藕塘的冻结处写字，美其名曰练习书画。自是随意涂鸦，写出什么字要看当时的心境。我曾偷偷地写下过暗恋女生的名字，旁边画了个扎羊角辫子的女生，长睫毛，大眼睛，有一对可爱的耳朵，最突出的当数脖颈，看一眼就能与天鹅的高贵联系在一起。画完，在夕阳下呆立很久，脸上发烧，像一块红布，生怕被人发觉，慌忙胡乱涂掉。当然，俱往矣，这永恒的秘密属于一个肩膀上挎书包的少年，背景是放学回家的路上。抬眼望去，夕阳好大。

　　近处的景观则是校园外黝黑的田地，有几种树正欲萌芽抽叶，竹篱笆下还有一点未化的积雪。这荷塘周围太萧条了。有几次，我写下几个好字，加上女生的名字，舍不得扔，蹲下身捣鼓半天，将一块泥整个挖了出来，捧在手里带回家去，放到窗台上风干，像南方人风干一块腊肉。当时春寒料峭，托泥巴的手被风吹着，冻得通红，路人见了皆乜斜着眼睽，以为是什么宝贝，有个老者操一口浓重的鲁西方言："小孩，捧着个啥玩意儿？"我笑而不答，龇露的牙齿大概又白又亮，哧溜一下赶快猫腰溜走。

当时，我们家刚刚从故乡沙河镇搬迁到父亲的工作所在地，一座名叫茌平的县城。县城里房子不好租赁，主要是房租昂贵，父亲绞尽脑汁，想出一个权宜之计，决定到位于城郊的魏庄村暂住，待条件允许，再伺机迁进城里。父亲和魏庄的村支书是朋友，经常一起召开全县三级干部大会，支书说在魏庄吃蔬菜不用花钱，父亲听了心花怒放。家安在魏庄后，麻烦却一个接一个地来临，先是我们兄妹几个上学遇到问题，原来魏庄没有中学，读中学要到邻村的郭高去读，需走好远一段路，还要涉过一道冰河，冰河旁边有芦苇荡和藕塘。

魏庄只有一所小学，院落宽敞，且与当时的知青点搭伙一处。魏庄的文艺宣传队也在小学进行排练，弄得校园里二胡声声的，有个瞎子把二胡拉得凄惨，一脸悲壮。我们家刚搬来，听到的第一件事是宣传队不久前出的桃色新闻，说是某女歌手被人搞大了肚子，还把孩子生了下来，村里处分了宣传队长和几个载歌载舞的男女当事人。一度，他们是村子里很践的角色。

我当时听了，似懂非懂，只感觉备受刺激，喜忧参半，晚上回味一番，结果搞得心跳加速，需要隔着窗棂子数星星才能入睡。隆冬的深夜，猫的叫声更是让人平添几分惆怅。哪里会意识到，我人生的一个新阶段已经悄然在体内起航，那个东西的学名叫青春期。如今回忆起来，这个时期最折磨人的是懵懂与惧怕，不知世间情为何物也就罢了，要命的是不知哪些东西该碰哪些不该碰。最闹心的是好奇心像烈火，一点就着，总想搞明白某一桩不该搞明白的事情。有一回，我看见一位搞桃色新闻受了处分的男主角钻进了村头公厕，当即如获至宝，慌忙尾随进去，乡下厕所味道浓郁，我却嗅觉系统失灵。进去后见其端着水枪朝尿池里喷洒，看情势是憋了泡长尿。我伸长细脖子把头探了过去，与器官仅毫厘之距。不为别的，当时只想看看这犯了错误的东西是啥模样，是否在作案时留下了记号。那人十分警觉，用错愕怪异的眼神看了我一眼，面露愠色，正欲发作，却又叹气释然，大概觉得就是个小破孩，不能一般见识，破罐子破摔，看就看吧。索性坦荡亮出摇摇，鼓足力气突突地尿完，抖抖残液，动作老练地放回老窝。

从厕所出来，我感觉一阵恶心涌上胃来，想吐。

其实，现在想来，我的青春期应该是从郭高中学开始的，其标志性印象蟒蛇般盘于脑际。有一次正认真听课，突然感觉前排某女生的长脖颈好看，放大了似的画面特写若浮雕。自此，上课开小差走神，分析其脖颈皮肤的细腻与白皙程度，发辫油亮程度，娇声嗲气程度，身上雪花膏味道的清香程度，等等。夏至，热风习习，人人换了单衣，课堂上如法炮制，却突然发现那葱白般的脖颈下方尚有一大大黑痣，陡然一震，心生惊悚，顿时惊出一身冷汗。

166

早从算命先生那里耳闻此处有痣不吉，乃苦情痣，这还了得！自此才断了欲念，无奈被迫安心听课，一段短暂的暗恋史也随即宣告结束。放学回家，把卧室门关严，仰躺在床上独自伤感，大黑痣的影子在眼前晃来晃去。沮丧之余，忍不住朝床腿狠狠踢上一脚。当然，疼的是自己，波及脚趾和跟腱。

　　话说这春天的少年之所以伤心至此，盖因女生是那块黄泥故事的主人公。记得时隔不久，我无意中从床下发现了那块早已风干的泥巴，上面还有歪扭的字——田草，这是那女生的名字，至今感觉好听不过时，有点电影明星的文艺味道。遗憾的是，我当时打开窗户，不假思索地把那块泥巴扔了出去，动作轻盈却意义重大。这块泥巴如果保留至今，其价值应该胜过黄金！若是我不将此事写出，任谁都不会想到，一块泥巴，居然粘连着一桩儿女情长。故事的起因是三个字：得不到。而破坏这故事走向任何一种可能的，却是一个莫名其妙的缘由，以至于在心头纠结延续至今。我成年后略通一点相术，也才知道苦情痣是好痣。

　　而当下的日子，人们捡了些时代的便捷，远离了泥巴，却丢掉了许多牵肠挂肚的东西，丢了灵魂，活得没心没肺。

　　如今想来，我家乡的泥巴真是好！是地道的胶泥，可以做哨子，可以捏泥人儿，也可以烧制成青砖。在城市的笼子里生活多年，我偶尔会这样假想：寻春末的细雨天，披上件蓑衣，到郊外水沟里捉鱼捕虾，折腾整整一个上午，爬上来时兴许两手空空，但只要全身沾满泥巴，就是很惬意的收获。

原来的样子

过了三月，风婆婆持一把剪刀，三下五除二地就让大地改变了面貌。她让河流苏醒，森林歌唱，转眼间雪化了，树叶绿了，风婆婆是天地间最辛劳的园丁。这很像一则童话的开头，正所谓美好得一塌糊涂，而真实的人间日子，却往往有另外的剧本结构。

一天夜半，我被一阵怪声吵醒：呜呜！急忙从小卧室披衣而起，顺手到门后抄起从崂山脚下买的树根拐杖，搜寻半天，发现是阳台的窗户被风吹开了，松了口气。怪声是从一只白色塑料袋里发出的，那里挂着一只冻鸡。起初，我以为冻鸡活了，念头一闪，果断否定。我把装有冻鸡的塑料袋系紧，关上窗户返回小卧室，声音消失了。我却再难入眠，倒在床上胡乱翻书，我知道春姑娘还未睡醒，风已开始忙碌着为其做嫁衣。

2014年春节，携家眷回老家县城陪老母亲过年，其实年味已经很淡。春节结束，准备踏上返程时母亲从家中追出来，我的车子刚刚发动，正准备松离合器。母亲提着一只塑料袋，说："节前你二舅从乡下送来只笨鸡，我早不吃肉了，你们带上吧。"我面露难色，知道拒绝无用，只好给车熄火，打开后备厢，把冻鸡放上，这就有了开头的一幕。

车后厢里早已装满带有故乡色彩的东西，包括一把未施农药的韭菜，几棵茴香苗，说是对身体好。母亲不知道，吃一次两次的绿色蔬菜对身体起不了多少作用。其实，我只对一样东西感兴趣，就是小时候吃过的枣花糕，上面有好看的图案，带回家吃了一个星期。人的味蕾有顽固的记忆，餐桌上，每每都被一股枣香味勾引沉迷，感觉故乡的水汊子又浮现在眼前。

父亲死后，母亲成了孤家寡人，独自住在一个三套间里，好在身体不错，年近八十岁了还能骑单车到市场买菜。较之当下许多孤寡老人，母亲的晚境不算凄凉，毕竟有四个儿女侍奉她。母亲说："最难受的是没人唠嗑。"无人说话，找人聊天成了母亲晚年的最大需求，而做儿女的，往往体会不到这一层，以为人老了有吃有喝，就等着上苍来收拾残局，还需要这么多的倾诉做甚？有趣的是，母亲与人说话时常记不住内容，说过的话第二天就忘了，说完就完，随手扔进了风里。这让说话这件事丧失了实用的意义，甚至不能实现头一天的约定，"哟，我说那话了吗？我咋不记得。"经过提示，记忆复活，这让她本人颇觉尴尬。

我建议她准备一个小本本放在门后鞋柜子上，一、二、三地列下每天要做的事情。一天结束，给每一桩完成的事项打钩，完不成的明天继续保留。这个建议得到了母亲的积极响应，夸我聪明，夸得我脸发烧。她早年是语文教师出身，而且写得一手漂亮的粉笔字，做这件事应该简单。但母亲又随口说出一句话让我倍感伤感，她说："就怕是过些年，老得连这小本本都忘记了。"

这让我仿佛看到自己的晚景。我不敢往深处细想——有些事情一旦深想，就会患上抑郁，会悲叹，会绝望。

父亲去世后，我几乎每天都和母亲通一个电话，从电话里就能听出其正日渐衰老，似乎是每天都老一点。母亲描述最多的一个记忆画面是："那时候我每天给你们做饭，一家人围坐在饭桌上七嘴八舌，你爸爸爱喝两盅……"

"好啦，打住——"不等说完，我急忙打断她，近乎粗暴，我甚至大声说，"妈呀，人不可能回到从前，如果到今天一家人还没变化，那有多麻烦！啧啧，你想啊，假若我们都不会长大，至今啃老，你能受得了吗！"电话那端沉默片刻，我能听到一个老人内心空洞的回声有多么无奈。

母亲描述的情景，已经过去二十多年，画面很温暖，但过于眷恋只会伤心，对健康不利。时光的轮子昼夜滚动，不能停留定格。河道里的风一年年地吹刮，今年的风已经不是去年的风，风吹跑了原来的样子。人只能随遇而安，一茬茬地活，最后完成被收割的过程。即便记忆，也不能完成对时间的定格，因为记忆会变形走样。世上能定格时光的只能是另一种物质的存在：比如旧照片，挂在墙上证明什么叫物是人非；比如残破的陶罐，从泥土里挖出来，张着黑洞洞的嘴巴，试图讲述原来的生活。

包着红头巾的小白杨

　　除了上学路上的藕塘，我一直对郭高中学保留着温馨鲜活的记忆。通往校园的土路是宽阔明亮的，路两边有两排高大光溜的白杨树——踏上鲁西平原，无论在原野或在河岸，它是视野率先触及的独特景观。夜晚，密集的繁星在树梢上跳跃闪烁。

　　春天来临，白杨树的圆形叶子被风吹得哗哗作响，随之摇落一地毛毛虫似的杨树芒。放学时捡回家，可以挂上面糊蒸食或煎炸，味道和榆钱、艾叶、扫帚菜、马齿苋属于同一谱系。当时，我们家寄居在县城郊区的魏庄，只有在过节或偶尔改善生活时才能吃到冬瓜炖肉、大米饭和白面馒头。一天，我把杨树芒拿回家，母亲特意到集市上买了一条五花肉，酥了一锅海带，又把杨树芒用开水一焯，拌上蒜泥，全家人狠狠地饕餮了一回。这是我少年时代吃得最香的一次美味。

风中的白杨　周亚欧／绘

春天最早的杨树芒很快被全校百余名同学争相捡拾殆尽，有人还爬到树上去采，一边欢呼雀跃，我很羡慕那些会爬树的同学。待春深时分，杨树芒就老得不能吃了，眼巴巴望着它们从树身上滚落下来，在路畔的沟里堆积成团，像一窝黑色小动物。一天，有个爱搞恶作剧的名叫王新军的同学悄悄对我说白杨树的叶子也是可以吃的，他们家常吃。起初我并不相信，因为前所未闻，怀疑他是捉弄人玩儿，但终是抵不住食物的诱惑，就在放学后佯装赶作业，等回魏庄的同伴们全部走光后自己悄悄摸到校舍的后院，彼时暮色已经笼罩四周。我知道那里新栽了一片小白杨树，钻进茂密的小白杨林，可以不必爬树就能采下嫩绿的叶片。夜晚来临，月亮升到空中，成千上万的小白杨叶闪闪发光，像是沾满了露水。在采摘叶片的过程中，前额和眼睛不时被叶子遮挡触碰，植物的苦涩气息如此沁人心脾。采了满满一大袋子白杨树叶，心满意足，知道天太晚了母亲牵挂，急忙一个人摸黑回家，路过藕塘时听到沼泽里有唧唧咕咕的声音，从书包里掏出手电筒一照，发现是两只刺猬，它们原本正在拱地皮，光柱打过来就不动了，其中一只机灵些，瞪起黑溜溜的小眼睛诧异地朝光柱射来的方向瞅，模样憨态可掬。我笑了笑，关了电源，眼前顿时一片漆黑。我就这么摸着黑走回了家。母亲刚刚从我的同学家回来，她是去打听我的下落，好在同学没有向她传达令人不安的消息，说他回来时看到我正在赶作业，这让母亲放了心。餐桌前的油灯扑哧燃烧着，一家人正围坐在一起就着腌萝卜条啃红薯，喝玉米糊糊。害怕母亲数落，我急忙把那一袋子嫩绿的白杨树叶倾倒出来，说这东西如何好吃，还提供了具体的烹饪方法。听我说杨树叶能吃，一家人都感觉很怪。母亲说：快吃饭吧，如果你爸爸今天回来了，你就得挨训了。

在那个年代，多数人家中唯一的电器就是手电筒，条件好些的，也至多有台收音机，摆在桌上当宝贝，上面还盖一块老粗布。我父亲是县委办公室的干部，唯一的优越感来自手腕上比别人出的多一块机械手表，这说明他的时间比一般人金贵。他整天在单位忙碌，今天参加"最高指示"学习班，明天参加"斗私批修"会，只在周末才回家一趟。在当时，他严肃刻板，很不好玩。奇怪的是到了晚年，我发现他也幽默，酒桌上语言丰富滔滔不绝，说起陈年旧事来如数家珍，但父子之间的情感格局早已铸就，对他的言论我已经不买账，偶尔还心怀不屑。一切都晚了，时过境迁，无论多么高深的言论都已经不具可操作性。但我从不当面反驳他，只是点头附和，对其忠心耿耿的一生表示出足够的尊重。

在郭高中学读书的四年时光，为数不多的快乐都是自发性的，懵懵懂懂地陶醉于一片臆造的乐园，包括玩泥巴式的暗恋和偷采白杨树叶的喜悦。此后，我又无数次地去过校园后的那片小白杨林，印象中有一次是夏天的中午，同学们都趴在书桌上午休小睡，我悄悄地捅醒一位男同学，神色诡秘地约其到小白杨林里玩，两个人在那里吃了一瓶黄桃罐头。当时觉得罐头是世上最好吃的东西，一年里也吃不上两回。正午日头毒辣，周围响着蝉鸣，花草之上有蝴蝶和蜜蜂低飞，小白杨林里却很凉快。至于那一袋小白杨叶的故事结局如何，当我写这篇文字时，沿着记忆的小径一路走去，却没有翻捡到任何踪影，不会骗人的舌尖，似乎也没有收藏其或苦或涩的味道。我甚至怀疑，它们被母亲随手丢至厨房后被遗忘，时间一久，变成了一堆枯叶，结果只能是填灶膛。那么，这小白杨树叶究竟能不能吃？查阅百度，赫然有答案，曰："杨叶有两种吃法：一是洗净后放上点盐直接上锅蒸，有一种涩涩的香味；一是洗净后放上豆面拌匀，上锅蒸，这种杨叶一出锅，满屋飘香，百吃不厌。"

多年之后，当我读到苏联作家艾特玛托夫的小说《我的包着红头巾的小白杨》时，会不由自主地想起郭高中学里的一切美好过往，顿时感觉一阵清风扑面，双眸前有溪沟里的水潺潺闪亮。

年轮的唱片

　　有那么多鲜活的日子都已被虚妄地消耗掉，恰如这么多的诺言在风中飘散，随积雪融化，不留痕迹。然而，在为生计奔波劳碌的空隙，当无聊的小虫子寂寞地咬啮漫漫长夜之时，有一支摇曳的烛火，从生命内部的温柔部分冉冉升起。比如郭高中学雨后光洁明亮的篮球场，冬天里泛着寒霜的白菜地、青草垛，以及校园外的乡村大路，暮色里收工的老牛车，车上里装载着褐色的黄豆秸或火红的高粱穗。

　　有一年，鲁西平原上遭受了一场特大暴风雪，许多房子和牲口棚被毁，校园内那株粗壮的老槐树也被连根拔起，树身歪斜着，像一位武士轰然倒地，散发出浓郁树脂的气味，古槐的气味说不出好或坏，古怪而醇厚，腥气很大，能把人的鼻子呛歪。郭高村的两个木匠及时赶到，用了整整一个上午的时间，蹲在那儿喀哧喀哧地锯木头，先后坏了三根锯条，钢锯在树身上打滑、冒火星子，但就是不肯深入。这时，农管会一位名叫"三算"的老者赶来了，围绕树身端详，用鼻子嗅了嗅，提醒说大树有灵，需要祭奠一下才能破开树身，否则会有灾祸。一句话吓坏了两个急赤白脸的木匠，慌得停止了手里的动作，其中一个木匠跳了起来，仿佛害怕大树里会钻出妖魔。

那一天，我和数名同学便有幸目睹了一场庄重的乡村风俗仪式。老者手端一碗酒，口中念念有词，把酒洒在树身上，点了三炷香，对着老坑拜三拜，又把一道黄纸符烧掉，仪式宣告结束。老者说：开锯吧。木匠们一锯下去，竟然畅通无阻，下锯很快，看样子要神灵满足人类的要求并不困难。这很奇怪，让我至今不解。不一会儿，大树被锯成了几截，早已等候在一旁的马车夫把树段拉走。这时候，老者却蹲下身数年轮，良久，朝空中伸出一个巴掌，嘟哝道："整一百年。"又感慨"这棵树可做我的爷爷了"。言罢，老者把棉帽子脱下来，向大树深鞠一躬，惹得众人哈哈大笑。老者却把脚一跺："小孩子们，笑啥？树里装着你老爷爷的魂哩！"说着，指指树墩子上面凸起的一丛根须，"这就是你老爷爷的××毛！"众人肃然起敬。

想来，老者"三算"应该是我最早接触到的乡村"士大夫"，准确点的叫法是村子里的"明白人"，他们往往因识大体懂礼数而受村人拥戴。在鲁西平原，这类人物几乎每个村子都有一位——不多不少，就一位。他们未必识得多少汉字，时有粗口，但通晓古今、天文地理，熟悉节气、风水八卦，知道哪一天是良辰吉日，以及婚丧嫁娶的规矩。乡下能有什么大事呢？除了收获庄稼蔬菜，就是这些婆婆妈妈的事。当时我年纪小，对世间的种种规矩有排斥情绪，成年后才渐渐明白，这规矩那规矩，其实就是文明社会倡导的传统文化之一，即所谓的约定俗成。有了文化，人类的精神才有了依傍和敬畏感。在物质日渐富裕的当下，生活里还缺少什么？最缺少的就是对历史和土地怀有敬畏感的人，他们懂得时光之悠远与天地之辽阔的纵横交错，明了人类肉眼看到的事物不是全部。

记得那晚回家，回味着白天发生的一切，其中的细节令我百思不解。树是如何知道这一年的四季轮回的呢？是谁让它记下每一个风风雨雨的日子？年轮多像一张唱片，悄悄刻录下时光的秘密，它究竟想唱出什么样的曲调？时至今日，人类科技貌似已经很发达，却仍然不能将这唱片播放。

这年春节，在茌平县城此起彼伏的鞭炮声中，我又想起哺育过自己成长的郭高中学，它此刻距我很近，往事历历，似乎伸手就能触摸。突然产生一个念头，我想到久违的母校看看。当时，我在大姐家住了一晚，早餐时，念头一起，便向她打听学校的现状，大姐听了先是愣怔，似乎是搜寻记忆，然后说："嗨，早没有了。"我吃一惊："嗯？"大姐说："这学校早解散了，郭高村也没有了，如今那里都是清一色的厂房。"

我心有不甘，匆匆吃了几个韭菜馅的饺子，由大姐引领，开车前往郭高村，准确点说是郭高村的遗址。穿越城区迤逦向北，看到一片铝业基地，烟雾缭绕。大姐说这是几年前县里上马的重点项目，正是这个工程摘了贫困县的帽子，故乡因此富裕，然而周边的村庄却一律被蚕食。

去郭高村之前，大姐给一个朋友打了电话，大姐叫她刘姐，说她就住在那儿。没想到一见面，我也认识，原来刘姐是魏庄人，成年后嫁到了郭高村。令我惊讶的是，刘姐家的院墙外，居然有一个高大的蒸汽塔，咻咻地冒着白气，嗡嗡的噪音明显，坐在房间里也听得清楚。刘姐说她家算是好的，村子里有几户人家，是把蒸汽塔建在了院子里。这怎么过日子呢？原来可到处是树林子的，还有清澈的水塘！

说到我的母校郭高中学，刘姐带我出了家门，朝一处二层建筑物一指，说：那儿就是。刘姐语调平淡，表情漠然："不知道是做啥用的，好像是铝厂的小库房，堆放些旧设备和杂物，平时少有人来。"

尽管此前我早有心理准备，但当双脚站在郭高中学的旧址前时，内心仍然被一种超强的破碎感击中，面对一片如此残破的时光废墟，我张着嘴巴，却说不出一句话。

"唉，风水就这样毁了。"归去的路上，我嗟叹不已。

童年躲在梨园栅栏后面

离乡多年，我很少回鲁西平原的沙河村看看，主要是没有充分的事由——人真是奇怪，做事需要由头，这是成年人的坏毛病。

记得刚刚离乡时在县城中学读书，突然想念故乡的伙伴，适逢放暑假，买了张汽车票就回去了。那时候我们都还没有长大，见了久别的伙伴，欢呼雀跃，在村口紧紧拥抱在一起，惹得众乡亲拍起巴掌，塘里游玩的鸭子呱呱叫。当晚我们住在同一个蚊帐里，聊了一个通宵，窗外是炎夏时节的蝉鸣，以及池塘里的阵阵蛙声。那一次还乡的记忆甚是难忘，在伙伴家吃了煮毛豆、油炸金蝉、蒸野菜等童年美味，还与伙伴一道去了村头的桑树林和胡麻地，两个人在那里比赛似的翻了十几个跟头，在我们老家叫翻"车轱辘"。

当时的村子还是老样子，几乎与离开时没有任何区别，似乎还是我出生时看到的样子，和中国北方的许多村庄格局大致相似：土坯与红砖混合建造的房子，白杨和槐树笼罩了整个村庄上空，晚霞朵朵，飞鸟满天，小桥流水，果园和场院在村头，再往外是田野与河流……一切都合乎自然与和谐的要求，仿佛是上苍的亲自安排，没有一根多余的枝蔓。多年后我读到英国诗人库伯的诗句"是上帝创造了乡村，是人类创造了城市"，便不由自主地想起了故乡的干草棚和豆荚垛，想着仁慈的神在创造天地时居然没有忽略我们村这个火柴盒大小的地方，一种幸福感便油然而生。

记得，某一顿晚餐，伙伴的母亲杀了一只老母鸡招待我，用木柴棒炖了满满一盆笨鸡汤，香气刺激得口水流出来，但我佯装镇定，面对着盛了一只鸡腿的碗故意推让，无非是想让伙伴的家长感觉我长大了懂事了，离开故乡后学斯文了……但当伙伴的父亲劝我喝掉了两盅烈酒后，我终于原形毕露，不顾廉耻地大肆饕餮，桌前很快呈现一堆残渣余骨。那是我平生头一次饮酒，酒精很快冲上了头顶，伙伴一家人把我扶上土炕，用凉毛巾敷我的脸和前额，我在胡言乱语中迷蒙入睡，结果还是发生了一个难忘的小插曲：夜半时分我突然醒来，看到夏夜的月光若一缕游魂般照耀窗台，感觉很不真实，懵懂之下竟然摸索着出了门，借着月光照路，跑到了离伙伴家不远处的梨园，旁边是养牛场，一股牲口与草料混合制造的浓郁气息借风力吹到我的鼻孔间。我手扶着梨园外的栅栏，一阵凉风吹来，突然，天空打下一道闪电，把整个梨园都照亮了，树叶在风中翻卷。

雨点瞬间砸下来，我很快变成了一只落汤鸡，酒也彻底醒了，但我的内心没有一点不适和恐惧，因为这是我再熟悉不过的村庄。夏季的雨一溜烟地说来就来，但走得也很蹊跷，下了不到两分钟就停了，月亮又从云层里钻出来，我甚至怀疑这样的雨是专为我一个人下的，让我重新享受雨水过后神灵布置的清凉韵致。周围氤氲四散，水洼点点，道路宽敞，我的内心完全与植物的气息融化在一起。

多年后，故乡已经在城市开发的进程中彻底变了模样，亲人们都离开了，或者不在了。我的那位伙伴为了给三个儿子娶妻生子，被迫南下打工，其父母也于十年前病亡。在中国乡村，人的死亡与出生一样都是静悄悄的，低调到与河边崖畔的小花一样，静静开放，静静枯萎，连亲人的怀念都含蓄如林间小溪，这让我时常感叹苏轼是多么伟大，他用一首词就道出了人生的全部真相：人生如梦，一樽还酹江月。

如今，还乡竟然成了一桩很实际的事情，实际到要到谁家落脚和用饭，到谁家住宿停留，远近亲疏都要掰着指头仔细掐算。亲朋不在，想想故乡的一溜人，到谁家都不太合适，交情不到，分寸自然不好拿捏。而且，经过这些年堪称颠覆性的改变，印象中故乡的物景已然消失，连一片瓦，甚至一棵草都没有留下来。而除了它简陋的一切，除了夏天泥巴做的哨子、冬天灶膛里的柴草和一个热被窝构成的背景，我还要它的什么呢？没有了。

在我看来，梦中的故乡就像是一缕美丽的空气，整个地从人间蒸发了，或者像一个顽皮的孩童，躲藏在梨园栅栏后面。

第四辑：林中烟囱

我的身边杂草丛生，树桩寄生着潮湿的野生菌种，它们在大雨过后开出漂亮的花伞。这是一片幽暗的场所：一节旧火车头上蛛网罗织，生铁的气味直刺鼻孔，百米开外，一片失去屋顶的临时厂房叙述着曾经的热闹。我之所以经常到铁路以南，还有一个羞于泄露的秘密——捡铁皮盒。

铁 路 以 南

"许多年之后，面对行刑队，奥雷良诺·布恩地亚上校将会回想起，他父亲带他去见识冰块的那个遥远的下午。"在铁路以南，一条被废弃的车道旁边，我第一次读到《百年孤独》。在记住这个著名开头的同时，也知道了世界之外有个名叫马贡多的小镇。腥风苦雨，传说飘落。我还记得，在整个阅读过程中，我的耳边不时响起火车的尖叫声，滚滚而来的风吹动着神秘的书页。如果记忆没错，我还在那儿读过一批苏联小说，印象较深的是盖达尔。战火纷飞的年代，这个年轻的作家为国捐躯，他笔下的俄罗斯大地长满了茂密的森林和灌木丛，这使我在很长的时间里都认为，积雪覆盖的俄罗斯是童话生长的故乡。

在铁路以南，黄昏像一匹徐徐降临的锦缎，夏天的空中布满形色各异的晚霞和飞虫。我的身边杂草丛生，树桩寄生着潮湿的野生菌种，它们在大雨过后开出漂亮的花伞。这是一片幽暗的场所：一节旧火车头上蛛网罗织，生铁的气味直刺鼻孔，百米开外，一片失去屋顶的临时厂房叙述着曾经的热闹。我之所以经常到铁路以南，还有一个羞于泄露的秘密——捡铁皮盒。那些被铁路工人随手扔掉的盒子里，什么好东西都有，比如没用完的铅笔、小刀、旧怀表、小钢锯条、黑纽扣等。有一次，居然还有白花花的东西流淌出来，起初我以为是一堆碎铝片，仔细一看才知道它们是一些可以换取物质的真正的硬币。我数了数，有五元钱之多。我用这笔意外的五元钱到一家副食店买了两听沙丁鱼罐头，约了一个名叫田武的同学与我共享。在铁路以南的那片小树林中，我们俩难掩初尝美食的兴奋，额头被阳光照得亮闪闪的，随着同样被铁盒密封的罐头被田武锋利的匕首轻轻豁开，一股与众不同的香气冲出来，惹得我当即嘴里涌满了口水。田武说："尝尝。"他用小勺子盛了一点肉汤放到我嘴里，我当即陷入一种麻酥酥的快感。那个炎热的中午，我们就这样以一种很原始的方式完成了对一件事物的认知和粗浅解读，遗憾的是，当两听罐头被完全解读之后就再也找不到原来的香气。这件事让我过早地认识到品尝的意义：在获取满足的同时，是长长的失落，其气息很接近绝望。

事后，我们——两个懵懂的少年，打着响亮的饱嗝，东倒西歪，走在回家的路上，铁路以南的树影在风中战栗。

一天晚上，当母亲无意中得知铁路以南是我经常的去处，竟然面露惊讶和愠怒，正色警告说那里阴气很重，是死过人的地方。两年前，机务段一个年轻的工人失恋了，给女友写了一封长长的遗书，然后在铁路以南用一根绳索结束了自己。"啧啧，多可惜。"母亲说，"年纪轻轻的，走哪条路不好？三条腿的蛤蟆不好找，两条腿的姑娘有的是。"在扑哧作响的汽灯下，母亲面对着一个小圆镜，用一根针挑破了她脸上的水痘，细小的血液流了出来。事情来得莫名其妙，那一年，母亲已经四十岁了，却在一夜之间长满了的"青春痘"，这让她哭笑不得，又有点尴尬。为此，她专门向厂里请了七天病假。

奇怪的是，我听了母亲的讲述后竟然彻夜未眠，为这个发生在身边的壮烈故事震撼不已。望着渐渐发白的窗户，心里起伏着莫名的激动，我在想：这个青年多么像我！如果我爱的人背叛了我，我也会义无反顾地把尖刀刺向自己的心口窝，就像英勇的战士盖达尔，用身体接住迎面飞来的子弹。心里这么想着，我的眼前不由自主地浮现出一张美丽可人的脸庞：清瘦，凄婉，忧伤，哀愁；她有一对长睫毛，一双黑眼珠。我承认，从见到她的那一刻起，我就开始了苦涩而又甜蜜的暗恋。时光验证，这样的爱情不会有实质性的结果，正因如此，它也就美好得像天上的星辰和月光。铁路以南，游荡着我初恋的幽灵，它的样子失魂落魄。

月光照耀木栅门

有许多年了，苍凉的月光像水一样泼洒下来，照耀着我居住的那幢茅舍，以及茅舍外的木头围栏。

远远望去，会看到围栏上装着一个连羊也关不住的木栅门。门栏旁边堆着一片冷冷的积雪。春天，积雪融化后会变成一条小溪，弄脏道路。

如今，它们成了我回忆那个地方时最耀眼的标记。是的，如果没有那扇木栅门，我大概就会把那儿忘得一干二净，像对待某种不快，我尽量不去想它。

现在，我平静多了，不妨和我沿着记忆的小路，去那里看看吧：

一道忽闪的光线，你看到早晨和黄昏，有一个影子从木栅门里或进或出，那是我孤苦伶仃的样子被风吹着，风把头发吹乱，把衣袖吹大。一条狗在我身边，呜呜叫，盯着不远处的铁路，狗看到火车就会叫上一阵，好像火车掳走了它的情人。有一次，它追着远去的火车跑了一里多路，累得满身是汗。我在后面追它，口里叫着它的名字：小黑。我也累得满身是汗。

狗东西，你为什么要追火车啊？小黑忧伤地望我一眼，垂头丧气，却不回答。

冬天刚刚到来的一天，我的小黑一听见火车的声音，就抢先扑到了铁轨上，它企图用自己的身体拦住这列破旧的火车，结果，我少年时代里最惨痛的一幕发生了。

接下来，夕阳的残照里，你会看到我抹着眼泪，从铁路上趔趔趄趄地走下来，怀里抱着一张残忍的狗皮。那个冷冽的黄昏，狗腥四溢，在压抑的空气中久久不肯消散。自此以后，狂奔的火车成了我仇视的目标。

一直到现在，我也弄不太清，那条狗究竟渴望什么？一想到它拦车的勇敢和无畏，我就心酸得想哭一场。后来，我把小黑的皮仔细修补，用钉子钉在了土墙上。读书累了的时候，我会盯着它看一会儿，脑子里会涌现一汪清凉的狗尿，月亮从天空落下来，在狗尿里荡开，被风揉碎。

在那幢铁道旁边的房子里，我独自一人，一住就是几年。我甚至迫不得已地要接受这样一个事实：也许要住一辈子，一直住到它倒塌的一天。我要看着它像一片美丽的旧风景，倒塌在一汪凄惨的月光里，像一个人短暂又漫长的一生，轰轰烈烈又无声无息。

或者，看着它屋顶上长满荒草，变成一座真正的草屋。那一刻，我坐在院子的石磴上，已经变成一个满头白发的老人，静静地回忆一大堆不愉快的往事。我的一生，将由无数不愉快的往事组成。

其实，那时候我还十分年轻，才十六岁多一点，在那个贫寒的只有一条街道的小城，充斥着一群无聊之徒。他们甚至对我随手扔掉的垃圾也感兴趣，从中捡起一个三毛钱一袋的方便面的外包装，冷笑道：这小××孩子，吃得不孬呀。

为此，我常常祈祷：老天，让我快些离开这个地方吧，到远方去做一件事。奇怪的是，当我这样祈祷时，耳边滚动着隆隆的远雷，似一种暗示与召唤。

做什么事呢？心下却是模糊不清。反正要离开这扇木栅门。最大的愿望当然是去遥远的城市读书，毕业后有个好工作，然后将自己暗恋的姑娘娶到手。呵，暗恋的滋味像一味毒药，在胸腔里翻滚。

说起来真不好意思，我曾暗恋一个姑娘，她的家就在铁路附近。我每天看着她背着书包去上学，从我身边经过。她知道我是谁，见了我轻轻地笑一下，但从不和我说话，哪怕一句也不说。她长得很美，像一部朝鲜老电影里的女主角银姬。那时候，凡看了那部电影的人没有不流泪的。有时，我把银姬受过的苦统统假想发生在她的身上，就在心里愈发可怜我的"恋人"。有时因为她无意中飞来的一个眼神而彻夜难眠，在凄凉的

192

月光下徜徉一整夜。

　　有一年除夕之夜，天上下着零星的小雪，我在难耐的寂寥里走向野地，脚下的一溜麦苗被我踩平，后来我踏入一条结冰的河流，那条河承受不住一个人的重量，我一踏入就响起了冰凌开裂的声音，而我竟没有一丝胆怯，因为我觉得她似乎就在我的身边，用微笑的目光测试我的勇气。类似的感觉真是多不胜数。

　　不久前的秋天，当我回到那座小城，在与同学朋友的一次聚会中，我没有忍住，十分小心地打听她的下落，是的，多年过去了，我没想到在那一刹那，我的心仍然会为那个梦中的名字而狂跳不已，仿佛回到十年前，生怕被人窥破一个巨大的秘密。没想到，我得到一个出乎意料的回答："你是说马苹？她下岗了，现在在大街上摆小摊卖烧鸡。怎么？想见见她吗？"一时间，我的喉咙里好像塞满了一团棉花："哦……算了，我随便问问的。"

　　一个女同学凑过来："嘻嘻，要不要买只她做的烧鸡给你尝尝？"

　　我几乎是厌恶地瞟了她一眼，说，不必了。

　　我心想，你们以为自己高人一等吗？只要靠劳动吃饭，做什么并不丢人。要活下去——这四个字可以概括人世间的一切。但我心里不是滋味。

第二天一早，我悄悄地从宾馆里溜出来，沿着城东的一条公路去找农贸市场，一切都是神使鬼差似的，我要去寻找旧日的可怜的恋情。它们曾经像木栅门上空的月亮，照亮过我生命里一段灰暗的岁月。尽管是暗恋，没有发生一点点实际的接触，甚至没有说过一句话，但在我的内心，那是一场轰轰烈烈的爱情。

　　如果那不是爱，那是什么呢？什么情感能比得过那种纯粹？

　　那时候，我仰视一切美丽的女性，羞怯得像《荒原》的作者艾略特，固执得像写《当你老了》时期的叶芝，也许正是他们，让我对周围美丽的女性过分地美化和神化，认为她们都是不食人间烟火的仙子。多年来，马苹这个名字就是这样被我秘密地神化和珍藏着，在心灵隐秘的一隅，她与世俗背道而驰！她的名字和风、诗篇、麦穗、春天的花蕊以及秋天的果实一道，成为我简朴茅舍上空的一轮明月。

　　它们延续下来，美好的形象被我带到天涯，带到海角，一直到这个秋天的农贸市场才破灭。是的，有过初恋的人都该知道，相隔十年的情人，最好不要见面。

　　后来想了想：见面也行，但千万不要在乱糟糟的农贸市场。它会把一个完美的瓶子打碎。

　　秋天的还乡之旅中，我还见到了中学里的一位老师，我一度把他看作精神上的父亲。他是那个年代小城里为数寥寥的穿牛仔裤、会背诵普希金并且叼着硕大的烟斗吸烟的人。他是那个小城的一个异数，阅历教会他不在乎别人的议论和评价。他让我第一次喝到煮开的咖啡，而在当时的商店里，还几乎买不到哪怕是瓶装的速溶咖啡。"尝尝这个吧，我从上海搞来的。"他用小勺子慢慢地搅拌，并教我喝咖啡不要用勺子喝，勺子是用来搅拌和装饰的。

他讲话声若洪钟："你的事我都知道，会很快好起来的。"

"你的生活还没有真正开始，泄气是不对的。"

"你中秋节在野外的坟地里喝醉酒，是空虚和颓废。"

……

那一日，当我面对着床榻上奄奄一息的老人，想着那些记忆犹新的话语，内心涌动着人生的大悲咒和大虚无。我心里明白：眼前这个骨瘦如柴的老者，已经无力再点燃我精神的丝丝微光。对于过去以及他曾有的一腔豪情，他忘得比我还干净和彻底。他甚至把一个曾经给他命运带来过巨大伤害的女人的名字都忘掉了。经我反复提示，他才表情漠然地嘟囔道："对，对，她是个四川人……嗯，想起来了。"

见他打起了呼噜，我鼻子一酸，悄悄地退出了屋子。屋外的月光下，蛐蛐在浓重的露水里吱吱鸣叫，把人心揪得生疼。这难道就是时间吗？它可真会改写事实。

令人尤为可气的是，它改写了许多原有的感觉……

而我清晰地记得茅舍上空，贫寒的炊烟像命运的鞭子般飘过，月光像一只活蹦乱跳的兔子，被某一只残酷的手剥下皮来，碎片一点点跌落，索索有声。它跌落到我简朴的生命里，把木栅门照亮。

没有爱与被爱，只有孤单的暗恋，身边没有一个亲人。即便是生病了，高烧四十一度，也没有人送来一口水或一碗面。

后来，那样的日子，我又过了将近一年。一直等到春天降临，母亲从远方来接我了，一见面，我用一种很陌生的目光把她盯得哭湿了一条手绢。

她说："孩子，往后就好了，妈带你走。我已经买好了去 K 城的车票了，是卧铺。"

不，我不坐火车。她一脸诧异，问为什么，不坐火车坐什么？我说什么都行，就是不坐火车。

我的母亲不知道，自从小黑死后，狂奔的火车一度成了我仇视的目标。它碾碎它就像碾碎浩荡的月光，扑灭了我夜里唯一的温暖。

林间树木

　　我在林间发现了一株仰面倒地的树木，它像一个死去的人一样全身发黑。我当时被吓了一大跳，不是一小跳是一大跳。从情形上看，它不像是被斧头或铁锯毁坏的。在断茬处有明显粘连的痕迹，粗糙的木茬上挂着一张蛇皮。我睃视四周，空空的野地，人迹罕至。初春的风使积雪渐渐消融，可这里仍然看不到一行脚印。

　　记得入冬以后，几只野鹿曾经蹦蹦跳跳地来河边汲水，但河水已经结冰，它们用蹄子敲击着僵硬的冰面，敲了半天，最后失望地离去。

　　不知怎么的，我脑子里突然就涌出这样一句话："春天来了，绿色即将覆盖广袤的科尔沁草原。"

　　这个句子不知出处，它完全是潜意识里的一闪之念。像我小时候牵着一条狗在野地里游荡，狗东嗅西嗅，突然从地上嗅出一朵萝卜花，金黄色，像南方的油菜花一样灿烂。

狗眨眨眼，一脸惊奇。

还有一阵子，我的脑海里时常冒出一个莫名其妙的民间词语"毛尔盖"。我不知道它是什么玩意儿，大概是很早以前读过的外国小说里的词儿。但它奇怪地让我联想到茫茫的暴风雪、冰棱垂挂的屋檐、地窖、奄奄一息的汽灯，还有像打喷嚏一样疾驶而过的小火车以及某个外国老人的酒糟鼻。

我蹲下身来，仔细辨认，发现这株碗口粗的树木差不多已经枯朽，我甚至无法猜测它属于哪种乔木，叫什么名字，是不是曾经开花结果，枝繁叶茂，欢快地承接阳光和雨露。我只知道它还没有长高长大，它是一株尚年轻的树，它不像我见过的一些老人那样衰老。

是的，在我走过的每一个地方，我都看到一些老得不能再老的人，雪白的胡子在风中飘动，牙齿早已落光，有的则仅剩一颗，像一个顽强抵抗的标志引发我心底的无限悲酸。我想如果我活到那个份上，我一定会毫不犹豫地把嘴里的最后一颗牙齿拔掉，厌恶地扔到一丛荒草里。

在我看来，它的使命已经完成。它美丽过了。

人的最后一颗牙齿是何等孤独，眼看着弟兄一个又一个地先后离去，而它却还尴尬地存活在一张衰老的嘴巴里形同虚设，那张嘴巴像一幢四面透风的屋子。人的最后一颗牙齿没有活泼分明的四季，只有北风呼啸的冬天，一直冷到牙根。

多年前，我曾有过一次在风雪之夜迷路的经历，为了壮胆和呼唤行人，我大张着嘴巴喘息、奔跑甚至呼救，后来终于在一个土丘前遇到一个年迈的老妇人。当她像个巫婆一样出现在风雪中的瞬间我竟忽略了本能的恐惧，倒是她害怕得要命，以为遇到了打劫的匪徒。

"啊啊。"

她从衰弱的胸腔里发出一阵类似呜咽的风声，手中的电筒滚落在地。事后我才知道，她在那个风雪夜听到了死去多年的老伴在叫她的小名：翠菊，翠菊。一声紧似一声，比落雪的声音更急。于是她披衣下炕，来到一座荒坟前烧纸钱，一边流泪一边诉说。她固执地相信自己的听觉没问题。多少年了啊，她相信与沉睡地下的老伴只有一窗之隔，从来都是。只要他愿意，伸一把手就能拉她入怀。可怜的老人哪，只为一座荒凉的坟头而活在人间，形单影只。我当时泪流满面，搀扶着她走向茅屋。我觉得她瘦弱的身躯像一只纸做的灯笼，有随时飞离地面的危险。

那样一个神秘莫测的夜晚，老人把我带进她土坯垒砌的住所，一盏油灯映亮一张慈祥的笑颜。她把我拉到一堆柴火旁边，说：孩儿，快，暖暖脚。当一碗热面端到我面前的时候，我才感到自己满嘴的牙齿已经像一排冰柱，嘴根本无法合拢。我急忙把碗放在一边，拼命掩饰着某种不适。我烤了好一阵火之后才敢举起竹筷。

我害怕我的牙齿会在滚烫的面汤里一颗颗地粉碎，化掉。我害怕自己在吃过一碗面之后就迅速变成一个老人。我甚至暗暗地设置了一个荒唐的场景：我踏着满地的霜雪回家，当我的妻子看到一个满头白发的人出现在防盗门的猫眼里，她会断然拒绝为一个黑夜的过客开门。

我看到那些老人在冬日寒冷的大地上，吃力地行走在生命最后的斜坡上，每迈出一步都像一场艰苦卓绝的战争。如果你离他们近些，就能听到骨关节在吱嘎磨损的声音，那是时间对生命的成功试验，像原子弹在广岛爆炸，播种细菌的幼芽。

这声音还让我想起一辆陈旧的牛车或者半截埋在地下的木头，想起我死去多年的爷爷的骨灰。

每逢这个时候，我就会猜测这些老人的心里究竟在想些什么，他们年轻时激情的炭火哪里去了。有人会说：哈，被老天取走了。那么，究竟是在哪一年的哪一个月，哪一天的哪一个时辰？一把岁月的镰刀便呼啸而至，收割了所有的往事。一个男人从某个昔日最坚硬的器官的萎靡开始，日益低落。从此他们变得迟钝麻木，唠唠叨叨。据我观察，只有极少数的老人眼睛里始终喷射智慧的火花，瞳仁保持着珍贵的清澈，那是湖水徜徉在花岗岩中的清澈。

但无论如何，也挣脱不掉肉体的枷锁。我觉得有时它真是太沉重了，负载着太多的欲望和物质。

这片位于河畔的森林离村子很远，远得只能看到一片乳白色的炊烟。我坐在河岸上抽烟，想象着那个村子里沉睡的生活：熏黑的土墙，被稻草温暖着的狗崽，女人在昏黄的光晕里哺乳婴儿。劳碌了一年的农具挂在房梁上，闪着哀伤的光芒。它们被利用过，像人的牙齿一样，有许多残缺的豁口，但它们不会像野草一样随春风再生。

　　现在，我久久地端详着这株躺倒在大地上的树木，最终认定了这样一个事实：为了避免衰老的结局，它果断地拒绝了成长。借助风雨雷电的威力，它的愿望实现了。一株年轻的树，死了也就死了，它有权利这么做，其他的树木也不会说什么。

　　春天，森林会准时为天下浪荡的酒鬼和过客开门。

火　柴

　　一个小小的发现：在地下室幽暗的角落，一只蒙尘泛黄的小纸盒，躺在蛛网与旧杂志织就的夹道里，一块在房子装修时剩下的锯木板，让它的整个身体得以隐藏，惬意而安详。我有些惊奇，捡起火柴盒，拂去表层的灰尘，露出清晰的商标图案。小心翼翼，拉开精致的小抽匣，仔细数了数，不多不少，正好三十六根——它暗合了我迷信的一个数字。梗是柔软的木质，蓬勃着火红的磷头，以及想象中出现的火焰画面，它可以把冬天雪地上的落叶点燃，让孩子们环绕在一丛篝火前，烤红他们苹果似的脸颊，让笑声和话语播撒在寂寞孤冷的夜晚……很快，我沉迷于瞬间引发的思维和童趣中，面对一盒旧火柴，拾起它，就像从童话世界的冷漠里捡回一个受伤的孤儿——那个卖火柴的小女孩。

　　隐忍内敛，如一座微观的活火山，火柴的品格让我想起某位在异乡流浪、风餐露宿、沉默不语的朋友。火柴具有牺牲的美德，它牺牲灿烂的光芒，宁愿在黑暗中归于永恒的寂静，或者在寂静中归于永恒的黑暗。我想，哪位现实里的朋友，拥有一根火柴的灵魂呢？像大海中央，一口深深的油井，暗藏深处的热力，充足的气焰，会在需要时将身影展现，在壮阔的蔚蓝之上，为你捧上一朵颤抖的火苗。

由于时间过去太久，我已说不清这盒火柴的出身和来历，猜不透它是从哪一只粗心的口袋里滑落在地的，要么，是它自甘枯萎，将自己囚禁于无声的岁月？潮湿的地下室，没有窗户，经年见不到阳光，感受不到四季的温差，这盒火柴已经像患病的婴儿，缺乏钙质。火柴盒上的磷片，被时光镀上了一层油腻的土灰，对外力的摩擦失去了敏锐和犀利。而火柴本身，也因潮湿而脱磷，丧失了战斗力。就这样，它衰老了，甚至是死亡了。而造成这一切的根源，除了时间，还有浩瀚的孤独与落寞。说到孤独，就会有人跳出来惊叹："啊，孤独是迷人的！"

但是，且慢——你知道孤独的代价是什么吗？孤独就是要你的生命，从强大到微弱，一层层地进行自我脱磷，最终变成一个精神上的侏儒。

多年来，作为一个靠写作为生的男人，在深深的静夜，我有改不掉的吸烟恶习，烟雾懒懒地飘散，思维也翩翩地飞向远方。但我早已不使用火柴点烟了，电脑桌案上，摆放着三只花花绿绿的打火机，它们多半来自某一次聚餐的赠予。账单上显示，这一元钱一只的现代取火工具，已经将英雄般的火柴家族取而代之，从表面上看，让人类由原始的钻木取火，朝文明的世界又前进了一步。总之，打火机的轻便与快捷，与这个时代达成了某种密谋式的合作协议，它们合作得很愉快——许多人和事物，都与这个时代合作得很愉快。如今，键盘取代了书写，网络把平面纸媒赶向边缘。那么，红极一时的火柴时代，已经远去，连同无数过时的农具，正告别村庄、草屋、田野和庄稼，在淘汰的声音中宣布退场。

　　事实上，已经很难看到火柴的影子了，它的退场或许早就开始，只是我们不曾注意。有许多美好生动的事物，也早就无奈地退场，只是我们粗糙的目光不曾注意。现在，偶尔于城市的星级酒店床头柜上见到的火柴，也失去了往日的朴素本色。很显然，它遭遇了人类消费与商业的绑架，被换上了一套时尚的新衣，因为只有这样，才能与酒店的豪华富丽相配。它涂脂抹粉，若花样美男，装饰得像一件廉价的艺术品。但当你要使用一下，却发现它的内容实在少得可怜，这让人想起城市酒吧里的蹩脚歌手，吼几嗓子就没声了。

　　而真正的火柴，是一个个激情饱满的斗士，它们从来不惧牺牲，拒绝荣誉与包装。它们是为牺牲而存在的，因此索性平时就睡在棺材里，那是一幢伸手不见五指、四周黑漆漆的屋子。它们最大的期待，就是某一只充满力量与激情的手，将它内心积攒已久的火药轰然擦响，或者引爆。

镜头：1980年

是的，广播喇叭上说，我们迈进了伟大的1980年，事后证明那是一个蒸蒸日上的年代。文艺复兴，拨乱反正，诗歌开始为人民代言。镜头渐渐清晰，你会看到小城的旧砖瓦，哨兵一样竖立在街头的一溜电线杆，红砖平房，空气里散发着雨天的霉味儿。城西，一座简陋的木桥，桥下浮动着银子样的小河水。辛劳的母亲每天一大早骑自行车通过木桥，到蔬菜公司上班，每月拿三十余元钱的工资，严冬把她的脸颊冻得通红，裂口的手背上涂满了马油。有一天，全家人在一起吃早饭，母亲伸开左手掌，说：瞧我的手冻成了什么样子。我张口说道：很像一片枫叶。而那些裂口，就是叶子的脉络，它们向指尖方向蜿蜒流淌。

那一年我十四岁，寄居在父亲工作的县政府宿舍，有一帮子被青春期折磨、躁动不安的朋友。我已喜欢上文学：普希金、惠特曼、歌德……我甚至会背诵大半本艾青的诗歌,还跑到县图书馆抄了满满一本刊登在杂志上的诗歌。暑假,父亲命我老老实实在家学习做饭,我把馒头蒸得又大又白,就像是哺乳期女人的乳房,让人望一眼就有了食欲。每天,我的人生价值在家人的笑脸上获得了首肯,这让我觉得活着如果不思进取,其实不难。文化馆创办了一本油印刊物,叫《茌平文艺》,我趁月黑风高,把模仿戴望舒的习作《手之歌》投进了邮筒。然后是焦灼的等待,像等待一个秘密被不计后果地公开。

镜头摇晃:夏天的傍晚,小河岸边水声喧响,草丛里飞翔着成批的萤火虫,高高的白杨树是鲁西平原上最独特的景观,树上的眼睛在调皮地望着我的影子日渐升高。阿林和山子约我到河里游泳,水很浅,浅水中生长着一丛丛的野生灌木。一个猛子扎下去,啃了一嘴腥气的淤泥,耳边响着嗡嗡的声音。我还呛了一口水,从河底钻出来喀喀地咳嗽,恍惚中看到阿林和山子站在水中赤裸着身体比器官,青春期与荷尔蒙的气息汇成涟漪一圈圈向四周扩散。

这时,丁零丁零,丁零丁零……我弟弟骑着自行车从公路上飞驰而来,及时向我传递了一个坏消息,他说:快回家接受审查吧,你把一锅馒头都蒸坏了,啊,快穿上衣服。我弟弟一向是个幸灾乐祸的家伙,他接着说:不穿衣服也行,提着吧,估计到家还得扒下来。他的意思是我要挨一顿板子。当然,这种说法并非没有道理,我父亲打起人来从不手抖,一板子抽下来,肯定还有下一板子。那时候,我的胆子比毛毛虫还小,很快出了一脑门冷汗，脑海里浮现出父亲的铁青脸和充血眼，那时候，父亲就是我命运中不可触摸的老虎和山神，摸不得也敬不得。县医院以东，狭窄的胡同，上了蓝漆的木门，叩动门环的手指，你为何如此胆怯而迟疑？天井里的饭桌上，放着我辛苦制作的"罪证"：一篮子放碱过多的馒头，全部是黄颜色，面也没有发开，模样丑陋。这时，父亲掀开门帘，从屋子里走了出来，他把一本油印杂志递给我，用平静的口吻说："今天就不惩罚你了，因为，你的诗歌发表了……"

当日深夜，天下雨了，是那种节奏均匀的细雨。我打着一把油布旧伞，啪哒啪哒踩着水洼，街道两边的木板房子都已关门打烊，从门缝里向外溢出羊肉的膻气。我在一株硕大的梧桐树下坐下来，旁边是一个菜市场。雨点砰砰地打击着树叶，声音传到东风会堂的屋顶之上，那里仿佛厮杀着千军万马。我看到雨点跳跃的街头，有骑自行车的人呼啸而过，有一对情侣头顶一件雨衣呼啸而过，水花飞溅，既不好看也不难看。路灯的光线那么幽暗，它们打在我的脸上，我看不到自己的脸。人人都看不到自己的脸，尽管它很重要。于是，镜头放大，我转过身来，眼睛凝视夜空，灯熄灭了，我的脸在黑暗中缓缓定格，雨珠继续滚落。

花楸树

　　我与哥哥又吵架了，他把我拖到小卧室，用一根绳子把我绑到了床腿上，然后学着电影里的情节把毛巾塞到我的嘴里。他很聪明，知道这样做邻居不会听到。然后他关了门——关了屋门又关了院子的门，把我扔在了夏天的黑暗里，世界变得严严实实，像一间铁屋子。空气是如此令人窒息，旧棉絮发霉的气味从木衣柜里顽强地散发出来，床下的耗子在轻轻吱叫，弟弟的旧胶鞋也跟着捣乱，在某个地方散发出众所周知的臭气。我先是恐惧了一阵子，难过得流出了泪水，但我知道这不是结局，也就是说，我不会因此死去。像往常一样，母亲会在下班后惩罚我哥哥这个小流氓，泪水不会白流的，所有的委屈都会得到公正的补偿……

　　我慢慢地向外吐毛巾，残留在毛巾上的肥皂混杂着汗液的气味让我恶心，但它塞得太深了，麻花似的充满了我的整个口腔。这让我在那一刻意识到我哥哥原来是如此狠毒，面对自己的亲兄弟下手这么重。被绑缚的胳膊已经发麻，我自己的胳膊开始惩罚我自己的肉体。随着麻木的感觉渐渐加深，我开始用回忆往事的办法减缓痛苦，在某个特定的时刻，我听说这个办法是有效的。而生命的里程刚刚开始，值得回忆的东西少得可怜。我先是回忆了不久前看过的电影:《流浪者》《大篷车》《追捕》和《生死恋》。我还想起了毛主席和天安门，他温暖的大手在空中一挥，无产阶级就会团结起来。想起了那年冬天寄读过的魏庄小学，校园内苍老的槐树，乌鸦围绕着树枝盘旋。我穿越操场，怀抱着一摞书，去向刘老师请教作文题，她正与家人一道包饺子，她年幼的儿子在床上玩木头冲锋枪。屋子里弥漫着一股炉火的气息，还有一股香菜根的味道。突然，停电了，刘老师说:啊，停电了停电了，小宋，快点上蜡烛。小宋，刘老师的男人，一个头戴鸭舌帽的工人阶级形象，蓝布裤子在屁股部位缝着一块大补丁，看上去像树墩上沧桑的年轮。紧接着，跳跃的烛火亮了起来，在我的眼睛里开了一朵泪花。就这样，就像是服了一剂止痛药，回忆在我的脑海里飞速检索，现实的处境被忽略不计，我的心渐渐地恢复了平静，我甚至一度扑哧一下笑出了声。

　　是的，最后我回忆起了故乡的花楸树，童年的花楸树。它生长在村子以东，紧靠着一个大池塘，池塘北是一片沼泽漫漫的草甸，灌木丛生，夏天的时候蝉声大作。花楸树!它的下面埋葬着我的一个童年伙伴!多年以前，我曾经和那个死去的少女在树下乘凉，她在风中忽闪着一双大大的眼睛，那红红的嘴唇，雪白的牙齿，细长的脖颈，都让人猜测她长大后会是一个什么样子的美人。但她为什么就没有长大呢？我还记得：夜幕降临，我们一同看月亮顶一头露水穿越树梢，爬上山冈。

后院的光阴

　　我寄居的地方是县政府杂草丛生的后院，院子里长满了紫槐树和木槿，地上开着潮湿的花，爬行着各种不知名的昆虫。那里原本是一溜专门给机关职员休息的宿舍，但由于人们都在城里安了家，这间宿舍的唯一用途只是偶尔用来午休，几乎没有人在此居住。时间一久就荒芜了，成了没有人气的青苔遍生之地。而前院，却是整个小城的行政中心，每天都车水马龙，上演着各种人事变动，牵动着全县最敏感最世俗也最暗箱的神经。

　　有一次我与父亲吵架，父亲说："你滚，我不要在家里看见你。"就这样，我在第二天就搬到了后院来，一住就是三年之久。离开它的时候，我还不满十六岁。后来我才听一位风水先生说，人在年幼的时候，体内的阳气不足以抵挡地气的能量，是不宜独居的。

　　后院：青灰的瓦房，凋敝的树叶，空寂的石椅，屋顶上稀疏的茅草，还有人们随手扔上去的垃圾。直到今天，后院的一切还时常出现在我的梦境，情节逼真得要让人流泪，醒来后恍惚良久，不知身在何处。

母亲始终是对我最好的人，时常在上班的间隙来看望我，她每月给我买一箱方便面，还有足够吃半个月的钙奶饼干，临走时还留下一些零钱，我用这些零钱约同学一起看了电影。起初，我认为后院很深，甚至一度把它想象成一个远离街市的世外桃源，我每天在那里读书、练习写作，似乎在进行命中的修行，又像是被厄运囚禁。春天到来之后，一个手提黑水壶的老头到过院子里几次，结果他走后我发现屋子东侧与围墙形成的狭道里留下一摊粪便，恶心得不行，我于是想了个办法制止这种行为，在狭道的墙壁上贴上一张警告字条：此处禁止大便！！！一连用了三个叹号。

看来那老头是识字的，此后他再也不来了。

在后院居住的第三个夏天，隔壁来了一位身材颀长的漂亮姑娘，她的名字我已经忘却了。其实我认识她，但碰面后互相佯装不识罢了，从不打招呼。她是县人大一位副主任的女儿，走路目不斜视，身上散发着娇小姐的小性子和怪脾气，老远就闻得到。她的眼睛原本很大很漂亮，却老爱翻白眼珠，这一翻让她的美丽大打折扣。院子里有被日光晒得滚烫的石桌，还有露天自来水龙头，她拧开水龙头冲凉鞋，洗丝袜，有时还掬着一捧水发愣，神情忧郁。有一天中午，她忽然在院子里爆发出一阵大笑，笑得完全不同寻常，我看到她脱掉了一只高跟鞋子，拿在手里当话筒使用，喂喂，喂喂，听到了吗？美丽的脸蛋扭曲变形，白眼珠翻到天上去了，我才意识到她的神经出了问题。接下来的日子，她开始招男人来后院过夜，断断续续地来了几拨人。笑声、哭声、呻吟声、淫浪声刺穿了厚厚的墙壁，烧破了云幕，搞得人仰马翻。从此，寂静的后院陷入一片骚乱，一时妖气弥漫。终于，她父亲找来几条大汉，弄来一辆旧吉普车，三下五除二地将女儿塞进车子，送到外县的精神病院去治疗。

她走之后，后院恢复了平静，但奇怪的是，我却自此时常做一些噩梦，醒来后一个人凝视着窗户，听到外面响着各种窸窣的声音，陷入莫名的恐惧不能自拔。要命的是，这种感觉让我神思恍惚，幻觉丛生：草木结霜，星月下沉，木偶模样的小鬼在眼前翩翩起舞，像一张张被风吹刮的白纸。情况一直持续到冬天来临。冬天，我离开了后院，离开了地理意义上的家乡，乘上了一列北去的火车。

坏习惯

把钢笔放在唇间，一边托着下巴颏陷入思索，其情景类似于神游，几个钟点过去，脑海里掠过的全是虚幻的事物。大概是碎裂的声音惊醒了我，细细一看，手里的钢笔已经被咬坏，这就是多年前我学习写作的情状。我不知道这个习惯是如何形成的，开始于哪一天。在那几年，我咬坏的钢笔有十几支，它们像断了胳膊的小生灵堆放在抽屉里。而一支钢笔算得上是一件值钱物，它和防震手表一样被珍视。时间久了，我的经济已经不允许我这样糟蹋，于是我竭力将这个堪称奢侈的习惯改掉，结果改成了吃写废的纸团儿来填补嘴巴的空虚。当一团染了蓝墨水的废纸塞到口里，我的牙齿立即变成了一台小型纸浆机。嚼废纸如同嚼蜡，纸浆夹杂着硫黄气息布满口腔。好在我保持了最低限度的理性，没有把黏稠的纸浆吞到肚子里，在完成过程的末端，我把它们呕到了废纸篓里。那时候，我还在河北雄心勃勃地当兵，我是那么年轻，为了实现一个渺茫的梦想，我以号称"马背上的水手"的美国作家杰克·伦敦为楷模，他的写作精神和传奇经历鼓舞着我，他为写作每天只睡五个小时，我的睡眠时长也框定在五个小时之内。

在白天，我拥有一份说起来体面实则卑贱的工作：给师首长当警卫员。直到今天，做这个工作的种种细节和心理感受依然被我归于屏蔽的房间，它已经潜伏多年而不被触碰。尽管我当时年纪很小，用现在的眼光看来，完全是个不懂事的孩子，但耻辱的种子仍然以强迫的性质被埋下。说真的，在获知被挑选为警卫员的消息时，我的内心一度激动不已，眼前晃动着某部电影里警卫员身挎手枪外套的英武画面。于是第二天，我兴高采烈地从一个连队来到了师部机关，开始了为期一年的警卫员生涯。但让我没想到的是，和平年代的警卫员其实就是首长家中的内勤，在做警卫员的那一年，我每天的工作是给首长家打开水，拖地板，春天浇院门前的菜地，冬天挖深深的菜窖，甚至还给他们一家人洗扔在衣盆里的衣物。最为要命的是，他们家的地板要每天拖两次，每次要一次性拖完十二个宽敞的房间。但当我累得骨头都要散架的时候，我没有死猪一样倒在床上，而是打开宿舍旁边小会议室的门，练笔到凌晨时分。

在那种情况下，我拥有一个类似于吃纸团的坏习惯，有什么不可原谅的呢？

在这个习惯已经被丢掉的今天，这团废纸却时常在我的梦中复活，只不过它们怎么也吐不干净，满满地驻扎在整个口腔，有一次我居然把满嘴的牙齿也吐了出来。

弟弟的邮票

我曾在一篇小说中把我弟弟"狠狠地丑化"了一番，小说发表后在鲁西北平原上的茌平县城引起小小的轰动——由于我在那里度过了人生中极其重要的中学时代，故而留下一批狐朋狗友，他们至今吆三喝四，似乎没有长大。他们知道我成了一个搞写作的人，便格外关注我的作品，哪怕是在报纸副刊上看到一个小豆腐块，也要给我发条短信，说"在××报上读到您的大作了"，弄得我很是羞惭。

写弟弟的那篇小说发表后，有人特意拿着刊登那篇小说的杂志找我父母核实故事的真伪，当然人家并无恶意，那人也是父亲多年的老同事、老朋友，此举无非借机找个由头与父亲喝两杯叙叙旧罢了。我弟弟当时正在大连读书，他是在春节回家时才读到那篇小说的，出乎我意料的是弟弟读后竟哈哈大笑，笑出了眼泪，甚至倒在床上打了个滚儿，然后夸赞我的语言不错，小说可读性也蛮强的。事后我听说了便大受感动，觉得弟弟不愧是个读书人，他懂得小说是虚构的艺术，不能对号入座。当然，这件事已经过去几年了，如今的弟弟早已长大成人，并且做了父亲。

现在回头想想，我弟弟身上的优点还是蛮多的，比如单纯的集邮。他似乎自懂事起就有了一本自制的集邮册，对邮票的需求欲望远远胜过玩具，天知道他的集邮意识是从哪里继承来的，它与我的父母无关。在粗糙不堪的七十年代，国民的温饱尚得不到很好的解决，没有多少人会牵挂着把信封上的邮票剪下来保存。虽然口头上大家都说做个生活中的有心人，但这个"有心"必然以物质的丰富、日子的安宁为前提，甚至以社会的文明、市场的细化为前提。后来我曾有机会稍稍接触了一下收藏界，结果是大失所望。看到一件东西在一天时间内被转卖数家，很容易让人联想到贩卖人口。我一直以为真正的收藏家应该在金钱面前能稳住阵脚，断然不会因为升值几百大毛就把爱物转手卖掉，否则，真个是情操没有得到陶冶，却培养出一副商人的嘴脸。我弟弟不属此例，他的集邮纯属爱好，从来没有拿邮票换钱。当时我还在县城读初中，开始迷恋文学，一度与济南某杂志的一位老编辑有书信往来，所收邮票一律填充了弟弟的集邮册。每天晚上，他趴在一堆邮票前细细翻看，样子认真而陶醉，屁大点孩儿，神态却像个戴老花眼镜的老翁。

有一年春节，我们全家人一同回聊城沙河镇去看望外公外婆，外公当时已经七旬，他做了一辈子邮差，在当地是个有名的乡下文化人。他老人家似乎是个天生的有心人，即便是花掉一分钱也要记录在账簿上，虽然一生花钱不多，死后却留下不少账簿。他虽然精细，但并不吝啬，听说我弟弟收藏邮票，很慷慨地打开一个木柜，我弟弟一看高兴坏了，原来里面是一摞摞捆扎好的书信，每个信封上都有邮票。那一天我们都忙着吃喝，我弟弟却剪了整整一中午的邮票。他收获不小，当晚回到家，把那些邮票小心地从一个信封里一一取出，用小镊子夹入邮册。再后来，外公外婆相继过世，外公死前又吩咐人留给弟弟一些邮票，其中有一枚就是后来炙手可热的《全国山河一片红》，但当时谁也不知道这枚邮票后来有巨大的经济价值。留给我的，则是一本自传性质的家族史料，说我写小说时可能会用得着。我闲时偶尔翻看，见里面是一些"斗地主"、搞"土改"以及"分田分地真忙"的事，就搁下了。

等到弟弟读中学的时候，他的集邮册已经有十几大本了，其间他交往了一批年龄相仿的"藏友"，有时我弟弟不在家，那帮"藏友"则来到他的小卧室里随意乱翻，也有的把一枚好邮票顺走，事后再告诉弟弟。弟弟并不介意，只说从你的邮册里拿一张来补上吧，然后再骂一句。

有一年冬天，我们家来了一位自遥远的牡丹江来的戴狗皮帽子的家伙，是位来往不怎么密切的远亲。因为路远嘛，在那个年代，想太密切也是不可能的。我至今记得，这个人在我们家住了十来天，他带来了一小袋面包干，两袋五香葵花籽，还带来了一些活蹦乱跳的虱子，此前我从不熟悉这种隐蔽性很强的生物，这次让我增长了见识。他走后我有很长一段时间厌倦回家，一回到家就看到母亲趴在床边捉那些又肥又大的虱子，捉住一只后放在一个盛着半碗开水的白瓷碗里，构成白花花的一片景观。但东北地区的虱子生命力相当顽强，很难用水将其灭掉，好容易捕捉到一只放进碗里，它打着扑通又从水里探出头来，瞪着圆圆的小眼睛盯着人看半天，这时候母亲就对我下命令："快，拿把夹子来把它夹死。"我笨手笨脚，顺手操起一把冬天烧炉子取暖时夹煤球用的大铁夹子，结果被母亲捆了一掌。事后得知，她需要的是那种医院里护士们使用的夹棉球消毒用的小夹子。

话说那家伙临走时我弟弟恰巧不在家，他随意翻看着我弟弟的集邮册，翻到《全国山河一片红》时看了又看，对我母亲说："嘻嘻，老姑，这张邮票送给我吧，我拿钢笔和我弟弟交换。"我母亲一看是支崭新的铱金笔，感觉占了很大的便宜，当即就同意了。

我的故事到此为止。需要补充的是，如今我弟弟已经在大连的铁路部门工作多年，过着朝九晚五的生活。前年他曾来看望过我，酒酣耳热，我们几乎把所有的话题都谈到了，就是不谈邮票——有几次他张了张嘴，我一看嘴形不对，分明在缩小成一个"邮"字。我顿时感觉不妙，怕他谈到邮票，慌忙岔开话题，从刚才的猪下货扯到奥巴马身上去。见他没兴趣，我急中生智，大叫一声："世界末日快来了！"他一听心情似乎有所好转，因为末日来临，世界将瞬间化为乌有，有钱的没钱的都会统统清零，一切吃亏沾光的都是同一个结局。

知道我为何怕弟弟谈到邮票吗？因为一旦谈到邮票，他就会想起那张心爱的《全国山河一片红》，一想起这桩事来，他就自然会联想起这张邮票的经济价值，一联想到邮票的经济价值，他就会在眼前浮现一幢花园洋房或一辆高级轿车的美丽影像，一浮现这两样东西他就会在瞬间变成另一个人，变成另一个人后立马大发雷霆，喝掉桌子上剩下的烈酒，再一脚踢翻我家的桌子。那样，他和时间的失败交易，就他妈的由我来买单了。

马　语

　　马语——马的语言，也许我们永远听不懂它究竟在说些什么，它偶尔的仰天长啸惊动着潜伏在原野深处的生灵，四周开阔的荒地和场院隐隐地震颤。其实，与众多人类熟悉的动物相比，它多半是沉默而负重的，一方巨大的石磨始终在它的脊背向下用力，勒出一道道劳作与岁月的影子。平日里它低头走路，埋头吃草，低调做事，在主人的吆喝声里度日。在它的身边，伫立着一根光秃秃的木桩，惨白的日光在天空缓缓移动。落露的早晨，它拉着一辆陈旧的木车走出荒凉的村庄，道路起伏不平，乡村的池塘里盛满了残荷败叶，就像是土地之神在历经丰硕之后留给时间的破绽。炎热的夏天已经远逝，雷电把一株劈焦的桉树的孤独影子赠给了河岸，而栖落在树枝上的鸟雀的颜色和树身同样漆黑一团。

　　这大概是乡村的最后一辆木车了，它慌乱的影子绕过一片稀疏的树林，很快踏上了一条宽阔的大道，惨白的日光始终在天空灼灼照耀，侧耳谛听，河水仿佛发出一声清晰的吼叫。秋风从远山之巅吹过来，把马的鬃毛吹得竖立起来，这时候它突然变得特别警觉，你会发现那一向温和的目光中突然掠过一道凌厉的寒光：它全神贯注，谛听着周围细微的动静，风吹树梢与芦苇的瑟声，蚱蜢在草丛振动双翅，胆小的野兔圆睁着双眼，晃了一下就钻进了洞穴。抬起头来，它看到一头驴子驮着一袋粮食，正在主人皮鞭的抽打下涉过河滩。滩上卵石太光滑了，甚至布满了绿色的藻类，这头笨拙的驴子先是试着踩了几下，结果一脚踩空，差点摔到浅水里去。鞭声响亮，像雨点打击着夏天宽大的蓖麻叶。

结果，驴子一次次失败，又一次次把蹄子伸向卵石，这是驴子的命运：鞭子，草料和屠刀。写到这里，我想起法国诗人雅姆，这位终生以描绘驴子为乐事的基督徒，是无论如何都想象不到，经过了漫长的世纪之后，他笔下的可爱动物的巨大生殖器官，会在工业时代成为人类宴席上的一道补品。

而眼下的马，其实面临着与驴子同样的命运，也可以说它是一头潜在的驴子。我至今没有吃过一次马肉，这是因为马的肉质远不如驴肉合乎人类的口味，据古书记载，马肉含有一定的毒素，马肝食用后可导致中毒身亡，因此，人们很少在宴席上见到马肉的登场与亮相。当今，一匹马在人们眼中的实用价值，已经远不及一头丑而怪的毛驴。

昔日的荣耀已经远去。史书上那些辉煌的历史，其实就是

吃草的毛驴　周亚欧 / 绘

马匹辉煌的历史。远古的疆场，争夺王位与江山的战役，哪一幅胜利的图景里没有马的赫赫战绩？而如今，在日渐缩小的乡村，马的用途已几近于零，冰冷的机器代替了农具，各种牌号的农用机车奔跑在乡村宽敞的道路上。木制的马车被拆卸得七零八落，遗弃在蛛网密布的仓库里，或者随意丢弃在大粪池边，任时光之手将其化为陈年腐土。我曾目睹过一位年迈的老妪，蹲伏在昏黄的光线下将一段段的木柴填入灶膛，燃烧的木柴里夹带着一股马粪的气味，老妪用她颤抖的语调说，这些木柴源自一辆马车，这一截是车把的部分，另一截弯曲的是半个车轮。当年，她的丈夫为了拥有一辆象征财富的马车，到异乡代替别人出河工，差点在寒冷的冬天丢了性命，而正是有了一辆马车后，他们家才从乡村的牲口市场牵回一匹枣红色的公马，这匹马的出现轰动了当时的村庄，他们的家境也因之逐渐改变。在此后的许多年，这匹马帮助他们家犁田和运送稼禾，任劳任怨，朝着落日的方向嗒嗒奔走。

在那一刻，马对未来还没有丝毫警觉与伤感，在它的心里还晃动着祖先光荣的背影，以及火塘和茅屋的温暖，重重的危机被踩在蹄下。路边是春天的紫丁香，白色和红色的牵牛花，从远处的河岸上飘来阵阵湿泥的气息，夹带着一缕旱烟草的味道。这是它熟悉的土坡，奇高而陡峭。夜幕降临，月光、栅栏、树影和烟雾，在它的眼里，明明灭灭地闪烁……

野薄荷之书

野薄荷，与春天的月光有关。当月光灼灼地照耀着菜地，或者一片碎石和麦草紧密纠缠的生长腐草的田地，我与友人喝多了葡萄酒，无意中闯入了这片位于荒郊野外的原生世界，一个植物与季节热烈互动的世界。

我们每个人都骑了一辆单车，在城市的街头集合，然后列队出发。已经很久没有骑单车远游了，刚开始还有点不太习惯，眼前的情景让我们回到了 20 世纪 80 年代，那时候的生活是悠闲的，日子像一本相同的画报，被无数双磨得疲倦的眼睛翻阅，说真的，当时的感受是沉闷、单调和乏味。城市的建筑物多少年没有更新过了：陈旧的烟囱，褚红色的鼓楼，路两边毫无生气的法桐树，以及装饰十分土气的酒店和茶馆，透过门帘，可以望见墙上挂着做工粗糙的财神像，可以望见稀落的客人无聊的神情……那个时代的杂志和晚报，几乎无一例外地给诗歌留下了大块版面，诗人们都在借助铅字发出呼唤：让时代的脚步再快一些吧！暴风雨，来得迅猛一些吧！

如今，恰如诗人所愿，我们一脚就踏入了高铁飞驰的时代。城南生锈的铁路被连根铲去，利刃般的高层建筑刺向天空，像新鲜的竹笋。寂寞的邮筒挂在墙壁上，上面爬满了绿色的青藤，有好几次，我站在十几米远的距离，观察这只被时代遗弃的邮筒，在城市车水马龙的背景下，它似乎眨巴着一双眼睛，期盼着某一只手的抚摸，那一定是一位额头光亮、身着白衣裙的少女，跨过雨后的街道远远地跑来，投递一封给远方的书信。但是没有，这个一厢情愿的画面始终没有构成实现。几个钟点过去了，涌动的人流匆匆而过，没有谁的目光在它身上降落。陌生的面孔错落滚动，忽闪忽现，谁也记不住谁。眼下，人们用视而不见的姿态拒绝着空间的挤压，这似乎应了那句"无缘见面不相识"的老话。

细细揣摩，这已不仅是个缘分的问题，而是快速度给人造成的视觉疲劳。那我们内心真正要的，牵动心魂的东西，究竟是什么？快还是慢？如果让我本人选择，我会毫不犹豫地把票投给快，但在转眼之间，我又会如此迫切地期望能有一幢属于自己的缓慢的房间。最好能够缓慢得忘掉时光，忘掉世间的种种目标，忘掉四季更迭，忘掉前世今生，忘掉荣辱，忘掉死亡。

汽车的尖叫声淹没了一切。

生活的节奏突然快得不可思议，以至于让人在原本平静的日子里束手无策，甚至不知所措，每天捡起一件东西，又忘了另一件东西，事后发觉，捡起的全是芝麻的琐碎，全是无意义和无价值，甚至全是羞愧。我们过着今年却忧虑着明年，当一年的时光匆匆过完，像一个辛劳的农民，需要检验收成的时候，却发觉自己早已在忙碌中走丢。你变得两手空空，找不到自己的影子，找不到来时的道路，忘记自己都做了什么。我们一会儿看看天空，一会儿盯向湖泊，迷乱的内心始终被世俗和时光奴役，被蚊子般嗡嗡作响的垃圾信息所左右。我们不得不像当年习惯缓慢一样习惯迅捷，直至让自己变成一只断了线的风筝，离大地越来越远。

久违了，这野薄荷的气息！而这种独特的原生气息，需要到最偏僻的乡村去找，到还没有被人盯上的角落里去找，到破败荒凉的腐草下或沼泽地里去找。

那一天，我们先是沿着野外的公路环游，中午时分进入阴凉的山中，山上长着各种开花的果木，姹紫嫣红。山坡上的杜鹃花，一点点地开了。然而这山实在是并不巍峨，因为山体以土质为主，甚至称不上名副其实。也正因此，附近的村民便纷纷来山上抢占有利地盘，开起了农家餐馆，模样简陋但也能招徕闲散的食客。我们挑选了一个凉亭，点了野菜，炖了山鸡，喝着血浆一样鲜红的葡萄酒。唱歌，诗朗诵，热热闹闹。这是一次很有"圈子文化"性质的聚会，外人闻着会感觉"酸腐"，而我们会认为对方"铜臭"。

圈子已经存在多年，人来人往，并不固定，这正应了那句话：该来的来了，该走的走了。如果稍加留心观察一下，你会发觉周围到处都是圈子，一丛丛地生长，像野地里的灌木，它们之间互相格格不入。那真正超然于圈子外的人，几乎是没有的，圈子的概念可以淡化，却不会消失。

黄昏的天边有很好看的夕阳，但很快就暗下来，沉默的林间响起了风吹树叶的婆娑声。我们踏着淡淡的夜色，内心涌动着复杂难言的苦涩，行走在野薄荷芬芳四溢的花地。

通灵的人

　　遥远岁月里的鲁西平原，到处是纵横交织的河汊，田野上蛛网密布，夏天的土路上清晰地留下了蛇爬行过的痕迹，紧接着是一场雷雨。高粱林立、水草遍生的土地，喂养着各种叫不出名字的生灵，人走其间，一不小心就会撞上它们。那一刻，人与物四目相接，双方皆怦然心动，不知如何应对，多半是在愣怔良久后各自走掉。黄昏，人踏着遍地乱滚的炊烟回家，摆放着简陋食物的餐桌上就会多出一个话题："今天，在田里遇到黄鼠狼了，它嘴里叼着根烟呢，喀喀地咳嗽，盯着俺看了半天。"

　　或者说："今天，遇到了一只秃尾巴大鸟，差点让俺用草帽扣住，结果一失手，飞了。"

　　显然，大凡在田间野地遇到灵物的人，回来都会把事情的真相加工一番，添油加醋，弄得神秘兮兮，异彩大放，真假莫辨。

　　多年之后我才明白，那时，聪明的故乡人就已经掌握了独特的宣传技能，过分的夸张虽有吹嘘之嫌，却是引起广泛关注的重要手段，可以说，那就是最早的广告雏形。

镇上曾有一个捕灵高手，是个终生未娶的老光棍汉，他拥有一副高大的身材，走路时爱自言自语，一年四季只穿一件破旧的粗布长衫，好像到死也没有换过。他步态从容地从街头走过时，眼神里投射出哲学家的忧郁光芒。他的身后，始终撒播着一种古怪神秘的气息，他的头顶上方，有一群昆虫翩翩飞舞，而他嘴里嘟哝的话，没有人能听得懂，有人说，那是他专门给鸟创造的一种语言。

据传，他专门在夜间捕捉各种野物，手里时常拎着一条布袋，要么是一张渔网。夜深人静，他顶着一头秋天寒露，借着星光潜伏进薄雾铺地的荒野，一蹲就是一个整夜，但第二天凌晨，他总是会背着鼓胀的行囊回家，不用说，他已经满载而归。天还没亮，四周还是一片漆黑，人们从未看到过他在出太阳后回家，也许是他有自己的讲究，无论捕捉多少活物，都要赶在天亮前返回。

他缓步推开木门，立即会有动物们的声音叽叽喳喳地灌满耳朵，夹杂着动物粪便的气味，灶火的气味，被烟草熏过的土炕的气味，也许还有土房子的窗台上，那一双布鞋子散发出的气味。但正是这些简朴的气息，构成了乡村生活最基本的底色，是人类精神世界里最初的原料。

最神秘的去处是后院，那里是这个老家伙拿性命捍卫的禁地，高高的院墙，几条凶恶的狼狗，据说还有两条真正的狼。

如果从外面观察，只能看到后院里长着几十株高大的榆树，树枝上的鸟窝越筑越大，还有各种动物混杂一片的叫声。总之，镇上的孩子们谁也没有涉足过他的后院，可那里究竟饲养着哪些稀罕的动物呢？没有人能够说清。冬天的时候，老光棍汉会提着一只鸟笼子出现在街头，与众多在街上晒太阳的男人一起聊天，他语速缓慢，时常沉默，无法与众人和谐交流。他笼子里活蹦乱跳的鸟，既不是鹌鹑，也不是画眉，而是一只谁也叫不上名字的生灵。人们就问："这是只什么鸟？"

老家伙说："是'下野'。"

这个鸟名人们从来没听说过，但老家伙是怎么知道的呢？乡人也不敢追究，大概是为了掩饰虚荣的无知。当时的我，作为一名孩童置身于现场，对人们的议论听得清清楚楚，记忆深刻。多年之后，我也还是不知道"下野"为何物，属于哪一种鸟。我时常想，总不会是老家伙随口叫出的吧？

八岁那年冬天，我离开故乡到城里读书，隔了三年多才回了一趟故乡。对于这个神秘老光棍的境况，所知更少了，只听外婆说他终于疯癫了，成了个像木桩一样安静的疯子，从不伤害或辱骂乡人，因此还是很受乡亲欢迎的。可惜的是，他把后院养了多年的野物，在夜间驱逐到野地里全部放生了。那个夜晚，有人看到他驱赶着黑压压的一群怪物，其壮观场面就像是在驱赶着一群鬼魂。它们呜里哇啦地在街上列队涌动，朝镇外的荒地走去，似乎都认得来时的方向。

不知怎的，最近我时常想起这个故乡小镇上的神秘人物，我知道他已经在人间消失多年，据说他拥有罕见的长寿，活了九十多岁，而且死得安详平静。

直到今天，有一个涉嫌虚构的情节在我的脑海里成为定格：深夜，他站在开阔的地带，月光与白花花的碱地泛出的光芒，让他高大的影子重重地在天地间矗立成一块石碑，他破旧的粗布长衫在风中浮动，看上去仿佛在完成光荣的布道。这时候，只要他朝玄妙的星空念出一个心愿，那些潜伏在地下的、飞翔在空中的生灵就会跑来，心甘情愿地被他捕获，成为他幸福的俘虏。

雪：纪事

　　在突然而至的一场春雪中，我独自一人，坐在温暖的书房里，点燃一支香烟，沉入持续的回忆中无力自拔。我知道，这是春节的还乡之旅，让我的心里打翻了五味瓶，怀旧和感念的情绪持续至今。许多远逝的往事，都在瞬间被奇迹般激活。那些已然被时光作废的画面，情景、细节、幼稚、不适、尴尬、事件……又重新撞击了我一次。但，更多的是甜蜜，一种令人反复回味的甜蜜。这种情绪几乎是秘密展开的，属于一个人的回忆，除了神，这样的回忆已经无人与我共享。

　　连环画《小马倌》是我八岁以前的读物，它伴随我度过了整个荒凉的童年。我在散文《雪地上的狗》中曾经提到这本小画书，可以说，它是我记忆最深的早期读物。故事背景是东北的大森林，大意是年幼的小马倌失去了双亲，他遇到一位长胡子的大叔，经过一番坎坷最终找到了革命的队伍。这册在"文革"期间出版的连环画,有鲜明的时代色彩,前言是毛泽东语录,但它的内容,有当时罕见的人性特征。记得,我当时在玩耍时将它藏在了院门洞的一堆草垛里,时间一久竟然忘了,但最后还是从草垛中找回。十六岁那年我赴河北当兵,将一箱子连环画转赠给了弟弟,同样被他遗失,或许当废品卖掉了。

这天上午,我汇款给这册连环画的主人,这位远在河北沧州的店主很讲信誉,一小时后就回复我说已经将《小马倌》挂号寄出。

在邮购《小马倌》时,我对妻子说:"一定要保管好我们女儿童年喜欢过的东西,长大后她会感谢你。"尽管有些事物只能在失去后才感觉疼痛进而怀念的。人为什么如此反复?人生是不是就这样捡了扔,扔了捡?

另一个影响过我的人是早已被中国读者遗忘的一位苏联儿童文学作家盖达尔,他带给我影响时,我已经读中学了,在鲁西北的县城。我一个人住在县委大院内的一幢屋子里,我的诸多少年玩伴曾频频出入其中。大年初二,与几位多年未见的家伙聚会,从下午开始喝酒直到半夜,皆大醉而归。我在网上查到《盖达尔选集》,可惜书已经被人订购。令我释然的是,我知道并不是只有我一人还想着盖达尔。

为什么我在这个尴尬的年龄段,频频陷入无关现实的回忆?难道衰老过早地降临到我的生命里了吗?哦,不,不,我还有许多事情要做,我的计划刚刚开始实施。我的内心,希望的火种仍然如此强劲地燃烧着,我爱恋着世间这或美或丑的一切。

深夜，谛听着窗外沙沙的落雪声，将这件事记录在我的新浪博客，很快收到一位网友的跟帖："我想博主之所以如此的坚实和新锐，和他不断地瞻前顾后是有密切关系的。这不是简单的重复和回归，而是精神的升华……"

啊，春天的雪。

缓慢的马车

在荒芜的林间空地上，一匹马立在一株枯树下，全身都是闪烁的白霜。它眼前的处境真是不太美妙——没有马厩和夜草，耳畔回旋着风吹树木的呼啸，木头制作的车轮已经陷入雪下的泥坑里。那是一个完美的陷阱，对马车夫来说，这一切发生得极其蹊跷而微妙，仿佛一场命中注定的安排。

"也许会有办法。"

起初，马车夫还抱有一丝奢望，把手中的鞭子丢到车上，用肩膀的力气撵动车轮。折腾半天，出了一身汗水。马也出了一身汗水，尤其令他恐惧的是，他发现马嘤嘤地哭了，两行清泪顺眼角爬下，像两条虫子。他心想这匹小马是第一次出远门，没见过什么世面的。他心想如果小马的母亲没有死掉就好了，那个令人伤感的秋天哪。

他不由得拍了拍马背，小声嘀咕："伙计，别着急……"马听了，立即停止了哭泣，而他本人的心却完全乱了，不知所措。

　　在这样一个寒冷的夜晚，四周是一片积雪的荒野，村庄和小镇被远远抛在了身后，那些白天里还司空见惯的灯光，现在变成了稀有。马车夫哆嗦着从怀里掏出一根火柴，企图将嘴里叼着的香烟点燃，可擦了半天也擦不出火。而在平时，他总爱拿一根火柴往裤子上一蹭，只听嚓的一下，就腾起一团火花。他的裤腿上，经常留下一道道擦痕，散发出一丝丝硫黄的气味。

　　现在，火焰在一个人最需要的它的时候，十分决绝地背叛了主人。无奈之下，他开始搜查马身，把马鞍取下仔细检查，低头去看马的肚子，甚至掀起马的尾巴，一股浓郁的动物的臊腥味道提醒了他：刚才的行为，是把一匹马当成了一个人。尽管马成了他唯一的伙伴和朋友，似乎也明白他们共同的处境，饥饿时马肚子也像人的肚子一样咕咕直叫，但它毕竟不能像人一样用语言表达。

　　唉……从哪里说起呢？七天七夜也不能说清他与动物之间那神秘、动人而又莫测的纠葛。如果走在街上，一条狗崽会自动朝他跑来，他抱起金黄的狗崽像抱起一个孩子，哄逗着让狗说话。他说，叫，叫爹。狗的女主人听了，白他一眼，又撇撇嘴。他一点儿都不介意，哈哈笑着放下怀里的狗崽，摇摇晃晃地回家，哐当一声将木门关严。

　　而他对马的感情极其复杂。有人无数次看到他把一匹马拴在马桩上，皮鞭高高扬起，雨点一样抽下，马的哀叫震荡四野，空气中弥漫着浓重的血腥气。人们不明白他为何这样对待自己的心爱物，按照世俗常理推测，如果你爱一个人或者一只动物，是不会施以责骂，至少不会挥动残忍的皮鞭。

但事情往往不是这样，有的甚至不只皮鞭，还有刀子的利刃。

我常常想：一个人的身体内蕴藏了无数的奥秘，有些事我们无法说清。它让我对所有的结论都产生深深的怀疑，同时更加自省与宽容。面对层次不一的人性，我只能如此。

他用手摸摸马的体温，似乎比人的体温要高许多。再一摸，手上是一股潮湿的热流。马在尿尿，大批的尿完了，又一滴一滴地往下挤。他忍不住想笑，这是一匹年轻的公马，还没有过交配的经验哩。马不像人，想干那事很不方便，村子里的马到了发情期，都到一个指定的配种站去完成美妙的瞬间。让一匹母马当着众人的面，和一匹由人随手指定的公马在阳光下做爱，实在是一件难堪的事情，它让这件人类心目中的大事情变得很公式化。

每一次，母马都是在含泪的屈辱中草草完成那一过程。

那天傍晚，他牵着自家的那匹母马回家，嘴里哼着小曲儿。一路上，马都在流泪。他从不理会一匹被强奸了的马是什么感受，这一次母马更不情愿，在疼痛的嘶鸣中完成交配。而他只关心马通过这次交配是否能够成功受孕，为他生下一匹活蹦乱跳的马驹。

秋天的稻草堆上，母马果然顺利地产下了一匹小公马，像他企盼的那般活泼可爱。它是疼痛的果实，火红火红的。但母马在生产时受了寒，不久就死去了。他痛心疾首，一会儿搂着母马的尸体号啕大哭，一会儿又抱抱可怜的小马。

抬头望天，凄凉的秋天在落雨，整个田野淹没在一片白茫茫的汪洋里，坡地上最后一株葵花被雨点打蔫。

再叙述一下马车夫的出村。从某种意义上分析，他的出村是庄严的，像某个婴儿的诞生一样，博得了一片喝彩。出村前他与村里人一一作别，见了谁都点头哈腰。人们问他："真要走啊？"他点头回答："嗯。在一个地方待腻了，出去干点事。"又说："再不干就晚了……不能在村里待一辈子。"老人们听了，吧嗒着一根旱烟袋，没有搭腔。

消息传开，还是招来许多羡妒的目光。村子里一些比他更年轻的人，甚至产生了效仿之念，一时间，他像个英雄一样闪亮。村子里有一些姑娘，没来由地秋波暗送，有一晚他刚睡下，窗棂上竟出现了一双黑葡萄似的眼珠。而在他看来，一双黑色的眼睛简直就是两个枪口啊。他用被子蒙了头，佯装酣睡。在那一刻，他完全被自己虚拟的幻影迷住，心想：

"要趁夜晚出发，不然就会被绊住了脚。"

打定主意，他开始收拾行装，衣服打包，干粮入袋，草料入箱……马牵到草场上，遛了一遍又一遍。应该说，他的准备工作做得不错。只是他没想到，马车沦陷之后，所有的准备都没用上。唯一的一箱子草料也在颠簸中丢失，他又仔细检查，发现丢失的不只草料，还有自己的食物。还有其他一些用得着的东西，它们都在他打盹的十分钟内全部丢失，一件也没剩下。那可是他准备了多年的东西。

就这样，一辆满载梦想的马车飞出村庄，经过我居住的树林，但它不能按照预期的设想准时抵达黎明。

它要去的地方是一座城市，其实不过是一个虚幻。一个梦想成为英雄的人，终归难逃平庸的命运。这就像是一个幼小的生命被投放到世间，每走一步，路上都有预设的陷阱，密密麻麻，只有幸运的人才能绕开，甚至一个经验丰富的人也不能幸免于时间的设计。它的设计太完美，凭借生命的智慧，远远战胜不了它。在这一点上，一个站立的人和一只爬行的蚂蚁，一匹飞奔的马，在本质上没有任何区别。都在用每天的日子一点点朝目标接近，直到被一箭射中。如果暂时没轮到你，千万不要得意。

呼啸的北风里，那个深不可测的夜晚，我被一阵微弱的呼救声喊醒。

那辆守夜的马车停泊在林边的道路上，马车夫的躯体已经被严寒冻僵。后来，他在炉火的烘烤下渐渐恢复了知觉。在天亮后的整整一天，他望着死去的小公马，一句话也不说，最后依依不舍地把它——他的伙伴，拖到河岸上去埋葬。

当他从河边归来，我无意间瞅了他一眼，惊讶地发现他的头发差不多全白了，两道眉毛也挂上了白霜。

啊，啊，一个人真是不堪折磨，内心的风雪就这样在瞬间堆积完成。

所有的树木

　　说真的，我喜欢所有的树木，不管是小叶桉还是木芙蓉。在我看来，如果大地失去了树木，就等于一个人失去了爱情。弥漫凄凉的大地会是另一番景象，如一眼井没了泉水，更像个一辈子没人爱的老单身汉，孤独地住在一幢茅草屋里。

　　你说的这两种树，我不怎么熟悉。但我知道，它们肯定早已在某条幽暗的小径庇护过我，并且记住了我当时在心里想些什么，哪怕是一丝微妙的心跳乃至呼吸，都已被年轮记录。我是一个喜欢自言自语的人，这是因为平日里能对话的人很少，或者有些人不值得我去跟他说什么。

　　好多人看上去衣冠楚楚，一副很有教养的样子，其实内心隐藏不住什么，他甚至压根容纳不了一个人的倾诉。仅仅为了要逗别人笑笑，或者证明自己的小聪明，就不惜添油加醋，一转眼把你出卖。他没有意识到他出卖了一位朋友的信赖，这都怪他内心的容量太浅。风一吹来，就把仅存的一滴水吹干。

我觉得我有许多很好的想法，来不及实现，就断送在了这样的一阵风里。

一些围绕在你身边的绯闻，源自那个可耻的出卖。它们大多经不起推敲，不着边际，却深深地伤害了你。

有好长一段时间，我陷入这样的苦恼：对人性失去了起码的信心。打那以后，我变成了一个自言自语的人。二十五岁那年的冬天，一次情感的叛变再次降临。当时我还没有修整好自己的内心城堡，我的品格质地远不如现在坚硬。在迎面袭来的阵阵寒冷里，孤苦无助，只能一个人把自己的心灵悄悄收藏好，把一粒秘密的种子暖热又变凉。一轮苍白的冷月浮上夜空，照耀着身边一片积雪的荒野，那一个个静立的麦垛，没有一点表情。

当我注视四周，没有看到一棵树，委屈的泪水一次次在眼睛打转。

"不能落下来啊，"我想，"这耻辱的火焰。"

那个雪夜，我在不见人烟的荒野上走了几十里路，脚下咯吱咯吱的声音在耳畔响着。一直到遇到了一棵树，悬着的一颗心才稍稍平静。我走近它，发现是一株孤零零的白杨。这让我倍感亲切，想起小时候在鲁西平原，爷爷在美丽的秋光中伐倒一株高大的白杨，雪亮的斧头劈开躯干，打制温暖的家具。

我们家的衣柜，是用木头做的，我们家的栅门，也是用木头做的，它挡住了陌生的叫门。

是的，所有的树木在大地上，大多时间是沉默的，当你残忍地劈开它的身体时也一声不吭，像一个永不背叛的勇士。

而人只会看到眼前的一点点路。

当我的生活里出现了一位莫逆之交，我总是在私下里把他与一棵树反复比较，有时会忍不住发出赞叹：嗯，简直像极了。

我相信树有这种能力，它能在人经过的时候记住你。十年，二十年，甚至五十年过后，当你再次经过它的时候，你听到春风把树叶吹得哗哗作响，其实那是树与树在窃窃私语："瞧，那个曾经狂妄自大的家伙又来啦。他怎么变成这副样子了呢……"

话音未落，从林荫里闪出了你：一个行动迟缓、手拄拐杖的老人。

树马上就沉默了，它怕你误解了它却伤害了你自己。

我想，人可以活得像某种动物，却永远做不到像一棵树那样：拔地而起，瑟瑟有声，顶天立地，坦坦荡荡，一生纯粹。

有时候，在这个广大的世界上，人更像是一根躺倒在月光下的枯木。那是一株失败的树，显得那么可怜。

乡间光束

　　几种乡间事物，已经在我的生活中消失多年，但它们隐藏在记忆深处，若幸福的火苗忽闪忽现。当我独自一人坐在山上，时间的风会从远处吹过来，像一道温暖的光束将其点亮，我知道，它们是一些在电脑里找不到的词组。

　　水瓮：那时候，家家的院子里都有一个水瓮，满满的一瓮水，显示着我们清澈见底的生活。大冬天的，爷爷起床后要做的第一件事就是到村街上挑水，还要带上自备的井绳。有一天夜里下起了暴风雪，我在睡梦中听到一声巨响。第二天一早，爷爷说我们家的水瓮被冻得炸裂了，水流了一地，结成了冰。白天雪停，爷爷到镇子上买了一口新瓮，在院子里挖了一个深深的土坑，把这口新瓮埋到地下，周围铺了一层金黄的麦草。又做了一个木盖子，扣在水瓮上。夜晚，我偷偷地揭开木盖，趴在水瓮上看浮游在里面的月亮。

织布机：故乡的平原是盛产棉花的基地之一，与之配套的是每家灶台旁边放着的织布机。它高大的体积占据了大半个房间，看着十分碍眼。我的爷爷不会像巧手的女人那样织出带花纹的布，他只会织素洁的白布，然后拿到染坊里染成蓝色。爷爷织出的布质地粗糙，手感不畅，布面疙疙瘩瘩。在整个童年时代，我都穿着粗糙的布做成的衣服，直到上学回到父母身边。我忘不了，当我穿着粗布衣服出现在城市的课堂，众多蔑视的目光毒液一样射到了我的身上。同学像遇到怪物一样躲着我，起初我以为是人们欺生，过了很久才知道他们是在躲避我身上的衣服。那一天，我真想跑回故乡去用石头把爷爷的织布机砸烂，我在心里愤愤骂道："爷爷，你让孙子丢人现眼了。"而那时，我的爷爷已经死去一年多了。

独轮车：雨后的乡路布满了水洼，爷爷推着一辆独轮车绕来绕去，车上放着一堆豆秆，或者一捆青草。他把我放到豆秆或青草中间，让我仰躺着身子昏昏而睡。但好像是睡不沉的，能听见爷爷与路边的乡亲打招呼。"吃了吗？""吃了吗？""吃了吗！"我睁开眼睛，看见黑乎乎的田野闪开一条小路，昆虫在车子身边飞奔，窸窸有声，爷爷的全身被露水打得精湿。在这辆独轮车上，我熟悉了大地上的各种声音和景象，比如河流的喧响和头顶的星群。

夜壶：大雪封门的夜晚，屋内弥漫着尿液难闻的气味。灶膛里的木柴早已变成了灰烬，窗棂上的风呜呜作响。时值夜半，我在冰窖般的被窝醒来。但困意这般沉重，真舍不得醒来啊。

于是用被子把头蒙住，双腿暴露在外，全身冷得发紧。依稀入梦，梦里来到一片冰天雪地，拿一把镐头砸破池塘，捉鱼，是一条条闪光的白鱼，统统放到夜壶里。早晨被爷爷叫醒，屁股挨了几下，爷爷骂我："尿尿都不往夜壶里尿，一泡尿全撒到被子上了！"我急忙摸摸被子，有点潮，一股臊气。一夜过去，我的身体已经快把尿湿的被子暖干了。

　　阳光出来了，爷爷把被子晾到绳子上。

假寐的狐狸

简单的游戏

在不知不觉中，我已丢失许多珍贵的游戏，我回忆了整整一个上午，才理清了大致的八种，它们依次为：一、泥巴的各种玩法，印象最深的一种是把泥巴做成碗状，扣在地上后会发出一声清脆的爆响；二、春天来临后用柳枝和树叶制作柳哨和叶笛，吹响的一刻觉得阳光格外强烈和耀眼；三、用火枪和弹弓射白杨树上的麻雀，子弹飞出的刹那一屁股蹲在地上很舒服；四、推着一只铁环满街乱跑，全然不理睬妈妈的厉声呵斥，她在后面追得满头大汗；五、在夏天的树上捉一只天牛，让它铡一小堆青色节节草，捧回家喂羊；六、战战兢兢地持一根铁钩掏屋檐下的鸟窝时嘴巴闭严，害怕蹿出一条蛇来；七、与伙伴们在结冰的河里抽陀螺，比谁抽得最远，一直将它抽到薄冰里，结果那个得了冠军的伙伴落入刺骨的冰水中；八、用硬纸壳折了整整一篮子"四角牌"，将其收藏在最隐秘的地方，比如枕头下面或干草垛里，心中认定它比钱要贵重得多……

这样的童年游戏多么纯粹，差不多凝聚了我对乡村所有美好的记忆与甜蜜感受，然而它们究竟是在哪一天与我永远地告别了呢？没有任何仪式与记载。而且，如果再要玩这小小的、再简单不过的游戏，却要等到来生才合乎天然。如果真有来生的话。

假寐的狐狸

狐狸的狡猾与灵气为人所共知，但多半在艺术作品中有所表现，经过了想象的加工。例如《聊斋志异》中的狐精，例如淄博的琉璃造型，然而在此之前，我从没有见过真实的狐狸，故而说不出它与其他生灵的区别有多大。

那日，我与几位友人来到了蒲松龄先生的故居——位于淄川的蒲家庄，那儿有一个狐狸养殖园，有近百只狐狸被关在笼子里。一进园子，我就被一种神秘的气氛笼罩，一股难闻的臊气把我的鼻子都熏歪了。时值中午，狐狸们正在炎热的气温下打盹，也许是因为受传说的影响太深，大家说说笑笑，恨不得让其中的一只化成狐女才过瘾些。

这当然不可能，于是有人便说起粗口来，骂骂咧咧地表达失望，结果被管理人员用"暂停"的手势制止。

话音刚落，我看到一只雪白的狐狸用一只眼睛朝大家翻了一下，这让我们都大吃一惊！因为它的神情与某位女子在遭受语言侮辱后朝对方投射的白眼一模一样。

这是一只正在假寐的狐狸，在那不屑的一瞥中，它流露出的信息是带有文化性的，比人更知道人的。

不施舍的理由

那日，我请一位富商吃饭，饭后我们走在街上。突然，一个年迈的乞丐拦住了我们的去路，说："行行好。"口齿清晰而坚定。

我给了他一元钱。然后，我有些不好意思地看了一眼正在摸索口袋的富商，我不知道他会掏多少钱，但我猜测肯定会比我多。过了一会儿，却见他果断地抽出一只空手，朝乞丐挥动两下："走吧！"

乞丐悻悻地离开了。

接下来，他给我讲了不施舍的两个理由：第一，他带着的是金卡，没有零钱；第二，钱要用在刀刃上，哪怕是一分钱的施舍，也要做足文章，讲究商机，这是他之所以成为富商的根源所在。

听了他的一番话，我有些无地自容，更有些不以为然，反驳道："不就一元钱吗！施舍了又怎么样呢？"

他耸耸肩膀，变得严肃起来："你说怎么样？当然不怎么样，只是那个乞丐回去，会有更多的乞丐来朝你伸手！"

话音未落，我果然看到有一大群衣衫褴褛的乞丐朝我虎视眈眈地围过来，我吓坏了，急忙向富商求援。而富商早已冷笑一声，逃之夭夭。

春天初至的一瞬

一个人怎样才能保持住对大自然的热爱和敏感呢？这可是检验你生活质量高低的一个大问题。就我本人的经验而言，我已经丧失了许多不应丧失的感觉。生活琐碎的力量太强大了，需要你时刻保持警惕和自觉，否则会一不小心就陷入了麻木，这是很可怕的。现在，大概只有春天的来临才能唤起我沉睡于心底的一点诗意，对其他季节的感受益发迟钝。是的，一个健康的生命应该是诗意的、活泼的、闪着光泽的和热情如火的，而病态的生命则是冷漠的、呆板的、死水般暮气沉沉的。

这两种状态决定了一个人存在的趣味和品位的不同。下面我来描述一下春天初至的那个微妙瞬间。黄昏时分，你在麦田间的小道上走着走着，突然觉得鼻子一阵奇痒，好像被一根细细的草芽撩拨了，让你忍不住打出一个响亮的喷嚏，这个巨大的声响惊醒了寂静的田野，耳边出现短暂的骚动，似乎万兽都在奔跑，天上的飞鸟，地下的昆虫，所有动植物的血液恢复流动……你停下来，用力一嗅，空气中奇异地出现了一种甜丝丝的东西，它让你脚步绵软，内心充满渴望，眼睛蒙上一层感动。那个甜丝丝的东西始终亮亮的，伴随着一丝忧伤，牵引着你的整个心灵，一连几夜你都在失眠中度过。回忆被悄悄放大：童年的树林，芦塘里的藕根，小学堂的钟声，那个你暗恋了许久的大眼睛少女……天哪，一切都梦幻般地在这个无人知晓的夜晚复活了。你从床上坐起来，抓起一团稿纸，想记下这一切，可它转瞬即逝，化为一堆跳跃的碎片。你打量着发白的窗户，疑神疑鬼：难道日子……又过回去了吗？哦，真好。这真好……

就这样，有许多年了，春天初降的一瞬一直作为一个秘密被我一遍遍热烈地温习，它给我的感觉是如此细腻又如此躁动。遗憾的是几天之后，一切又将回到生活的常态中去，又过上了迟钝平庸、近乎麻木的生活。对我而言，也只有在那短短的几天，才能够充分地领略到一个写作者，或者一个诗人所独有的幸福。

初恋的破灭

又是一则关于初恋的故事。

这次是一个妻子的初恋情人来了，事先丈夫是知道的。妻子当年是个出了名的美人，他很爱她，觉得此生娶了她很幸福，也很荣耀。但他知道，妻子并不爱他，因为妻子在遥远的家乡有个初恋情人，妻子一直很怀念他。那个他从未见过面的男人是这个家庭中最大的阴影。为此，他老觉得这辈子怪歉疚的。他想：那一定是个比自己优秀得多的男人。因为妻子的品位不低，一般的男人绝对不值得她牵挂这么多年。

偶然的出差让那个男人到这个城市里来了，是的——"狼"终于来了。他听说后马上对妻子提议："叫他来咱家吃顿饭吧，我来掌勺。"

风韵犹存的妻子凄然地摇摇头，说："他不肯来。"

于是，他就和妻子一道打车去了宾馆，第一次见到了那个妻子念念不忘的男人。寒暄过后，他把妻子悄悄拉到一边："你盼了他这么多年，今晚就和他好好叙叙吧。今晚……可以不回家住。"

然后他使劲握了妻子的手："相信我吧。"

然后，他一个人回家，是走回去的。那家宾馆离他的家很远很远，他觉得双腿很沉，心有些酸，身上却感到一阵轻松。出租车一辆一辆地从他身边急驰而过，有的在他面前停住，发出尖锐的叫声，他摆摆手或摇摇头。

他终于走到了家门，却惊愕地看到一个熟悉的身影早已立在门口了。那个熟悉的影子像鸟儿一样扑了过来，是他的妻子。

他听到妻子一阵碎裂般的抽泣："那个人……噢噢，他太让我失望了。我真后悔见到他呀，他怎么成这样了呢！"妻子伤心地哭着，把丈夫的肩头咬得生疼。

　　打那以后，这个家庭平静或曰幸福得无滋无味，像沙滩上

一只倒扣的船……

第五辑：一幢忧伤的屋舍

沿岸行走，脚下始终是绵软的落叶。搭眼望去，身边也是一堆一堆篝火似的落叶，只需一根火柴就能点燃，像火山爆发一样制造一片草木灰。令人称奇的是，这里的树木一律矮壮，像一根根大红萝卜般突兀地扎在水中，不过它们粗得让人两手都搂不过来，树冠蒲扇般低垂，连树根都暴露在外。树洞巨大，不敢探试，我怕里面居住着一个某种鸟类的家族。

早期写作

　　我有过贫寒冬天的写作经历，那时候我只有十六七岁，借居在一个乡下花园里。那个花园并非私有，不过是被郊区的农民抛弃。园子里到处散发着一股植物腐烂的气息，深深的雪掩盖了大片玫瑰的根。那幢位于河岸上的房子是如此低矮，整个屋子里空空荡荡，只有简单的桌椅和一张床，一个生铁制造的火炉上放着一把旧锡壶。一盏扑哧作响的煤油灯，散发着昏黄的光芒，把我的影子投射到黑漆漆的墙壁上。

　　我在创作一个电影剧本，名字早已忘记。只记得内容是写一个保尔式的残疾人，一个青年，一个美丽的姑娘爱上了他。这一对艰苦卓绝的恋人历经磨难，最后相会在一片鲜花盛开的草地。呵，幻想的乌托邦。朋友们时常到花园里来与我谈剧本的构思，我没有什么好东西招待他们，就到院子里扒出一些埋在地下的土豆，在火炉上烤熟。我们还是中学生，却那么躁动不安地向往爱情。在一起热烈地私语，渴望钻入某位异性的心脏，有的同学甚至开始了大胆的尝试。一个因写惠特曼式的诗歌而闻名校园的同学还带来了他的女友。为避人耳目，他们是一前一后到花园里来的，可进屋以后就放肆得像一对夫妻了，打情骂俏。男的搂住女孩的脖子，把女孩的围巾扯下来围到自己头上装傻。我当时很不习惯那样的场面，有些羡慕，更多的是不屑。

在第二年的春天，这一对早恋的情侣因女孩怀孕被学校双双除名，这件事在小城里轰动一时。我从此再也没有见过他们，只知道他们的爱情并没有继续下去，就此打上了一个不完美的句号。

深夜来临，我披着棉布大衣在园子里来回走动。掠过湿漉漉的月光、土丘、灌木丛、电线杆、园子外的围栏，火车在远处隆隆穿越隧道……正是在那个时期，我偷偷学会了抽烟。抽得很凶，一天两包。没有人知道，我躲到花园并非自愿，恰恰就是因为偷了父亲的一包烟，被他一怒之下赶出了家门。那年的春节我没有回家过年，嘴唇紧闭，人瘦得只剩下了两只眼睛。疯狂的写作和内心的焦灼完全占据了我。

其实，那时候我根本没有驾驭文字的能力，所谓的叙述都来自蹩脚的模仿。剧本的失败是它意料之中的命运，我却在脑海中虚拟它成功的场景。一个美丽的幻觉，构思着可笑的意料之外。

鞋子：明亮和优雅

　　有一位朋友爱惜鞋子胜过脑袋，不，这样说过于夸张，但说他爱惜鞋子胜过西装，大概与实际比较相符。在朋友圈子内，他以爱惜鞋子出名，无论在何种情况下，他的鞋子总是保持铮明瓦亮的状态，亮得可以当镜子照，让一些生活邋遢的家伙感到很不自在。如果遇到野外郊游，他会把鞋子拎在手里，还时不时地往鞋子上吹口气，吹落上面的飞尘。若鞋子不慎溅上污渍，他还会哈一口热气清除，有人说这是洁癖的一种，也有人说这个男人有作秀之嫌。他给我的解释是：如果你的鞋子上布满灰尘，再高档的西装穿在身上也是不够档次的老土。

　　言外之意，鞋子的洁净程度言说着一个人的格调。他把鞋子问题提到了文明或愚昧的高度，由不得你不颔首称是。我说有道理，然后条件反射似的将脚尖收缩一下，再收缩一下，尽可能让鞋子往裤脚里多隐藏一些。

说真的，我有些自惭形秽，因为我的鞋子历来都不算洁净，每天擦几次皮鞋的习惯始终没有养成，而且自己丝毫未发觉。有一次与朋友聚会，整个活动过程被人拍了照还录了像，照片冲洗出来后有我坐在沙发上潇洒撩发的形象，当时我感到美中不足之处是我的头发有点凌乱，其中的一束像野草似的，在接近头顶的位置不安分地耸立起来。它就这么耸立了整整一天，是我们活动的全部时间，也没有哪位好心人提醒我一下。

　　这时候我只好找理由安慰自己，心想幸亏不是裤子的前拉链没有拉好。在一些很正规的社交场合，我曾多次发现某位重量级的人物开口处向外龇咧着，里面有个小耗子一动一动的，但你不好意思去提醒他，怕他的讲话乱了方寸。还有一次参加一个婚礼，合影出来后显示，一位表情严肃的女领导穿了一件色调同样严肃的裙子，但她没有合拢的双腿将内裤暴露无遗，与她严肃的精神面貌反差很大。

　　我觉得刺眼而尴尬，那合影因此而被收藏到一个隐秘的去处，不再示人。替别人掩饰尴尬应该是人的基本美德。

　　想到这里我摇摇头，又松了口气，庆幸类似的尴尬没有发生在自己身上。但旁边一位女士端详了我的照片后扑哧笑起来："呵呵，看你鞋子的灰尘哟……"我慌得将照片一把夺过，细看后脸立即热了：呸，腿还翘得高高的呢。无地自容，鞋子上面的灰尘与它的主人都无地自容。这件事至少过去十多年了，活动地点是我故乡的一座小城，事后我责怪那个小城的环境不够好，那里没有草坪，垃圾随地而弃，连手扶拖拉机也允许突突地跃上大街。在它经过的地方一溜狼烟，鸡飞狗跳。

如果说漂亮的鞋子是为了衬托西装，那我更有理由不重视鞋部卫生，因为西装我很少穿，领带至今不会打。偶尔遇到非穿西装不可的场合，打领带一律由他人协助弄好，像童年时系红领巾那样从头上套进去，再系到脖子上，人模狗样，有人称领带的这种系法为傻瓜系法。

应酬完毕，我如释重负，赶快把领带从脖颈上扯下来，所以直到今天，我都认为此生拥有一条领带就够用了，多年来我把朋友送我的漂亮领带统统转赠给了别人。我不怀好意，要让别人也感受一下脖子上套绳索的难受，那是传统自杀前的优美演练。

非但如此，戴手表的习惯也被我大力废除，它太容易让人联想到戴手铐。而鞋子上的尴尬不是主人的尴尬，其错误应归结于空气和道路。

一个人，一部电影

　　我时常想，一个人的经历是完全可以拍成一部电影的，而且是一部精彩的电影。电影作为视觉艺术品种已经伴随人类生活这么多年了，然而进入商业时代后，有些国产电影拍得那叫一个烂，奇怪的是拍得越烂，票房收入越高。偶尔有一部接地气的片子却大受冷落，比如前几天去看尔冬升执导的《我是路人甲》，整个影院成了我和女儿两个人的专场。夜深人静，我拉着女儿的手从影院出来，街上已无行人，暗自庆幸《我是路人甲》不是鬼片。

　　在我看来，当下电影的病灶在于脱离时代，看不到人心，故事情节生编硬造，总之是以矫情风格为主，加一点梦幻小资的佐料，再玩点高科技的时尚潮流，轻飘甜腻得让我精心培育多年的审美标准震荡回落了几个尺码。每当看了这样的影片，真个是"我整个人都感觉不太好了"。

那么，拍拍自己玩玩吧，然后在未来的某日欣赏。当然是在年老的时候，一家人冬天围炉而坐，银幕上播放自家的生活历程。自己的故事不会有好莱坞编出的精彩，也许只是一笔生活的流水账。自己的相貌与格利高里·派克或者玛莉莲·梦露相比，或许有待改善，但它毕竟把一个生命的原生状态记录下了。

为自己拍一部电影，大概是许多人隐藏在内心深处很多年的真实想法，因为电影带给人的意义远远超越视觉本身。比如我们在欣赏某一部老片子时，会忍不住羡慕某位已经进入古稀之年的女演员，那电影里，如今的老妪曾是何等的惊艳啊。我们从那里不但找到了一个人衰老的过程，也找到了岁月的隐秘归宿。它确认了一个基本事实：人是一点一点死去的。有人断言，最终不老的，只剩下气度与风骨，还有生活的智慧。但也未见得全是如此，比如在生活中，我极少看到哪位老人的思维依然保持敏捷，目光里依然闪耀思想的火花，而抬眼可见的多半是些满头白发、目光呆滞、迟缓而行的老人。每每见此，我都会泛起一阵酸楚，瞬间联想到多年后的自己。

世界上有谁不重视自己或者他人相貌的吗？尽管有点常识的人都知道，相貌这东西实在可恶到家了，它野蛮地取消了人类的选择权。所谓的美人，说穿了，一张脸而已，但是是由谁赋予的呢？美人自己都讲不清。如果要追究，需要从祖宗一页页翻开，那么，个人电影时代的来临，让这一难题有了解密的途径。

那就拍吧。如果拍自己的一生暂时无法做到，就拍自己生命过程中的一个阶段，一年或者一个月，一天中的一个小时，也可以仅仅是一天的生活片段，甚至短短的一个瞬间。最好是不拘形式，也可以有剧本、导演。只要把某个情形下的自己永远定格在胶片上，就等同于永恒了一段蠢蠢欲动的时光。当然前提是要有故事情节，有人物形象和对话，否则就不叫电影了。

在过去很长一个时期，我都心存一个愚蠢如猪的误解，以为命运会让身边的人统统进入衰老，而我会逃过岁月的刀削斧砍，直到在偶然里翻开一本旧相册，才发现自己的相貌已经出走好远，像撒开腿的野兔不再回头。面对镜头下曾经的自己，我忍不住微微发愣。

我本人是个地道的影迷。无论我的人生在顺境还是逆境，电影始终伴随着我，它像一味药，冲淡了现实的诸多不快，起到了有效的止疼作用。日前接到远方朋友的一则短信，嘱咐我天热注意身体，还莫名其妙地加上一句"无论多忙碌也不要忽视了内心的温情和诗意渴望"。我一时不解其意——是暗指当下的生活压力过大吗？猜测半天，我理解为让我多去影院看电影，因为电影里才能感受到更多温情的存在，而且是不讲任何条件的。

较之于一些粗糙的国产电视剧，电影更具备纯粹的文学品质，一度，张艺谋凭借小说资源来助力他的导演事业，实在是走了很大的捷径。一部电影一旦拥有了文学的基本元素，就已经成功了一半。如据我所知的经典片子：《肖申克的救赎》，取材自斯蒂芬·金的小说作品；《赎罪》来自英国当代重量级作家麦克·尤恩的同名长篇小说。而张艺谋自拍《英雄》起就搞起了商业片，高高地举起了金钱的旗帜，什么《十面埋伏》《三枪拍案惊奇》之流，连篇累牍，简直是一部比一部烂，直烂到底，试图回归的《山楂树之恋》则拍得轻若羽毛，连隔靴搔痒的效果都没达到。自从他与"好兄弟"张伟平合作，就没有拍出一部像样点的东西，我怀疑其才情被"好兄弟"的商业思维牢牢地绑架了。二人的最终分手，则是张作为一个艺术家在商业时代的觉醒。

面对银幕，作家的思想摆脱了单一的想象，被五彩缤纷立体化地呈现，变得直观而通俗，就像亲切的生活降临身边，画面与声响的组合，代替了虚幻的哀伤。因此有人说，如果电影再配置上气味，就会让人如目击了梦境的现场一般，会被浓缩的生活场景击倒。由此推理，在未来的某一天里，我们每个人都有可能被胶片上年轻的自己惊得张大嘴巴，然后默默地流下两行浑浊的老泪，一直流到鼻梁骨。

文学社

　　冬天，我们成立了文学社，在炼油厂一个朋友的宿舍里。屋子里的暖气烧得很热，热得额头冒出了汗液。桌子上摆满了从小摊上买回的菜肴，还有啤酒。有满屋子的笑声，有《朦胧诗选》、北岛的《太阳城札记》，还有刘索拉的《你别无选择》。

　　我独自一人住在旧机关宿舍，其实就是我工作的办公室。我与一个写诗的女孩约好一同去炼油厂。地上到处是白茫茫的积雪，她看上去是那么娇小，穿一件黑裘皮或者仿黑裘皮的外套，走路的姿势竟然是从模特那儿学来的猫步。从旧机关大院到炼油厂，以行走的速度，大约需要一小时。我们边走边聊，踩着脚下咔哧咔哧的碎冰。天上有朦胧的月光，空气很冷冽，吸到鼻子里会感觉到季节的刺激。

　　她踩着看上去有几分诗意的步履，忽而驻足仰望有月亮的夜空，轻轻说道："真美啊……"和女孩聊了一路她的经历。她父亲是第一化肥厂的职工，母亲最早在乡下，后来跟随父亲来到工业区，成了农场的工人。她就出生在农场，在整个童年时代，她的周围生长着树木、青草和羊群，春天到处开满了鲜花。如果借助文学的想象技能再加工一下，还会出现以下画面：林中的木头屋子，一堆炉火，栅栏，狗，冬天里下不完的雪，雪路上停栖着的马车。农场的夜，深黑的夜，明亮的夜，呜呜叫的北风。女孩在孤独中长大，干净的雪水让她的皮肤生得很白。

朱在车站牌下迎接我们，他穿着一件米色风衣，手里夹着一支劣质香烟。他是文学社的另一个组织者，这次聚会就在他的单身宿舍内。朱一直是我要好的朋友，十多年来都没有离开过，我们的友谊已经很扛摔打。他年龄比我略小一些，还没有女朋友。整个聚会的过程是温馨友好的，没有出现任何争论。我讨厌争论。大家围炉而坐，房间充溢着笑声和滚烫的酒香。我发现朱的目光不时在女孩脸上聚集、停下，不忍心挪开，女孩在昏暗的光晕里像一朵雪花，说话的声音也软软的。我突然萌生一个念头：把这两个人撮合一下，不是很好吗？这个暗自涌动的想法让我激动，这是一个诗意而美好的画面。但是，这个计划不及实施，就被当晚发生的一件事给改写了。

聚会结束后，我们仍然步行回去。大概是两人都沉浸在聚会的兴奋状态里，一路上没有说几句话，脑海里被刚刚逝去的画面占据着。在穿越一座长长的桥梁时，她东张西望，表情显出慌乱，加快了脚步，低声说："走快一点儿好吗？"我觉出了异样，回头一看，发现有个人影在鬼鬼祟祟地跟踪我们，像只小耗子。我问："那是谁？"她声音依然很低："我男朋友。"我马上意识到有可能要面临一场尴尬的误会，心乱跳了几下，但转眼一想，自己很坦荡，觉得没有躲避的必要，就示意她停下来，等待她的男朋友。我向她问清了她男朋友的名字，就远远地叫了他一声。他闻声向前跨了几步，佝偻的身体竟然散发出几分羞怯。我看清他是一个瘦弱的男孩子，头发很长，两只手插在棉衣袋里，衣领子支棱起来。我握了一下他的手，冰一样凉。而且，我发现他在哭泣，满脸是泪。我忍不住想笑，拍拍他的肩膀，递给他一支烟，点上。他全身瑟瑟发抖，有一部分原因是出于寒冷。但我不想做无谓的解释，如果需要解释的话也轮不到我。我笑着说："你们走吧。"

"瞧你，没出息样儿……真丢人。"女孩嘟哝着，挽起了他的胳膊，掏出小纸巾给他擦泪。

我倚着桥栏，望着他们缓步走远，呼出一口气，吸完一支香烟，两辆大卡车从身边急驰而过，让我的脑袋嗡嗡地响了一阵。此后不久，女孩主动给我打电话，再次约我一起到炼油厂参加文学社的活动，说起上一次的事情，她很不好意思地笑起来，说怪她在那晚没有及时向男友说明去向，便遭遇了跟踪。生活，充满了荒诞的误会。

一度，文学社在周边影响颇大，出版了几期社刊，并带动工业区相继成立了七八家类似的社团，但它注定是个青春期的产物。

多年过后，好多当时令人惊讶的经历变得不值一提。我却保留着文学社带给灵魂的一些气息，时常陷入怀念：激情，忧伤，诗意，兴奋的眼神，憧憬的面孔，街头的乱雪……

仰望星空的夜晚

　　在我生活的城市，已经看不到真正意义上的星群了，雾霾与灰尘布置的背景下，只能望见隐约的星子，似乎在闪动，又似乎在疲倦地瞌睡。更多的时候，夜空是灰蒙蒙的一片幽暗，什么也看不见，可谓"伸手不见五指"。而今年秋天在仰天山顶上，我终于目睹了一次明亮耀眼的星群，它们像一树瞬间爆开的梨花缀满枝丫，迷人的景象驻入心头。

　　其实，那天并不是个适合观星的日子，北风从黄昏时分就开始吹起了号角，把山上的落叶与灰尘吹得一干二净。山脚下的房屋像若干木柴制作的盒子，错落有致地组合成村庄与家园，夜幕来临，灯火飘忽，鸡鸣狗吠。我想，长年在山区生活的居民，有几人是观星爱好者呢？我们跌跌撞撞地进入工业时代，金钱冲击，观念裂变，无论说还是做，人们更贴近于对物质的膜拜和占有。

远离纯朴，远离天然，远离童年的大地山川，丧失了激情动力，更远离了头顶闪耀的星群，甚至连爱情也染上了铜臭的杂质。

仰天山位于鲁南青州，我不知道这个名字的来历，猜测其背后应该有一个美好的故事或传说。多年前这座山还是荒着的，它的声名鹊起或许源于某位艺术家的偶然造访，又偶然发现这里的山顶可以看到最美的星群。

对我而言，仰望星空是一次灵魂的清洗行动，不需要太多理由。选择一处地势较高的观望台，有木质结构的围栏，视野可以瞬间抵达远山，浮动的山影，遥远的河流若长天布洒的仙女飘带。而头顶的黑夜，是多么寂静，只有银河的水波在小声流淌。

起初，面对一天的沉沉黑幕，我习惯性地朝高处仰望，尽可能地让目光穿越云层和雾障，越过些，再越过些，在原地仰成直角。但结果什么也没有看到。当时我太失望了，心脏像被针刺了一下，秋风在耳畔呼啸，忽然听到附近的观星者们大声叫喊："快看，好大的星星！"我于是重新定位视线，把视线放低，终于惊喜地与花团锦簇的星光相撞。

目光与星光对接的刹那，我忍不住流出了泪水。因为在感觉上它们离我的眼睛太近，仿佛在瞳仁上跳跃，伸一伸手就能触摸得到，甚至能听到来自星体的呼吸与心跳，顽皮的样子像一群天真的儿童。对比之下，就会知道地面上的空气污染有多么严重，按理说仰天山的高度不足以让星星改变运行的位置，以至于在视觉上变得又大又亮，这样的星群站立在地面上也可以领略才对，就像我的童年时代：在村口，在旷野，在场院的草垛或乡村的天井，只要天气晴朗，一仰脸就能看到铮明瓦亮的一天星斗和绚烂迷人的银河。

而今夜的星群在耀眼的光芒之外饱含哀愁，欲言又止，似乎发出这样的诘问：人间发生了什么？道路与出口在哪里？星群的哀愁是神的哀愁，我当即做如是想。

在经历了那个仰望星空的夜晚后我写下一段日记："今夜，山顶密集的星群可以和蜜蜂比肩，如此清晰的闪亮胜过成吨的语言，它们嘤嘤地朝我飞来。"这样的夜晚在人的一生中弥足珍贵，人到中年，感念于自己仍然有被感动的能量，还不至于麻木到冷漠的地步。人终日奔波忙碌，渐渐远离了星空的指引，顺应了惯性，跟随时间的脚步踉跄前行，最终沉迷于物欲，背离了物质是为了让生命更有价值的初衷。而真正的人生是有境界的，与花朵、心灵、星空、诗意这些美好的物象一同存在。

存 在

　　因为懒散的坏习惯，我的书房一直不够整洁，书用过后随手一丢，并不归类，它们歪斜着躺在书架上，像头顶草屑的流浪汉，由于受到主人的轻慢而索性自我放逐，丧失了原作者当年手持一支鹅毛笔书写人类命运时的庄严感。这让我深感惭愧，况且，我是那么爱它们。我的生活，几乎一天也离不开阅读。历史、文学、哲学、美学、植物学……人类的思想史，在额头与眉峰聚集，产生交锋与冲突，共鸣或疑问。阅读不同于写作，阅读是享受的，像缓慢的潮水，一寸寸地弥漫上升，在垛口出现的瞬间看见明晃晃的月亮，凄美而忧伤。打开一本书，其实就是打开一个新奇陌生的灵魂通道，一场奇妙的精神之旅已然开始，河流与山川尽收于眼底。与书交谈，让人清醒，也让人悲观。因为书，让人认识了思维的高妙，再反观周围逃不掉的世俗生活，就会眼里布满虚无的荒诞。当然，这不是书的过错。

明亮的月夜　周亚欧／绘

而写作，是一种流血淌汗的劳动。既然是劳动，就会包含辛苦与愉快，二者并存，交织。它让我想起小时候，目睹母亲端坐在织布机前，烛火跳跃，织梭在她手下无声奔走，通宵达旦，最终留下一块纯棉花布。常常，布好容易织完，母亲拿在眼前仔细查验，却发现图案没有达到预期的效果，一个月来的辛劳顿时化为滚滚而来的懊丧。晚上，烛火似乎暗淡下来，把母亲郁郁寡欢的影子，成倍地放大，投射到墙壁上。

　　在那一刻，我明白了一个道理，那就是虽然你付出了同样的劳作，但收获却很不一样，在这个世界上，有人劳碌一生，得到的却是零收成，甚至是负效益。

　　如果人活一辈子，什么收获也没留下，会不会像当年母亲手捧一匹织坏的布，陷入深深的懊丧呢？我想，这种懊丧的来由，无非只有一个：忙碌一生，没有为人间创出一点价值，这人世的旅行，真是白走了一趟。如果上升到哲学层面，就是一个存在问题。"我存在过吗？""我凭借什么而存在？""那通往存在的隧道在哪里？"无论是在大街上行走，还是躺在床上憩息，这个念头都会跑出来，咬啮我们。奇怪的是，我们明明存在着，行走的身体，忙碌的工作，我们和许多人一起感受世界，有日子里欢欣与悲酸，呼吸着同一城市的气味，目击到同一片海水的蔚蓝，可为什么，总感觉不到存在的意义和力量呢？

　　难道，非要站在广场的高处大声呼喊，人才能证明自身的存在吗？思忖半天，知道这果真是个哲学上的问题，尽管我已经注定成不了哲学家，但并不妨碍我像哲学家那般思考，对迷惑不解的事物发出诘问。可它除了折磨人的神经，不会有太大的进展，也不会有什么结果。

终于有一天，我要收拾一下书房了，这个念头是瞬间产生的，当我被这个念头捕捉后，就像是一个尽职的清洁工，接到了上级进行城市卫生大扫除的通知，立即开始行动。书架原本是有空间的，组合式地从地板矗立至天花板的位置，书也还算读得仔细，极少出现破损。经过我的一番清理归位，它们很快就变得漂漂亮亮的，恢复了应有的形象。当一切整理完毕，我又发现似乎哪儿不妥，有碍眼的地方，一检查才知道是书架上的小摆设太多了。请柬、门票、银联卡、茶叶罐、获奖证书、各种小瓷器、栩栩如生的松鼠造型摆件，以及随手丢放摆在一起的名片——各种会议上的收获，竟有上千张，质地与色泽各异，都是近年来的社交成果。这意味着我至少接受了上千张面孔的检阅与注视：握手，寒暄，甚至拥抱，碰过杯，或者争论过某个问题。名片上印有姓名、地址和电话，只要任意拨打一个号码，都会得到一个见过面的人的回应，声音传递热情，或者冷漠生硬。但问题在于，是什么原因，让这些曾经滚烫的名片，生动的面孔，如今布满了厚厚的灰尘？那么，这些名片的主人——他们散落在四面八方，对我而言，这些人是存在呢，还是不存在？

我百思不解，钻进了自己构筑的迷宫，像一只可怜的蠕虫。

后来，我一股脑地将书架上的摆设都收进一个袋子里，包括各种证书、奖牌和证件。我把它放到地下室一个幽暗的角落里，顿时，它们像退休的将军，不再闪光了。然后，我上楼，重新坐到书房里，想喘一口气。此刻的书房，变得井然有序，空旷，阴凉，落寞。窗外是正在深入的秋天，从缝隙中投进一缕淡黄的光线，更是给房间背景增添了一些老照片的效果。重新坐在电脑前，突然，我被另一种恐惧心理攫住：如果地下室的那些证件被不慎当作垃圾卖掉，或者时间一久，它们因为遗忘或胡乱挪移而再难寻到，那么，在这座日新月异的城市中，我将以什么来证明自己的存在呢？人类发展到今天，在这个数字化与传媒文化高速运行的消费时代，人却越发虚拟，进而无法用自身来证明存在。自作聪明的人类，无论如何都不会想到，当科技与机器取代了人类的劳动，人竟然会被边缘化，处境日益尴尬，两手空空地站在一边。这究竟是一种文明，还是一种悲哀？

夜已经很深，箭头形状的火车穿过隧道，天空镶嵌着一弯颤抖的蓝。而这时，我的脑海里幻化出一个极易成为现实的画面：在各种需要出示证件的窗口，我紧张万分，额头冒汗，说话结结巴巴。

我！我打着手势，比比画画，搜遍身上所有的口袋，却无法证明自己究竟是谁。

从前的味道

　　记得六岁那年中秋节，第一次吃月饼。当时的月饼品种单一，大概是酥皮枣泥和五仁儿为主，五仁月饼配料有青红丝、花生仁儿，有的还有松子，咬到脆甜的冰糖，就会在嘴里多含一会儿，实在不忍心咽下去。那个中秋之夜，我们三个小孩每人分到两块月饼，我在月光下吃掉了一块，另一块则放在枕边，让它尽情散发美妙的香味，调动起全身的激动。一想到第二天一早醒来，还会有一块月饼等着自己，就觉得这一天有一件最美的事情要发生了，你拿着一块月饼闻了又闻，摸了又摸，口里涌出了涎水却仍是用顽强的意志忍着不吃，直到你把一个圆圆的月饼放在口袋里玩出了包浆。

　　当时，我觉得月饼是世界上最好吃的东西，它的味道不同于其他糕点，而且很顶事儿，一块月饼吃下来，肚子竟然饱饱的了，似乎是胃在强调，不需要其他食物与它搭配了。

那时候，我们家还在鲁西南的乡下果园，月饼是县城工作的父亲带来的——他骑着一辆自行车专程来乡下过中秋节。除了月饼，父亲还带来了几瓶啤酒，那是我第一次知道世上还有啤酒。它们在酒杯里冒着气泡，父亲让我们品尝，我见大哥面无表情地端起酒杯一饮而尽，以为很好喝，轮到自己却遭遇到舌尖难堪的拒绝。我咧着嘴，确认喝到嘴里的液体叫作马尿，就铆足了劲儿喷了出来，弄得满地都是泡沫，惹得一家人哈哈大笑。我很恼火。幸亏有月饼，是它及时纠正了我对中秋节的印象，记住了一家人围坐桌前、幸福地团圆的画面。何况，中秋时节是四季里呼吸最舒畅的时段，这个季节的突出特征是泉水幽深，树林稀疏，天空高远，白云悠悠，大地裸露出美丽的荒凉，眼前的一切都在变好。

多年过后，我还经常回忆童年，一下笔就是童年的果园、河流、飞鸟和七星瓢虫。果园离村子较远，很少看到人，满眼都是树，果园外是清澈的河水，河岸上是高大的树木。夏天的时候，到处是积水洼，瑟瑟作响的青纱帐。冬天平原上的雪一望无际，身边是冻得瑟瑟发抖的小动物。每到大年夜，望着远处的村子上空烟花缭绕，听着隐约的欢笑声，内心便觉孤独袭来。夜里，蜷缩在被子里，想象白胡子圣诞老人站在窗外或爬上高高的烟囱，卖火柴的小女孩划亮了手中的火焰，一瞬间整个世界天光大亮，照耀了平凡而微茫的幸福。这些感觉，后来都被我还原在小说和散文中。我甚至幼稚地认为，那些纯朴的事物一旦被记录，就会永远地存在。

去年春节，回到阔别多年的故乡，村庄已经变成种植蔬菜大棚的试验区，一望无际的青纱帐变成了白色的塑料棚，在风中呜呜作响，庞然大物状。童年伙伴几乎全到南方的城里打工，有一个玩得特别好的伙伴因为身体残疾留守在村子里，但我们已经没有共同语言。回来的路上我感觉怅然：从此我没有故乡了，故乡被时间玩得没了味道。这些变化是时代性的，一般人不觉得有什么失落，但作为一个写作者就是疼痛的，内心有撕裂感。我希望看到生命的根、那些最早见证自己成长的事物，无论过去多少年，都能找到童年的树林和池塘，找到童年中秋节夜空的一轮晃眼明月。

到了今天，中秋节自然是一年年地过，月饼的品种和花样也多得数不过来，什么冰皮月饼、莲蓉月饼、哈根达斯月饼……但刁蛮的味蕾无论如何也找不到当年老月饼的味道了。终于，月饼沦落成一个象征符号，专门到中秋节这天在餐桌上亮亮相，走走过场，有的甚至难以下咽，坚硬得像石头，可以用来防身，在危急时刻投掷出去。一旦中秋节这天过去，超市里的打折月饼就堆成了小山，无人问津。我看了便心生痛惜，觉得月饼加工行业像一台旧电脑，需要升级或淘汰。

有一年，听说古城青州有家老月饼店，配方和做法是七十年代的手艺，于是乎开上车兴冲冲地去买了品尝，但仍然吃不出从前的意思。怅然之余终于有悟：不是月饼变了，是人的感觉变了。小时候，你一年吃不上几次肉，所以每次吃肉的时候，都努力把味道停留在脑海中，久久不能忘却；而现在，你每天想着的是如何少吃肉来保持健康的身体，努力忘掉那些味道，偶尔碰到这些食物，你已经吃不出以前的味道了。其实，你并不是在吃味道，只是在吃回忆。回忆那些逝去的时光，包括以往的背景、人物和空气。夸张点说，人类的怀旧情绪，多半是一场围绕舌尖展开的战争。人要找的味道，就是生命原汁原味的味道，它们早已乘坐一辆马车走远了，不再回头。

在过去，人们多么讨厌见站就停的慢火车，现在有了高铁，我们却把镇上小站的绿皮火车视为宝物，排队买上一张票体验慢生活，听一首老歌，眼里还流出了泪水。于是我就感叹：人哪，真是难伺候的物种！

岁月在递增，人的口感在变，味觉在变，人的审美与情感也在变。段子云：当你有心事需要倾诉，却再也找不到一只聆听的耳朵；你想找一块老月饼的味道，最终找到了一袋化学调味料；你在微信上晒快乐给别人，却把悲伤留给了自己。

还 乡

忧郁的诗人在冰雪消融的声音里踏上了还乡的路，他的手里没有雨具，眉毛上沾满晶莹的霜花。虽然时令已经是早春，最后一场雪却在北方很情绪化地降落。他后来发现：路两边的树木已不存在，连树墩上的年轮也与他的过去无关；小时候住过的旧房子那画满了歪斜的字迹的残壁，早已在某个风雨交加的夜晚倒塌，土炕的气味蒸发殆尽。他的过去，被时光的锋刃严重切割与毁坏。

更有趣的是，一些豁了嘴的老人朝他投来陌生和质疑的目光。他忽然意识到：一切都起了变化，那个瘦小的儿童没有了，他已永远消失在村庄凛冽的风口，消失在池塘和磨坊月光映照下缭绕的薄雾里。

孩子们手拿一根返青的竹条，在他的衣服上留下一道道划痕。他轻轻地笑了笑，把棕色巧克力塞到他们玩泥巴的小手里。

他们不知道，多年以前，眼前的这个人曾经是他们父辈当中的一员，年龄和他们现在相近。只不过后来我离开了村庄，入了远方城里的学堂。然后他盲目地长大，游走成了生活的主要内容，在很长一个时期，他找不到坐标，找不到意义，现实一度让他成为一个无可奈何的功利主义者。奇怪的是，他走得越遥远，对自然与朴素的怀念就越强烈。

　　许多童年伙伴却在村庄里留了下来，守着黑乎乎的屋门，和一垛垛清香的干草，马的汗味，狗的叫声。他们的梦想不多：春天翻修一下漏雨的屋顶，积攒一些钱过一个好年，把儿女催交的学费凑足。他们让土地长出茂盛的庄稼，同时生命中一个个美好的日子也被土地拴住。由于没有太多的梦想，这样的生活说不上好。但他们认了，也就说不上有多么糟。他们的想法都比较简单，甚至不清楚自己的处境，不清楚那些城里的人为什么一边吃着他们种出的粮食，一边投来轻蔑的、自以为是的目光。难道他们欠了那些人什么吗？不，恰恰相反，是那些人欠了他们的——欠了土地的恩赐和营养。一株麦子的生长过程绝不亚于一台机器的生产加工过程，但它被某类人大口吞食之后习惯性地忘记。

　　农夫在春天开始劳作。这劳作不是短暂的生活体验，而是将全部身心都交付给土地，眼前永远是绵延起伏的黄褐色，没有尽头和出口。在最炎热的骄阳下，哲学家和诗人都在有空调的房间里午休，而一头牛的叫声就会把农夫从瞌睡中唤醒，起身到田间除草，或者捕捉禾苗上的蚜虫。在那一刻，他们有权利对一个趾高气扬的还乡者不予理睬，而自顾自地照管好一垄春麦，一辆木车和一沟渠水。

诗人之所以千里迢迢还乡，乃是出于精神的严重缺损。城市的声音多么热闹，似乎每天都在发放诱惑的彩票，大街上人流穿梭，充满了欲望。在那里，他其实早已成为机器上的一颗螺钉。由于有限的资源与强烈的供需愿望产生了不可调和的矛盾，人陷入了无休止的争斗与倾轧，生命的水分被紧张忙碌的生活榨干。攀比的风气愈演愈烈，嫉妒与焦虑让精神世界得不到应有的休息。多年前，托尔斯泰曾提出一个关于"改造"的理论，但时间自己会说话。它证明人类可以改造一片海洋，一座城市，一幢建筑物，但唯独生命有其永远不可被改造的特质。

一些人走了，一些人来了，他们在城市规范的模具里大同小异。

这时候，还乡者便想起要到童年的乡间寻找自我。为什么春天的一株树和一根草会散发令人陶醉的魅力？为什么粗糙的食物会让人在唇边感受到甜蜜的回忆？为什么仰躺在一堆麦垛上会情不自禁地泪流满面？这其实是对物质主义的抵触情绪。但当他从泥土里汲取了故乡情感的汁液后，又只能选择回到喧嚣与不安的生活中去。他似乎满足了。乡村作为一个通往天堂果园的虚拟驿站，又一次被滚滚而来的春天证实。

通往幸福的花园

　　我想，出生于 20 世纪 60 年代的这一茬写作者，谁都无法否认俄罗斯文学带来的巨大影响。至今仍清晰记得，1977 年初夏，暑假之前，当时我只有十三四岁，正在故乡鲁西平原的县城里读中学。一天，上晚自习时，老师因为家里有事没有到课堂来，我作为班里的学习委员，临时担负起课堂纪律的管理重任。课堂有些乱，有人交头接耳，有人在看课外书。当时，看课外书按规定要被"没收"，所谓"没收"，其实是在课后便会归还。那天晚上，我从一个叫贾林的同学手里，"没收"了一本厚厚的、破损的、已经没了封皮的书，打开一看，是一部诗歌集，但从中跳出的一些"颓废而危险"的句子，使我震惊得目瞪口呆：

　　　啊，不，我没有活得厌烦，

我爱生活，我要活下去；

这心灵还没有完全冷却，

尽管我的青春已经虚掷，

它还能对新奇的事物，

保持感受的欢欣，

还能喜于幻想的美梦

和对一切的……感情。

再往后翻，更让我脸红心跳，那是诗人抒发爱情的、更为"危险"热烈的大胆剖白：昨天晚上，她竟如此奇妙／从铺台布的桌子下面／向我伸过来小小的脚……

我当即私心大发，没有在自习课结束后把书归还给贾林同学，而是找了个"黄书不再归还"的借口，把它带回家，中饱私囊。事后知道，这部书的作者，正是伟大的"俄罗斯文学之父"普希金。这部抒情诗集，出版于遥远的四十年代，繁体印刷，译者为查良铮先生，即诗人穆旦。

阅读普希金，是在一个前所未有的夜晚，那是改变我一生心灵品质的至关重要的夜晚。夜半，窗外下起了雨，伴随着一阵轰隆隆的雷声，密集的雨点打击着窗外的木槿花，我的耳畔始终回响着嗒嗒的马蹄声，而我的大脑，完全忽略了现实的存在，思维长了翅膀，翩翩飞向了苍茫忧伤的俄罗斯大地，飞向了诗人普希金笔下的皇村中学，高大的橡树，稠密的灌木丛，以及他日夜歌唱的夜莺、溪水和花园。

"诗歌，居然可以抒发个人情感的隐秘！"他让我知道，在当时正在经历文化解冻期的中国，一个人发自内心的声音，和空洞的口号与概念化的说教本质上的区别。我第一次蠢蠢欲动，开始尝试诗歌创作。尽管，直到今天，我也没有成为一个诗人，但我要永远感谢普希金，是他瓦解了我当时尚处于懵懂时期、墙头草模样的单薄心灵，让我换一种眼光重新打量一个立体的世界。

一晃二十几年过去，那部没了封皮的普希金诗集被我珍藏至今，成了我几千册藏书中的"压卷"之宝。没事的时候，我会翻动它，在手指与纸页接触的刹那，即刻沉入甜蜜的回忆。仿佛美好的往昔，青春的炉火，又回到了我的身边。

另一位带给我重要影响的人物，也是一位俄罗斯作家，他是那位因为写出了《阿尔谢尼耶夫的一生》《米佳的爱情》《安东诺夫卡苹果》等一批散发着浓烈松香气息的文字，而成为俄罗斯第一个诺贝尔文学奖获得者的蒲宁。我曾将蒲宁的《故园》一书赠给初恋女友，那是一段往事的见证，后来被其遗失，每每想起，都觉得遗憾。

前几年的一天，我无意中从旧书网上发现了遗失多年的老版本《故园》，惊喜之余，按照网上提供的资料，立即打电话给远在昆明的店主。可店主说这本书在前一天刚刚被人预订了，他们已经接了订单。我一听沮丧极了，告诉那位店主我愿多付一倍的钱。他当时就愉快地答应了，说马上寄出。约十天后，我果真收到了久违的《故园》，对我来说，它就像是一位失踪多年的亲人，在时隔二十年后，又相貌不改地回来了。而我，却已经人到中年，它大概认不出我了。

如今看来，经历了各种流派和思潮洗礼的中国文坛，在刮过了加西亚·马尔克斯的魔幻现实主义，博尔赫斯和卡夫卡的"迷宫"风潮之后，迎来了卡尔维诺，迎来了雷蒙德·卡佛以及弗·奥康纳……蒲宁的作品，已显得有些落寞寡欢，表现手法也比较传统单调，取材选景也不那么开阔，就像他的生前，囿于破落贵族的身份和长期的流亡生涯。他骨子里始终流淌着一股对命运的感伤情绪，散发着对短暂人生悲叹无奈的恍惚气息，他是一个彻底的悲观主义者，独自一人在茫茫大地上踽踽而行。但他的内心，又是如此的敏感和温润，他对自然的感受力使他成为伟大的天才。他最早让我知道一个事实：单单一个精彩的故事不能构成一篇精彩的小说。

多年的阅读经验已让我变成一个十足的"杂食动物"，但无论作为一个写作者，还是作为一个普通读者，谁会忘记自己成长的来路呢？谁会忘记那座收藏着自己最初的幸福火焰与战栗秘密的花园？

一幢忧伤的屋舍

下午的时间是完全属于自己的，一个人待在书房里，一缕昏黄的光线自窗外投射进来，三两只灰蛾在屋檐上飞翔。这一刻，思维像活跃的小兽一样奔跑：往事的潮水，记忆的片段，艺术与现实的河流互相撞击辉映，波光粼粼。世界在每个人面前都是一面镜子，从这面镜子里反观自己，从最初的跃动不停的光点里，你终于可以看到一个安静的背影。

我时常想，安静这个词语究竟意味着什么。它多像一只成熟的苹果脱离秋天的枝头，被智慧的手置于美丽的果盘，像古朴的陶器闪耀着最纯粹的光泽。我的藏书数量远远超过我存在的日子——人在世上的日月才有多久？我已经记不清自何时起开始购置图书，至少它始于一个十分贫穷的年代。十一岁或者十二岁，买书的费用来自母亲给予的一点零花钱。后来我离开家乡的小城，到遥远的异地当兵，开始有了微薄的津贴：每月七元钱。除了购买生活必需品的两元钱，其余全部用来买书。内容芜杂的书，带有那个年代的特色与气味，如今，那时购置的书已多数被我淘汰。准确点说，是被审美与时间淘汰，被日益准确的判断淘汰，也被我的挑食与偏食淘汰。

最难忘的一次购书经历：从军营到市区，我步行十余里，在书店的一个角落里发现了一本蒲宁的《故园》，淡绿色的封面上是一个大眼睛俄国女孩，当时我并不了解蒲宁，买他的书仅仅是因为封面上这个美丽的女孩。在回去的路上，一场暴雨突如其来，我只好躲在田野上一株高大的白杨树下，大雨一直到天黑才停下来，幸好后来我遇到了好心人，有伞可遮。不久之后，我回故乡探亲，此后拥有了平生第一位女友，她也是一位文学爱好者，我把购买《故园》的经历讲述给她听，她抚摸着《故园》羞怯不语。见她对《故园》爱不释手，我就把这本书作为礼物送给她了。此后我们书信往来，差不多每周一封，很快集成了厚厚的一札。如今，我时常回忆当时的情景：军营，野地，篝火，乡村农场，夏天训练的水库，一个少年开始写作诗歌，开始了他对爱情的无知而甜蜜的憧憬。遗憾的是，这个故事没有完美的结尾。在复转后不久，我们便分手了。失恋是我人生苦难部分的第一课，是命运的猎手在森林中早就设下的埋伏，那些天我像个绝望的囚徒，在小城中央的河边来回走动，思考着是否要把自己的身体投入水中。好在我最终战胜了自己，但做了一件十分愚蠢的事：把满满一纸箱所谓的情书拿到河岸上烧掉了，看着那些曾反复默读的文字化作灰烬，我的心恢复了平静。我用这种形式与自己的初恋告别。那是她花了三年的时间写给我的，纸上留有她身上的气息，每一个字都用心用力。有一封甚至是被泪水洇湿过，字迹已经模糊不清。

许多年过后，因为一个偶然的机会，早已在我的生活里失踪多年的她，竟然与我不期而遇，这真是一个命运的奇迹。令我惊讶的是，她仍然美丽如初，甚至是楚楚动人，气质里平添了少妇的风韵。《故园》自从被她遗失，只能停留在我们的记忆里，每一次见面，我们都会不由自主地提及，因为它见证着我们悲伤的过去与无奈的未来。

在蒲宁的笔下，它是一条还乡的道路；在我的心目中，它是一幢居住着忧伤的屋舍。

初春的树林

　　初春的林中是那么清新，静得可以听到动物们的呼吸，空气中弥漫着湖水和地气的清香，漫漫岁月在这里凝固和静止，化作一层厚厚的腐质。沿岸行走，脚下始终是绵软的落叶。搭眼望去，身边也是一堆一堆篝火似的落叶，只需一根火柴就能点燃，像火山爆发一样制造一片草木灰。令人称奇的是，这里的树木一律矮壮，像一根根大红萝卜般突兀地扎在水中，不过它们粗得让人两手都搂不过来，树冠蒲扇般低垂，连树根都暴露在外。树洞巨大，不敢探试，我怕里面居住着一个某种鸟类的家族。有许多大树常年无土附着，被大风连根拔起，侧卧在水中，形成了难得一见的风景。不知怎的，眼前的情景让我想起了托尔斯泰故居的古老庄园，密林深处，树木参天，有老人芳草萋萋的坟墓，那坟墓上什么都没有，"一个小小的长方形土丘，上面开满鲜花，它没有十字架，没有墓碑，没有墓志铭，更没有逝者的名字","远离尘嚣，孤零零地躺在林荫里"。这座土丘里安睡着那位举世无双的老人，它被1928年前来旅行的茨威格赞为"世间最美的坟墓"。

另外，是它古庙式的幽静，蜘蛛网在树与树之间网住了几滴透明水珠，原始的树林却纹丝不动，连水面都像被冻结了一般。我蹑住手脚绕开了几幢木头屋舍，我不知道屋里是否有人居住。周围没有一个人影，以至于让我怀疑眼前的一切是昨夜梦境的延续。然而，令人震惊的是，斑驳的落木与水洼之上，有一只白色野鹤孑然地伫立。它孤立无援，没有同伴，一双美目投向能看到的地方。我真不知道它已经以这种姿势存在了多久，我无力进行准确的预测。

思维在瞬间跳跃得很快，我想起年幼的海明威，在密执安北部与当医生的父亲一道，目击了一个孕妇难产事件：孕妇的丈夫竟然在妻子终于产下一个男婴后自杀身亡。面对女人生产的痛楚与挣扎，他实在承受不住，因对妻子的爱而无法做到局外人的逍遥，他在医生忙碌的过程中割断了自己的喉管。美丽残忍的密执安湖，从此在海明威的思维里定格，像腥红的紫血一样流淌，最终导致他在若干年后朝自己的脑袋扣动了猎枪的扳机。

两个人如坦荡的海洋与巨大的风暴，是内敛与张扬的典型例证。一个安详隐忍，一个痛楚暴烈。

首先，我无法分辨这两位伟人存在联系的可能性，托尔斯泰与海明威属于两种迥然不同的人格，处于两个完全不同的历史背景，竟然在此刻被我的意念同时托出水面。如果说他们之间存在一丝神秘的勾连，那就是——一个人的生命如树的伟岸，另一个若水的激越；一个理想嫁接在高高的云端，另一个着眼于现实的陆地；一个是港湾，另一个是船只。总之，一个博大浩瀚，另一个尖锐犀利，他们是一片树林和一片湖水的完美组合。

面对着眼前的一片树林和一片湖水，我很想袒露内心一个存在已久的隐秘愿望：找一个地理隐蔽的角落，守着一间屋子和一只壁炉，在树林中读书写作，过最简单的生活，把时间留住，让风来阅读一个人的心灵史。

迷人的蜘蛛

大约十多年前吧，无论是出差到外地，还是在懒散的星期天逛本市的书店，我都会在浩瀚的书架上寻找一本书：《夏洛的网》。电子版我是读过的，在"榕树下"网站，我记得是作家陈村先生贴到论坛上去的，时间是 2001 年。我当时草草地读了一遍，因为网络的阅读效果与纸版差异很大，故而印象并不太深，有点淡然。后来不知什么原因，我又读了一遍，仍然是电子版，那一次却受到了极大的震撼。

作为小说，八万来字不长也不短，但这个篇幅是我在网上阅读的唯一长度，它吸引了我。读了整整一个夜晚，眼睛有些胀疼，但内心获得了很多的喜悦和感动，我打了个电子邮包，同时寄送给了几个外地的朋友，和他们分享 E.B. 怀特在 1952 年带给人类的这份精神早餐。几十年过去了，它真的会有这样的魅力吗？以至于要我苦苦寻购它的纸质版本以纳入珍贵的收

蜘蛛　周亚欧／绘

藏。庆幸的是，我的奔波没有白费，"五一"期间，在一家小书店里，我无意中发现了这本书，朴素的淡黄色封面上一个女孩怀里抱着一头小猪，只是译者与电子版非同一人。我当即买下了它。晚上，我翻开了纸版的《夏洛的网》。这是我第三次阅读同一本薄薄的小书了，这种情况实为罕见。

其实，这本书并不是严格意义上的小说，粗心的人甚至会把它归类为纯粹的童话。它讲述的是一头小猪和一只蜘蛛的故事（小猪叫威尔伯，蜘蛛叫夏洛），准确点说，是蜘蛛帮助小猪摆脱被宰杀的命运的过程。大家知道，一头猪无论长得多么可爱，它的最终命运也是要成为人类的盘中美餐，它的价值也就在人类的舌头上得以实现。它长大了，灾难也就随之而来了，但威尔伯逃过了一劫又一劫，一只名叫夏洛的蜘蛛无私地帮助了它。当威尔伯就要被杀的时候，是夏洛—— 一个女孩的化身，用她超群的智慧，在网上编织出一行行神奇的文字，利用人类的迷信和愚昧，拯救了憨厚的威尔伯。从此，人们把威尔伯当神一样供奉起来，让它自然死去。威尔伯躲过了人类的屠刀，可真不简单。世界上的猪，没有谁有它那么幸运和光荣的。

而蜘蛛夏洛，在完成了自己的一系列使命后，悄悄地离开了这个有些残酷的世界。在她死后不久，沉浸在悲痛中的威尔伯发现夏洛还给它留下了一只卵袋，不久后孵出了一只小蜘蛛来陪伴它。书中描述，"它的样子看上去和夏洛一模一样""威尔伯一看到它，顿时浑身发抖"。威尔伯的反应，没有爱情的成分，没有生理的成分。整本书，不见爱情的踪影。

这就是小说的大致线索，初读像一个貌似唯美的幻觉。但它静悄悄地打动了我，也许是因为阅读了太多当代以"审丑"为基调的文字吧。我很想在黑暗中找到一丝人性的光亮，哪怕是沾染了怀旧的情绪，只要它温暖干净。而且我知道这样的故事在时尚和喧嚣的当下，没有立足之地，因为这是个友情的故事，为友情做出重大牺牲的故事。也许在那时，怀特就看穿了爱情的底牌，因而选择友情作为唯一一列可以通往天堂的火车。

　　小说的故事背景是一个芳香浓郁的农场，时间跨度是一年中的四个季节。农场有蓝天白云、葱茏草木、凉爽空气，这和作家的生活环境有很大关系，如果你翻开怀特一生定居农场的经历，就会明白他笔下的文字为何这般灵性十足。

忧伤的回廊，遥远的风车

剧　院

　　小城的剧院是静止不动的。说它是剧院，其实并没有歌舞团表演，也没有音乐会。文化局下属的不足三十人的京剧团一年只有两三场演出任务，平时人们感觉不到它的存在。这样一来，剧院最大的功能便是放电影和开全县干部大会。

　　我父亲是县委机关的干部，开会成了他一生最重要的活动之一。他在退休后整理即将告别的办公室，把满满一纸箱会议笔记本倾倒在地板上，说没有用了。然后，吩咐我和哥哥拿到院子里点燃它们。火舌很快吞噬了那些五颜六色的笔记本，塑料封皮散发出一股难闻的焦油味。我当时已经爱上了文学，知道每一页会议记录的背后都隐藏着一场隆重的集会，主席台上有个神情严肃的人在侃侃而谈。我觉得密密麻麻的文字之间凝结着父亲一生的虔诚与荣耀，便于心不忍地偷偷藏下一本，夜间的翻阅却令我大失所望，上面记满了三夏大忙季节防治棉铃虫的方法和措施。

少年的我时常混迹于开会的人群中，目的是为了观赏会议结束后加映的电影：《闪闪的红星》《海岸风雷》《卖花姑娘》《看不见的战线》《瓦尔特保卫萨拉热窝》《流浪者》……

至今难忘的是一次"公判大会"，煤建公司的一个工人杀死了他的情妇。尽管小城小得只有一条肮脏的街道，但我们平时谁也没有注意过这个人的存在，一场凶杀案突然让他成了全城注目的焦点，被人们在茶余饭后议论纷纷。沉重的镣铐叮当作响，他在宽敞的舞台中央端坐，已经被剃光了头，但鼻翼下的一撮小胡子仍被完好保留。他的身体健壮如牛，表情木然地面对一排手雷似的麦克风。奇怪的是他的声调显得很镇定，娓娓诉说杀人经过和理由，剧院上方的一个大喇叭把他在人世间最后的声音清楚地传向远方。陈述完毕，他被五花大绑地拉到郊外品尝子弹。多年后我读到昌耀写死刑犯的诗句，大意是两个死刑犯在执行枪决前互相嘀咕耳语，最后因为话不投机而争执起来。昌耀感到惊诧莫名："两个死刑犯，他们之间的争执还有什么意义？"

事实上，我活到现在才幡然顿悟，对于意义的寻找可笑且不足取，争执也因为时间的流逝暴露出愚蠢的河床。那时候，伙伴间的争执每天都在爆发，像传染了恐怖的瘟疫。电影散场，我们沿着剧院一侧的小路回家，模仿某位伟人的口吻争论不休，面红耳赤，恼羞成怒。我们常说的一句话是："喂！让开，让开，让列宁同志先走！"而更多的时候，我们坐在树荫下畅谈《流浪者》的男主角拉兹，他引发我们由衷的羡慕之情，因为其虽然是个人人唾骂的小偷，却获得了气质高雅的丽达宽容的爱情。

"在我们这里，没有谁会爱上一个小偷，女孩们个个俗气得要命。"

"……这个城里没有高贵的丽达。"

这是我们对现实作了一番分析后发出的共鸣和绝望结论。

多么滑稽可笑：三个十四五岁的少年时常把自己想象成主宰未来的人物，拤腰或背手，沿城郊的护城河堤相依漫步。一本惠特曼的《草叶集》被传阅得接近鸡毛掸子，吹上一口气就会羽毛纷飞。在大雪天出来朗诵《我歌唱带电的肉体》，崇拜影星，憎恨父母，学习抽烟，谈论女生，渴望早恋，渴望留长发，渴望喇叭裤，每人头上都有一顶傻傻的军帽……我们相约在中秋节的晚上，到荒野的一片坟地里过节，荒茔幢幢，阴气森森。第一次一起品尝啤酒，它让我们皮肤过敏，第二天出了一身湿疹。那天晚上，三个人都醉了，东倒西歪地爬到坟头上大声演讲，宣讲给埋在地下的死者："同志们，朋友们，你们多好哇，可以无忧无虑地享受大地的安宁……"

神秘的性毫无预兆地降临到身体内部，开始它魔鬼般的引诱和控制。于是我们很快在班里找到了各自的暗恋对象。阿林的暗恋情人是全年级的级花，她每天早晨都出现在学校的文艺宣传队里，宣传队唯一的特权是不必出早操，单单这一点就令人心生仰慕。那时起我就知道世界上的人是分类的，而我归属的类别在一个暗淡的角落，像木梁的上方飞翔着的不伦不类的蝙蝠。值得一提的是，多年之后，阿林与这个叫静的女生果真结成了秦晋之好，他们的爱情得到了实质性的开花结果，有一对已经读初中的龙凤双胞胎为证。这真是个罕见的奇迹，只有用"上天的刻意安排"这一著名的理论才能解释得通。另一个好友杉子就运气差些，他用棉棒棒练习书法，蘸着墨汁认真书写的斗方字画已经无数次被暗恋的人婉言退还。尤感可气的是，那个女生的长相之丑全校闻名。公认的丑女却有着和美女同等的清高，对公认的才子的爱意弃之如敝屣。急得杉子抓耳挠腮："究竟为什么呢？难道我连她也配不上吗？"这令我们疑惑至今，成为一桩悬案在时光的枝头高高飘扬。

我算不上一个优等的学生。对我而言，坐在教室里接受刻板的教育是不得不承受的折磨与耗损。每天，和所有的同学一样，我装模作样地背起书包，坐到冰凉的座位上听老师絮絮叨叨，下意识地做着笔记，思绪却不可遏制地飞向远方，穿越高山荒漠、丛林莽莽，有幻想的片段，有电影里的场景，唯独没有课本里的内容。我的作业马马虎虎，时常把别人做好的数学题拿过来摹写一遍；考试更是穷于应付，靠打小抄蒙混过关。

在整个中学时代，我是全校最恍惚的学生之一，宝贵的青春期犹如一截半死不活的木桩，在昏昏然的走神状态下寂寞自燃。

　　炎炎夏季，盼望已久的暑假终于到来，我渴望天空下一场暴风雨的心顿时像一匹脱缰野马，但我在家中仅仅待了三天就已按捺不住，父亲的找茬与训斥令我如临深渊，战战兢兢。多年来，他把我视为眼中钉肉中刺，对我的挑剔与苛刻简直无以复加！每一次冲突的起因都小得不值一提，"欲加之罪，何患无辞"。比如扫地用力猛了些，地板上起了灰尘，都会成为他挥手打我耳光的理由。那一刻，一个粗暴的父亲和一个戴近视眼镜文质彬彬的机关干部，这两种身份让他的形象变得错位而立体，处于弱势的我只有忍受，忍受……忍受终于铸就了我内向性格隆重落成的典礼。事后，唯一的排解就是到剧院看一场电影，安慰自己内心的苦痛。我陷入黑暗的心境需要电影银幕的照亮和清洗，剧情会覆盖心头的不愉快，它比敷在伤口的药物还要灵。如今，你完全有理由做出这样的假设：如果世界上没有电影这门供人娱乐的艺术，我极有可能选择自杀。

　　凝视着晃动的银幕，我忘记一切，默默流泪，貌似是因为剧情的催眠与沉浸，其实根源是现实浩瀚的悲伤。

　　但有一次，在剧院忽明忽暗的背景里，我遭遇了平生唯一一次无法确认的"性骚扰"，事情的经过被我写进了一篇叫作《乌鸦》的短篇小说中。

那晚的电影是《两个小八路》，是一个抗日的故事。这部影片已经连续放映了五天，故而剧院里观众稀少，长长的一排椅子上只有一两个人。这样的情况是无须凭票对号入座的，我随便找到一张靠前的空椅子坐下，电影先是放了两个加演片《新闻简报》，正片即将开始的间隙，我的身边突然多了一个丰满健壮的成年女人，她穿着一件软软的月白丝绵短衫，鼓鼓的胸脯似乎在告诉人们她是个已婚的生过孩子的少妇。我还记得她的面部皮肤比较黑，留着齐耳的革命式短发，眼睛格外大，闪闪发亮。如果把"黑牡丹"这个绰号赐予她，一定十分恰当，我心里这么想着，果然就暗暗赐给她了。整个长椅上只有我们二人，而她像暧昧的夏天偎依过来，很自然又很老练地与我搭讪，她说话像对一个熟悉的人一样，声音很轻："哎，还没开始吗？"她指的是电影《两个小八路》。我也很自然地回答："马上。"然后便不再看她，身体拘谨地贴紧椅子。但她的心思压根不在电影上，而是没完没了地与我攀谈。她极其坦率地介绍了自己的工作——在饮食公司下属的国营大众饭店做服务员，她的家就住在县供销社。她问我放假了没，我说，嗯，放了……从始至终，我的话少到极点，而且全用气声作答，瓮声瓮气，意识已经被她身上释放的一种气体弄得一团模糊，好像被施了魔幻术。黑牡丹往我的裤兜里塞了一样东西，我用一只手悄悄地伸进口袋摸了一下，感觉是几块硬硬的水果糖。她又把我的手抓过去，放在自己的手中抚摸和揉搓，另一只手插入我长长的头发里。我紧张起来，呼吸变得急促，额头湿淋淋的，我不知道该如何应对黑牡丹如此猖狂的进攻和长驱直入，心里想着尽快离开剧院，身体却沉重得不能动弹。

后来，她伏在我耳边嘀咕了一句："你呀，真是个小孩子……我们出去吧。"我茫然地点头，被她肉乎乎的身体麻利地拥入怀中，跌跌撞撞地离开了剧院。

她把我带到剧院外的一小片广场上，路面上闪动着片片水洼，气息里有了一股清爽的味道，原来天空刚刚下过一场小雨。夏夜的一阵凉风把我吹得清醒了许多，我意识到眼前即将发生一件可怕的事情，这种事情我从来没有遇到过。

黑牡丹说："到我家去……"她的语气始终平静而温和，分寸把握得当，有点自言自语的味道，明显地并不需要我做出任何响应。哦，这个在低音区里徘徊的声音就像是一个梦境，丝丝缕缕地萦绕在我的耳畔，整整一个晚上了。她似乎胜券在握。

我未置可否，没有做出摇头或者点头的表示，大概是一副失魂无助的样子吧，完全成了被动空茫的低幼动物。我呆立在原地不动，看着她到看车处取了自行车，她还蹲下身整理了一会儿车子的链条。然后她骑车，让我坐在车后。她的力气可真大，把自行车踩得像风火轮。路上，她仍在口吻平静地说话，我根本没听她究竟说了什么，心里在盘算着如何脱身。

当自行车攀上一个高高的坡度之后，开始沿着惯性向下滑行，我知道前面就是我父亲所在的机关大院。就这样，在她的车子抵达大院门口时，我飞快地从车上跳了下来，像一只逃跑的兔子那样，一溜风地从侧门钻进了大院之内。

露 霞

黑牡丹带给我的刺激并未就此结束，接连几天我都在惶惑不安中度过，晚上需要掰着指头数数儿才能潦草地入睡。回到家后我把屋门关严，将衣兜里的水果糖一一掏出，摆在桌子上分析。一共十二颗，糖纸很美丽，五颜六色，外表和商店里的糖没有任何区别。忽然，我想起在剧院的黑暗中还吃掉了一颗，是黑牡丹剥好后硬塞入我嘴里的，它让我忐忑了好几天，脑海里反复萦绕着一段毛主席语录，我害怕自己中了"阶级敌人的糖衣炮弹"，而从此不再是原来的自己。

几天之后，见什么事也没有发生，我的心稍稳了些，便约了阿林和杉子来我的零乱狭小的居室，我被内心巨大的秘密折腾得奄奄一息，见到他们二人后语无伦次，结结巴巴地讲述了那一晚的遭遇。谁知他们听了并没有做出我想象中的惊讶反应，只是可怜和同情我的胆小如鼠，我遭到了一番奚落。他们还抢吃了桌子上的糖块，吃完了糖，他们开始对黑牡丹这个县城中的异类女人感兴趣，要求我带路到街头进行指认。我说："算了，不想见她了。""不行，要去，要去。"他们施计说如果我再拒绝，就是我在撒谎，这件事纯属子虚乌有的编造。在那个年代，人品被怀疑形同被判死刑，为证明清白，我只好蔫蔫地闷头带他们二人来到街上。

前面曾经说过，20世纪70年代的县城只有一条街道，每天早晨，所有的人都骑自行车上班，而黄昏时分又在同一个时段下班，想在人群中辨认出某一个人并不困难，因为无论如何这个人都必须经过这条街道，所以当她出现的时候我马上就认出了她。

在黄昏的人流里，她仍是骑着那辆八成新的飞鸽牌自行车，齐耳的短发被风吹得飘起来，细长的眼睛迷茫地投向前方，她的身上始终散发着一种心平气和的淡然。与那晚不同的是，新换上了一件蓝色的背心，紧绷绷地裹在身上，勾勒出了丰满的胸部特征。不知怎的，我的心突然跳得厉害，脸上开始发烧，手也不停地颤抖。我很害怕她会认出我，然后从自行车上跳下来，那样我将不知如何应对。但事后证明这想法是多余和可笑的，原来她具备超凡的遗忘本领，早已把那晚的事情抹杀得不留痕迹，因为后来我们还曾经有过几次狭路相遇的情形，她都在朝我轻扫一眼后侧身而过，抛给我一个神的背影式的谜语。

我们三个站在路旁，以一棵高大的法桐树作掩护，他们二人一直在询问："来了吗？来了吗？""哪一个？别错过了。"终于，我朝她的背影指了一下，就低下了头。

他们动作迅速地朝黑牡丹追了上去，蹦跳的影子像两个诈尸的小鬼。过了一会儿，两个饱了眼福的人嘻嘻哈哈地回来了，面对脸红的我评价黑牡丹：

真的很漂亮。

一路上，他们不停地说："呵呵！她才是全城最标致的美人哩。说真的，比你的露霞漂亮多了！"

我的暗恋情人有个欧风十足的名字——露霞，来源于伊凡·蒲宁的小说，它成了我至今喜欢蒲宁作品的主要缘由。在我的书架上，五卷本《蒲宁文集》站在一个显眼的位置。

当然，这个名字是我私下里给她取的，她本人永远不会知道，至今也是秘密。我只能透露她的名字里有个"露"字，至于她现在在哪里，是否活着，都是未知的了。而且，关键的问题是，依照现在的心态，我已经丧失了对她的命运去向的探究兴趣。这让我怀疑衰老降临到我的身上，是不是已经到了某个程度。它始终在走，比人走得快。

俄罗斯和苏联文学带给我最早的艺术启蒙，与它们接触的机缘值得回忆：那一年冬天，我们全家从吉林那座冰窖般的北方城市迁到故乡的县城，父亲先是租赁了一位老同学位于县粮食局附近的三间平房。他的那位同学是一位中学语文教师，因为工作调动把家迁往乡下，不知是搬得匆忙还是有意遗弃，竟然丢下一个大大的纸箱在旧居里，里面全是五十年代出版的苏联小说，这无意中帮了我大忙。那是一些很优秀的小说，如《远离莫斯科的地方》《盖达尔文集》《山岗上的篝火》《小北斗村》《铁流》《毁灭》……甚至，我还几近抄袭地模仿《拖拉机站站长和总农艺师》（作者是迦林娜·尼古拉耶娃），利用自习课的时间"写"了一部中篇小说，标题为《去北京的列车》。而事实上，当时我并没有到过北京，北京是一个遥不可及的星空。在那部所谓的"小说"中，我把毛主席他老人家的居住地放在了天安门城楼，我认为他居住在那里乃是理所当然，可以从巍巍高处俯瞰全国的山山水水。

因为当时这些书的阅读都是在偷窥的心理状态下进行的，地点也尽量选择隐蔽。比如，在一个周日中午，我找到郊外的一个乡村场院，扒开一个玉米垛躲进去读盖达尔，读得入迷，直到天色完全黑透，连周围的风都沾染了神秘的寂静。我从玉米垛里钻出来，朝满天的繁星呼出一口气，伸了个懒腰。

渐渐地，阅读助长着我肤浅的清高与孤傲，我看世界的目光多了不屑，多了怀疑。阿林很及时地批评我："不要这样嘛，有什么了不起的？不就是比别人多看了几本破书？"为了这句话我们大吵了一架，差点动手和绝交。

其实他说得很对，除了几个空洞的词汇，我一无所有。我的灵魂被神奇的文字紧紧地攫住了：集体农庄，园艺师，康拜因，布拉吉，红军，白匪，哥萨克，伏特加，顿河，骏马，篝火，营地，丛林，冬妮娅，卓娅，以及露霞……

哦，我的露霞，她的身影在青草地上熠熠闪耀。

露霞是一个皮肤如雪的大眼睛女生，我至今还能够清晰地回忆起她咯咯的笑声，像一串清脆的铃声洒播在校园冬天的回廊。从始至终，我都是一个暗恋毒鸩的狂饮者，致使我即便不正视对方，也能够准确地从黑暗中分辨出她的一声轻咳。昼出夜伏的美化让露霞通体散发着神性的光焰，想象中的画面在空中静止：夏令营里歌声四起，在高高的幽静的密林，河水从远处传来阵阵喧哗，露霞抱着一捆木柴，点燃了山冈下的篝火……茂盛的青草，呜咽的风琴，弥漫的雾气，月光下的木桩，夜空中低旋的大鸟，以及露霞被风轻轻梳理的飘动的长发，都会在我的眼前随时浮现，或者随时熄灭。

　　过于内向的性格让我在万丈深渊的泥淖中苦苦挣扎，我从不向阿林和杉子袒露内心。而且，我对他们近乎公开的恋情极有看法。对我而言，这是一个巨大的秘密，说出即是背叛。相反，为了掩饰某种心虚，我在他们二人面前对露霞言辞轻蔑，粗口悬河，像一个玩世不恭的问题少年。我恶毒地咒骂着露霞的一举一动：体育课上的尖叫，遇到路面水洼时身体夸张腾跳的不雅姿势……但当他们二人随声附和时却又像有一把尖刀扎在心头，顿时血滴迸溅，伤口好几天才能愈合。而这种尴尬痛苦的折磨是我一手制造的，我像悲剧中的主角，对自己的性格分裂感到惊诧和无奈。这是为什么呢？为什么当最单纯的爱恋通过唇边的关隘，却化为一串粗鲁的语言和双目喷火的仇视？

　　当时的风气令人费解，男女生之间没有最基本的交流，既不说话，也从无合作。由于露霞是个身材娇小、瘦弱如猫的女孩，她坐在第三排靠左边的座位，与我的座位相隔整整五排，这让我有机会长时间地凝望和揣摩她静坐的背影，它写满了春天花瓣引诱蜜蜂的内容。瘦削的肩膀，像葱白一样洁净的脖颈，一根粗黑油亮的辫子，时而别一个发卡，时而系一只蝴蝶结。耳朵的轮廓多么分明，耳垂上有一粒暗红的黑痣。她侧身与后面的女生嘁嘁喳喳说笑，眼睛眨巴着，兴奋得两个瞳仁放射异光，当朝我投来下意识的一瞥，她会忍不住吃惊地一怔。此刻的我，早已将满眼的饥渴与爱恋在瞬间化为佯装的愠怒，我怒目而视，火力喷薄，一边心疼地望着她像一只受惊的猎物，从我视野的枪口下仓皇逃窜。

显然，一个没有任何瓜葛的人毫无来由的"敌视"态度令她迷惑不解，进而感到不安。有那么几次，她甚至企图用极度温和的眼神与我进行无声的"和解"，但我的无知让她的努力一次次地失败了，败得很惨。

我看到她慌乱地收敛目光，转身，低头，背影幽暗而孤单，肩头似乎还开始了脆弱的抽搐。

后来，她干脆看见我就急忙从道路上绕开，有意识地避开因辐射而来的"敌视"带给心理的负荷与尴尬。

现在看来，这其实是我人生最初的也是最大的一次失败，因为暑假结束后，露霞就随着父母的工作调动转学去了遥远的新疆哈密，不幸的消息对于我无异于五雷轰顶。从此，她的身影再没有出现在校园那条幽暗曲折的回廊，也终于成了一则让我永远无法表达更正的感伤寓言。

　　然而所有灼人的秘密终会泄漏，阿林和杉子在我的床铺上翻找香烟，无意中发现了我写给露霞的一首情诗，他们争扯了一番后大声朗读，逼着我承认，我满面羞腆，最后不得不在百般抵赖无果后默认事实，随即眼里涌出了一股泪水，黏稠而咸涩。那首《致××》的长诗，我只记得其中的几行：

　　　　你是屋檐下的冰串吗

　　　　瞧你流淌得这般缓慢

　　　　春天了啊

　　　　你却滴答，滴答……

　　　　不肯扑入我焦渴的心田……

离家出走事件

　　那辆破旧的火车嘎嘎作响，速度极慢，遇到芝麻大小的车站也要逗留好久，铁道工在吹哨子，打着旗语。一路上，我蜷缩在靠窗的一角观察地面：雨后的地面潮湿而零乱，路两边的松林布满摧残，到处是被风吹断的枯枝败叶，堆积的圆木，忽闪的信号，电锯刺耳的尖叫，三三两两地行走在道路上的伐木工光着膀子，然后是逶迤的山岗和起伏的田野……这是一次离家出走的情景记忆。

现实变得越发不可忍受，它们来自父亲的粗暴，好友的戏弄、黑牡丹的诱惑和露霞那双楚楚动人、略带忧伤的眼眸——它的闪动带给我内心的焦躁越来越沉重，像冲击波。

凡此种种，命中注定的一次离家出走便顺理成章不可避免地发生了，香烟事件成了最直接的导火索。

几年前，我们家已经搬进位于城西的县委家属区里，父亲也凭借他的本科学历成了县委的主要部门领导。但他的脾气变得更大了，可谓喜怒无常，搞得全家人人自危，稍不留神就会大祸临头。父亲批评人的本领堪称一流，蛇打七寸，他很会抓住对方的要害。往往用一句话就能把人的气焰砸趴，把你的尊严剥光，让你倒在泥水里痉挛。我见过他批评一位因饮酒误了大事的机关干部，语言之犀利无人可及，排山倒海的子弹从父亲的嘴里倾泻而出，直击靶心。那个年近五十岁的人低着头，哆嗦着弯在父亲面前，吐字含糊："我，我错了……今后……嗯，再不敢了……我……认罚……听候组织处理……怎样处置……我……都没意见……我……有罪。""嗯，我，我错了……今后……嗯，再不敢了……我……认罚……听候组织处理……怎样处置……我……都没意见……我……有罪。"

他这样反复忏悔着，像个孩子般压抑地哭泣，连手上都沾满了黏答答的鼻涕。那一刻，作为旁观者的我，觉得全身掠过一股巨大的电流，从脊背到股沟，都爬满了阴森的毛虫。

　　离开了原来毗邻的粮食局，我们家的院子背靠县医院，这里住满了机关干部，每天都有穿白大褂的医生护士出现在小区里，前来检查某位退休官员的身体。长长的胡同尽头是一条河，那是城中唯一的河流，河岸上生长着大片葱茏野树和灌木。有时，我约了阿林，两人怀抱气枪，到树林里去打麻雀，我的枪法不错，几乎百发百中，然后我们把打来的收获拿到河岸上用火烧来吃，那真是一生中少有的瞬间欢乐……阿林的家也在这个小区，与我家相隔几幢院落，他家的门前紧挨着公共厕所，由于父亲不允许我在家中大便，倒给我提供了外出活动的机会和借口。每次大便完毕，我把裤子一提，直奔阿林家。幸运的阿林是个独子，父母也是普通的机关职员，但其家中的和睦气氛让我悄悄心酸。对我刺激最大的一件事是有一次我看到阿林的父亲正在喝茶，阿林抢过父亲的杯子，咕咚咕咚一口气将杯子里的茶全部喝光了……我惊讶地盯着他父亲的表情，观察其父的反应，却什么变化也没有，阿林的父亲又去倒了一杯茶。我十分震惊！因为这样的事在我与父亲之间，是不可想象的和永远不会发生的。打那以后，我才恍然大悟，原来世上还存在着如此畅通无阻的父子关系。我忍不住问阿林："你怎么可以喝你爸爸的茶水呢？"

　　"渴了嘛！这有什么……"阿林说。越是这般轻描淡写，越让我的内心失去平衡。

而我的日子一如既往，与父亲的摩擦每天都在发生，这一次却源于我的大意：偷了他的香烟。当时我父亲正躺在床上假寐，时而从鼻腔里发出轻微的鼾息，我以为他真的睡着了。最大的错误不是这个，而在于我记住了父亲曾经说过的一句话："摘了眼镜我是什么也看不见。"这句话促使我放开了贼胆，小心地从他的枕头旁抽出了五支香烟。

　　在转身的刹那，我被他一把揪住。

　　这是我一生中最难忘的恐怖事件……那一天，我为这五支香烟付出了惨痛代价：在挨了一顿拳打脚踢后被反绑双手，然后被关进了燠热难当的厨房，作为一种惩罚站了整整一天。出于对我的怜悯，母亲悄悄打开门锁，端来一碗热气蒸腾的小米稀饭，用一把大大的铁勺子往我嘴里喂送，我的眼睛马上沁出泪水，母亲一边责备我，一边流泪。懦弱的母亲不敢解下我双手上的绳索，一个劲地催我快吃，否则父亲下班回来就麻烦了。但我没有一点饿意，摇头拒绝，母亲就强制性地让我吃一口，我就吃了一口，母亲又让我再吃一口，我又加以拒绝。就在僵持的当口，父亲的自行车来势汹汹地闯进了院子，而母亲已经躲避不及。父亲铁青着脸，先是一把夺过饭碗摔得粉碎，黏稠的米饭顿时变成一摊稀粪，然后，他伸手朝母亲脸上打了一记重重的耳光。

　　当天傍晚，我们家爆发了一场前所未有的战争！父亲摔碎了几乎所有能够摔碎的家当：暖水瓶、搪瓷锅、玻璃相框、酒杯、一摞碗……杯盘满地，桌椅被掀翻，四脚朝天；我平时阅读的书籍被一把火点燃，烧成了一堆纸灰。一股青烟从院子上空升起，叱骂和揪打声向四周扩散。大约有上百人围观了这个热闹的场面，邻居，行人，小贩，父亲的同事，母亲的同事，哥哥的朋友，我的同班同学……他们中有的人在真心劝解，有的人则脸上挂着暧昧的微笑。院子里的火炬树被挤歪，连墙头上都坐满了光屁股的儿童。

事后得知，有一个赶驴车的中年人路过胡同，以为发生了什么大事情，也加入了围观的人群，结果走失了他心爱的毛驴。

第二天，战争平息，像以往的大小战事一样，不需要任何调解，一切归于平静的日常，生活仍沿着原来的脉络赖拉巴叽地延续，大事件套着小事件，小事件也会引发大事件。这场战争没有输赢，损失远大于五支大前门香烟的经济价值，若重新置办砸碎的家当，需要花掉全家人整整一年的工资。

父母都耗尽了气力，没有按时起床上班，他们太劳累了，倒在各自的房间酣睡。早晨醒来，家中比以往更加寂静，母亲豢养的几只家禽，吓得连大气都不敢出。猫跑到房顶上去了，鸡在院子里压抑地啄食，窃窃私语，仿佛它们都清楚一场场事件的始末，一次次见证了主人的凌厉与暴戾，但这一次与以往不同，它促成了我少年时代一次成功的出逃。

为什么我必须忍受肉体与精神的双重凌辱？过着连猪狗都

不如的生活！远方啊，它一定温暖而快乐，有比眼下更好的生活，那是真正的生活：果实遍地，溪水淙淙，野鸽子低低地飞翔，甲虫的队伍自由奔跑……事实上，离家出走的计划和想法折磨我很久了，仇恨一直在内心拼命地积攒，到了饱和的状态就会产生裂变。我想，如果我的肚子里隐藏着一个炸药包，如果我的舌头就是一根引爆装置，我会毫不犹豫地把它从嘴巴里掏出来，把体内的炸药包引爆，让整个夏天都坍塌和陷落于一次金色的爆炸。

风　车

挣扎着起身，我在仓房里装了一布兜子鸡蛋，情绪镇定地来到农贸市场，以很低廉的价格卖了鸡蛋，从一个耳朵上挂着黑眼罩的男人那里换回八元钱作为出游的旅费，过程简简单单，前后花了不到十分钟的时间。然后，我来到河畔，沿着河堤行走，呜咽的河水在脚下哀伤地奔流，河水见证了我内心的渴望与决绝。

但接下来面临的问题令我颇感迷茫，我实在不知道要去哪里，哪儿才是一个安抚伤口的地方？世界筑起一道高高的栅栏，到处都是陌生的人群，他们吃喝，劳作，睡眠，占据着城市和村庄，并用黑压压的身影切割了阳光下所有的道路。

原来，在貌似开阔庞大的社会结构中，连一间遮雨的茅棚、一顿免费的午餐也不曾为出走的人备好。开花的春天已经远逝，而丰盈的夏天碧草如织，秋季芦花似雪，冬天有温暖的洞穴，树上筑满鸟巢，蚂蚁在泥土中穿行……如果从这一角度分析，人的生存空间甚至远比其他物种更加逼仄。

伴随着河水的流动，理性渐渐在我的意识中复苏，我放弃了原本打算到一个陌生异地的冒险计划，而决定到五百里以外的乡下外婆家去度过这个漫长的假期，那个地方叫沙河镇。直到今天，一想到这个地名，我的鼻孔间便会奇异地缭绕着一缕淡淡的泥腥味，或者一股浓郁的树汁香气。

我在内心精心设计了这次具有划时代意义的旅程：沙河镇是我童年熟悉的地方，那儿有我的许多亲人；沙河镇以西的黄金村，埋葬着我的爷爷和二爷，我有好几年没去看他们了；面对我的失踪，父母会理所当然地想到沙河镇。不管怎样，我还是爱他们的，我不想让他们因我而增添寻找的焦灼。唉，人的感情真是复杂微妙，在行动的刹那间，我竟然动了恻隐之心。类似的恻隐，在此后的人生里从未消失。

就这样拿定主意，我来到小城的火车站买了一张车票，火车运行了一天一夜，我来到沙河镇，在外婆家住了整整一个半月。

当我与小城不辞而别，行进在明亮的钢轨上时，听到火车发出哐哐的撞击声，我感到周围充满了危险的快意，车窗外，孤独的风夹杂着一场暴雨从天空泼打下来。

外婆家位于沙河镇以北的小村子，从家门口可以一眼看到公路，外婆时常用手搭起凉棚朝公路上张望。她家的院子外有一个白茫茫的大水塘，这个水塘至今还经常出现在我的梦境中，每一次都有早已故去的外婆出现，她有时手里拿着一只铜盆，有时两手空空地微笑。

当天黄昏，因为我的到来，外婆吩咐我二舅到水塘里捉了两条两斤多重的大鲤鱼，还杀了一只老母鸡。"它叫花妮儿哩，我养了五年。"外婆说着，伸出一个巴掌，外婆抚摸着我精瘦的身体，不停地骂着我的母亲，叫着母亲那陌生怪异的乳名：布儿。那顿饭吃得我肚子鼓胀，连站起身来都很困难，最后，我只好一点点地挪着步子钻进蚊帐。夜间，久违的蛙声吵得我无法入眠，我嗅到满屋陈旧的气味，稻草的气味，衣柜的气味，破棉絮混合着往事的气味，还有一股类似于春天梨花爆开花蕾的气味……一团明亮的月光在窗棂上水一样游动，照耀着墙角下一只缺了耳朵的尿壶。

公路上不时响起马车奔跑的声音，我的心却感到前所未有的安稳，像躺在一个温暖的摇篮里。渐渐地，我进入了梦乡。

第二天，外婆领着我来到村子西边的一片竹林，竹林里有一小块花生地，在花生地的旁边是我外公的坟墓，我们一同给外公烧了一摞纸钱。还到竹林外的棉花地里采了一大把野花，放在外公的坟前，然后我跪下来，跪在青草地上，重重地磕了三个响头。这时，令我终生难忘的一幕出现了：外婆将手中薄薄的白纸折成一个小风车，用一根黑线将它扎在竹棍上挑着，小心翼翼地插在了外公坟头的中央。我想问外婆这有什么讲究，却不知出于什么原因始终没有开口。我看到外婆双眼微闭，嚅动的嘴唇念念有词……天暗下来，幽静的竹林里没有一丝风，时间凝固了。

　　而风车，却在旋转。我眼里的泪水也在打转。